花山鸿儒文库

第一辑·小说卷

徐东 著

大雪

花山文艺出版社

河北·石家庄

图书在版编目（ＣＩＰ）数据

大雪 / 徐东著. -- 石家庄：花山文艺出版社，
2020.6
ISBN 978-7-5511-0128-8

Ⅰ. ①大… Ⅱ. ①徐… Ⅲ. ①小说集－中国－当代
Ⅳ. ①I247

中国版本图书馆CIP数据核字(2020)第001055号

书　名：**大雪**
　　　　DAXUE

著　者：徐　东

责任编辑：林艳辉
责任校对：李　伟
美术编辑：胡彤亮
封面设计：琥珀视觉
出版发行：花山文艺出版社（邮政编码：050061）
　　　　　（河北省石家庄市友谊北大街330号）
销售热线：0311-88643221/29/31/32/26
传　　真：0311-88643225
印　　刷：三河市华东印刷有限公司
经　　销：新华书店
开　　本：650×940　1/16
印　　张：17.25
字　　数：210千字
版　　次：2020年6月第1版
　　　　　2020年6月第1次印刷
书　　号：ISBN 978-7-5511-0128-8
定　　价：58.00元

目 录

大 雪

一

雪没头没脑地落下来时，父亲还没能回到家。

前天也下过一场不大不小的雪，不过很快就化了，路面上有些湿滑。还好早上路面上的融雪冻上了，所以早早起来的父亲可以骑着他那辆飞鸽牌自行车，驮着用粗柳条编成的装满青菜的驮筐去赶集。

即使路面再难走，父亲也是要去的，因为他要赚够儿女的学费。

三个孩子，最大的是儿子，两年前上了在北京的大学。大女儿一年前也考去了北京。只有小女儿中途退了学，在家里绣花。没黑没白地绣，绣上半个多月完成一件，把娇嫩的手指都磨出了茧子，才换回一百来块钱。

在乡下赚钱可真不大容易。

父亲也不容易，他要从几十里地外的地方进货，又要披星戴月地去集上占摊位。

当红太阳从东方升起来时，赶集的人就渐渐多起来，再过个把钟头便熙熙攘攘地热闹起来。父亲这时也早已调整好精神状态，或蹲或立，手里掂着杆秤，脸上堆着笑，唱戏般拉长了声音，招呼着顾客。买菜的喜欢看父亲那样明朗的笑，喜欢听他生动有趣地拉长了的腔调。父亲和别的卖菜人不同，他年轻时候学过戏，把唱戏的那一套融会贯通到卖菜的营生上去了。母亲当年也正是看上了父亲的这份才情，两人才有了这一世姻缘。

那时钱还比较值钱，做生意时为个一分两分的也会争红了脸。父亲不是那种小气的人，可做生意如果不在乎那些，便很难赚上钱。因此父亲也会争，可实在争不到也就笑笑，并不会因此而耽误生意。通常一个集下来能赚个十块二十块，也是不少了。遇到集上同样的菜多时，不论父亲是个怎么样出色的菜贩子，也还得降价处理。那样赚不了钱不说，有时还会赔钱。好在赔钱的时候不多，父亲心态也好，做生意嘛，有赚有赔，哪能光赚不赔。

北方平原上的大大小小的村庄里，家家户户种着地。那时种地也赚不上钱，除了庄稼会遇到旱涝灾害歉收，粮食也便宜得很。当时麦子六七毛一斤，玉米三四毛一斤。大豆要贵些，能卖到一块二，可一亩地的产量也只有三四百斤。母亲身体不大好，常常生病，吃药打针是常有的事。上了年纪的爷爷奶奶，生个病有个灾的也会花些钱。一年下来，要不是父亲做生意，儿女的学是没法上下去的。

上中学的时候还好，上了大学每学期的学费，两人加起来需要五六千块，对于穷困的家来说，那就是个天文数字。还不算每个月的生活费呢，大都市里什么都死贵的，即便节省着花，见月也需要个三四百块。

哥哥花钱大手大脚一些，妹妹常把生活费省些拿给哥哥。有一个月妹妹只花了六十块钱，每天只吃馒头和咸菜。缺心少肝的哥哥起初并不知情，还以为妹妹确实花不了那么多。后来知道了，从妹妹同宿舍的女生那儿知道的。那女生家里也很穷，可还是不如妹妹节省，她说，你妹妹可真能省啊，一个月才花六十块钱！

那时哥哥才认真看了看妹妹，妹妹又矮又瘦，身子单薄得被风一吹就会歪倒，小脸瘦得像刀刃，黄得像是豆芽。这自然是长期营养不良的原因。

哥哥的心痛了，却责备妹妹说，你啊，真是傻！

回去的路上，哥哥的心里仍在难过，想着想着，眼泪再也藏不住了，就让那泪水肆意流出来。用泪眼看着大街时，大街上的一切都是模模糊糊的，如同沉重的现实被泪水给泡湿了，变得有了感情，有了灵魂。

二

要过春节了，哥哥和妹妹也都放了假。

哥哥为了省路费有些不想回家，想找一份短工赚钱分担父亲肩上山一样沉重的担子。妹妹也想赚钱，她担心来年家里凑不够学费让父母为难。那时家里还没有装上电话，哥哥和妹妹一起打公用电话到村里的商店，把想法说给前来接听的母亲。

母亲生气地说，你们现在还是学生，好好用功读书才是正业，赚钱的事不归你们操心。家里再难，砸锅卖铁都会让你们读下去。你们都给我回来吧，回来咱一家人团团圆圆过个年。你们不回来，这个年谁都过不好。

哥哥和妹妹只好放弃打工的想法，去火车站买上了站票，挤上哐当哐当响的绿皮火车。绿皮火车见站就停，开得也有些慢，尤其是过春节时车上人挤人，空气凝滞得发酸。在那闷罐子车厢里待上十来个钟头才能到县城，又要花一块钱搭上载客的、腾腾响的机动三轮车到镇上，从镇上还得步行十来里路才能回到村上。

回家的路显得过于漫长，回家的心情又显得特别复杂。有即将见到亲人的喜悦，有对家人身体是否安康的担心，还有着不忍看着家人穿得破破烂烂吃苦受累的难过。虽说父母见着他们时会高兴地笑着，可笑容背后却会有着掩饰不住的忧愁。父母的忧愁是沉重的生活，是在城里上学的他们强加给的。

母亲感到筹钱困难时，总会抱怨他们。可不管怎么说，他们凭着努力考上了大学，还是件大好事。考上大学可不是件容易事呢，乡下的孩子从小就没有受到太好的教育，头脑并不像城里的一些孩子那样好使，他们所用的办法是下死功夫。哥哥和妹妹年纪轻轻的，背都有些驼了，眼睛也近视了，佩戴着玻璃瓶底般的厚镜片。

哥哥和妹妹不想重复父母的命运，心里十分清楚考大学是唯一出路。他们先后考上了，给父母的脸上增了光。谁不称赞，谁不羡慕呢？家里竟然出了两个大学生呢，不服气的话你们家也出一个让别人瞧瞧？尤其是爱显摆的母亲，老爱在村子里说起在首都上大学的儿女。显摆起来，别人就有些不高兴了，就说，那学又不是免费上的，等着吧，以后可有你们受的罪了！父亲也为儿女骄傲，但不会向人炫耀，他也经常说妻子。为了给儿女上学攒学费，他已忽略了村子里的一些红白喜事和人情往来，引起一些人的不满了，不能在话头上也要把别人都比下去。

哥哥和妹妹回家之前，父亲正在院子里穿着件有破洞的蓝秋衣劈木柴，浑身热腾腾地冒着汗气。家里头的那只老黄狗看着正坐在竹椅上绣花的妹妹。母亲腰间扎着小灰格子的围裙忙活着做饭，她知道儿女就要回来了，不时放下手里的活走到外面去看一眼。

哥哥和妹妹提着行李走进院子时，黄狗从地上起来，朝他们走来，用黑湿的鼻子亲热地嗅着他们，一点儿都不陌生。

父亲已停下了手里的活，笑着，看着他们。

小妹站起身来，朝着厨屋里兴奋地喊，老妈，哥哥姐姐回来了！

母亲在围裙上抹着湿湿的手走出来，也笑着，看着他们说，回来了啊，外头多冷啊，快到屋里去！

哥哥和妹妹的眼睛湿了，是高兴的。他们说，回来了，总算回来了。

哥哥和妹妹是带着繁华都市的印象走进家里，家里头的一切都熟悉，都是属于他们的，没有丝毫的在都市中的那种陌生感。家里的一切仿佛有着醒目的、温暖的光晕，会散发出一种熟悉的、特殊的味道，甚至锅碗瓢盆也在说着无声的话语，让他们感到亲切，让他们想流下些眼泪。

三

父亲天天起早赶集，今天这儿，明天那儿的，总有赶不完的集。今天进莲藕，明天进土豆，也总有卖不完的菜。

儿子在夜里偷偷试过父亲装在驮筐里的菜了。他在学校里还算个体育健将，投标枪时还拿过名次，可他弯腰展臂试了几次却没搬动那驮筐。他是亲眼看着瘦高的父亲能够搬上搬下的，父亲怎能有那么大的力量呢？

吃过晚饭时一家人聊天，儿子突然就想和父亲掰一下手腕，试试父亲有多大的力气。黑瘦的父亲笑着答应了。爷爷奶奶已回里屋去睡了，母亲和大妹、小妹在一旁观战。

一开始，两个男人的力量是僵持着的，像是父亲也想看看儿子身体里有了多大的力似的。不过，最终还是父亲败下来了。

儿子感到父亲是故意败下来了，便说，不算，不算，不要你让我。

一旁的大妹和小妹也都笑着说，不算，不算，爹的力量肯定比哥大，不许让，不许让。

父亲便又笑着，认真支好手臂说，好吧，咱们再战一个回合。

两只手，一只粗糙厚实，一只细白单薄，又紧紧握在一起。用力，用力，两个男人都使上了劲儿，谁也没有让谁的意思。不过，十来秒过后还是父亲败了下来，这一次像是真的败了。

母亲有些生气地说，你爹赶了一天的集累了，都歇着吧。

大家都不笑了，笑不起来了，除了父亲。父亲咧嘴笑着说，我是有点儿累了，不累的话你还不是我的对手。

儿子也说，我就说嘛，正常的话怎么会掰不过我呢。

父亲虽然累了，一时却也没有睡意，他想再多了解一些儿女在城里的情况。一家人上了炕，打开了话匣子。可要真正说起来时，儿子却总觉得没有什么好说的，女儿也是。父母不熟悉大城市里的生活，有些话也无从问起的。不过，有了口才极好的母亲是冷不了场的，她便说起村子里和家里的一些琐屑的事情。儿子和女儿听得津津有味，可听着听着就听到了父亲打鼾的声音。鼾声有着累极了的酣畅淋漓。

小妹调皮地说，瞧，老爷子对老妈子的话不感兴趣，睡着了。

小妹是个胖胖的姑娘，比大哥小六岁，比大妹小四岁，当时也就十五六岁的年龄。上了初中的她学习是极好的，成绩在班里数一数二。只要她读下去，升高中、上大学是不太成问题的。她的记性好，也灵活，父母很疼爱她，总夸她脑子比哥哥和姐姐强多了。

可小妹偏偏就不想上学了。小妹是个懂事的孩子，那时哥哥考上了大学，需要一大笔学费。看着姐姐的学习劲头儿，觉得她不考上大学也是不肯罢休的。父母很难支撑三个孩子上学，不如自己退学做些事情，分担一下家里的困难。另外一个重要的原因是，父母总忙着家里家外的活儿，不太能顾得上身体不太好的爷爷奶奶，她不忍心看着他们吃不上个热饭，身边缺少个照料的人。哥哥和姐姐也都知道妹妹为他们所做的牺牲，曾经为她难过，却也劝不动她再去上学。

小妹是个乐观的人，她笑着说，一个人有一个人的命，我就是个面朝黄土背朝天的命，我不用你们操心，我开心着呢。

小妹又是一个爱哭的人，看到父亲在冬天被冻得裂开了血口子的手指，就偷偷抹眼泪。看到爷爷奶奶生病咳嗽时痛苦的样子，也会哭得满眼通红。有回看到带着个小孩来家里讨饭的女人，她也难过，把家里的白面馒头拿了好几个给人家。

母亲有些心疼干粮，就说她，天底下就你最好心！

小妹不满地说，我不用你管！

四

腊月二十九，大妹和小妹开始帮着母亲准备过年吃的东西。蒸花糕、做馒头、包饺子、炖猪肉、炸鱼干、团丸子，有说有笑的，忙得热火朝天。哥哥的眼里没有什么活，一时也帮不上什么忙，走过去看时就成了被取笑的对象。

小妹笑着说，我看哥只要生着一张嘴会吃就好了，要手啊脚的是个摆设，没啥用！

大妹说，就是，你看他背着个手像个来视察的干部，多有派头啊！

母亲不满地说，你们别说了，你们哥哥能做的事，你们做不了，过年放两响，你们敢吗？

小妹说，谁说不敢呢，只不过是有了他这个当哥的，我们得保持低调罢了，不然什么事都不让他做，就太便宜他了不是？

哥哥笑笑，也不说什么，转身走出了家门。

他是要去村子里、去田野里转一转，感受感受那乡村的气息。再回到城市里时，可就全都看不到了，只能在回忆中、在梦里重放了。

不大的村子坐落在平原上，横竖不过两条街，也不过四五十户人家。那时家里负担少的，收入多一些的人家盖上了前出厦的五间大瓦屋，但多数人家还住着低矮的平房。

家门前有爷爷早年种下的一棵槐树，已经长得又粗又高了，美中不足的是落光了叶子，也没有槐花的芬芳和嗡嗡唱歌的蜜蜂。槐树脚下是条小河，小时候哥哥和妹妹下河摸过鱼虾，戏过水。如今河里结了透明的冰，看上去也不太厚，不能像小时候那样踩在上面玩耍了。

穿过村子，遇到一两个人，哥哥笑着打了招呼，聊了几句，继续向家后走去。

家后是打麦场，场里麦垛间落着些蹦蹦跳跳的麻雀。哥哥想象着从前麦收季节村子里的人们在场上热火朝天忙活的场景，便忘记了当初的苦和累，觉得比起压力山大的城市，留在乡村也并不是太坏的选择。

麦场边和田野边有落光叶子的树，枝条刺着阴沉的灰色天空，在有些树的枝杈间有醒目的老鸹窝。那是诗意的场景，喜欢写诗的哥哥深深吸着带点儿甜味的清新空气，心里头有了些诗兴。带着那股诗兴，他又走进田里，蹲下身来用手触摸着泥土。泥土被冰冻了一部分，表面的有些却还是松软的。一行行被霜雪打地的麦苗，远远望去，青绿的一片。

小麦们安静地期待着一场大雪，以便开春后长得更有劲儿。

哥哥拔了一棵，看着小苗青白的根茎，放在鼻子上闻了闻，又揪净了根上的泥，把麦根放在嘴里嚼了嚼，有股儿令他喜欢的又苦又甜的味儿。

顺着田间的道路走下去，会遇上一条有宽度的丰收河。那河流过许多田野和村庄，哥哥还小的时候，经常和小伙伴们去河边割草放羊，觉得那是条很大很大的大河。可再次去看时，却又觉得也远远算不上大了。

哥哥那些当年一起玩的小伙伴们有几个都结婚了，有的还有了孩子。他们见到哥哥时，多少会觉得哥哥和自己是不一样的人了。哥哥考上了大学，进入了大城市，命运被改变了。哥哥想到他们时却是忧伤的，觉得自己当初所有的努力，不过是为了逃离乡村的想法多少有些盲目。不过哥哥是不愿意再长久地生活在虽然诗意，却也落后的乡村了。更好的生活，更好的未来在等着他。

　　眺望着无际的田野，田野间被一些树木围着的三三两两的村庄，哥哥轻轻叹了一声。哥哥在心里盼望着一场大雪，似乎那大雪能够连接城市和乡村，使天地万物都变成白茫茫的一片，那时只感受那冰雪世界的美好就是了，不用再有过多的思考。

　　向回走时，抬头便又看到那黄白的、线条柔美的自己的村庄，村庄是安静的，正在升腾起一缕缕的青烟。

　　哥哥想，时间过得真快啊，明天就是大年三十了。

五

　　父亲仍要赶旧年的最后一个集。

　　哥哥和妹妹醒来时，父亲已经出发了。

　　哥哥和妹妹，还有小妹起床后也要去赶集。他们要去集上看看花花绿绿的年货，看看那许多穿着厚棉衣的人，看看他们黑黄的脸，脸上喜洋洋的表情。他们也要和那些认识的和不认识的，但看着都蛮亲切的人走在一起，那样他们便能感受到一种特别的东西。那是种什么东西呢，说不清楚。不过，他们愿意成为热闹集市上的一个小小的部分。

　　母亲交代过了，他们也要买回些鞭炮对联之类的东西。兄妹三个答应后就走在去集市的路上了。集市在八里之外的另一个大村子上，去往那儿要走一条并不太宽的泥土路。路的两边是树，是河渠，是田野。兄妹三个个头高低不一，迈动的步子很轻快，说说笑笑着不一会儿就到了集上。

　　那时集上已经热闹起来。卖花生瓜子的，卖衣服的，卖年画对联的，卖鞭炮礼花的，卖青菜干货的，卖鸡鸭鱼肉的，卖牛羊牲畜的，也还有斗羊要猴的。拥挤的人们缓缓前行，听着各种吆喝，闻着各种味道，看着路两边的年货。兄妹三人很快买了想要的东西，想着卖菜的父亲该在什么地方，他们要去看看他。

　　哥哥和两个妹妹想象着，搜寻着父亲的身影，终于找到了。父亲正弯着腰被一些挑挑拣拣的顾客围着，说着些话，不时地为挑好了的人打秤，收钱找钱。面对着形形色色的顾客，父亲脸上的表情也不时变化着，有时和气地笑着，有时又故意板起脸，完完全全投入到生意里去了。三个孩子看了好一会子，父亲也没有发现。

　　看着那么多的顾客，父亲有些忙不过来的样子，小妹最先跨到父亲的身边。小妹提醒一位拿了菜还没付钱就要走的中年妇女，大声说，哎，这位大婶子，您还没给钱哩！

　　那中年女人脸一红，不好意思地说，瞧我这记性，都忙活晕了。说着把手里的钱交给小妹。

　　小妹帮着父亲收钱，父亲这时也看到了儿子和大妹，对他们笑了一下，也没顾得上说话，他还得忙着。儿子和大妹帮不上忙，也不知怎么帮，就在一旁看着。

　　年三十的集和往常不一样，只能算是半个集。赶集的人买到想要的东西，便急忙着往家里赶了。到了家里要大扫除，贴春联，准备年夜饭。父亲很快卖光了菜，却不能像别人那样回家。他还需要骑车到三十里外的县城批发甘蔗。大年初一，甘蔗最好卖，有了压岁钱的孩子们都喜欢吃。

　　兄妹三个听到这个消息，心里都有些失落，有些难过，不过也理解。毕竟春节过后父亲要拿出几千块钱的学费呢，差一点也不行。他们帮着父亲收拾好摊子，父亲对他们笑笑，让他们早些回家，便骑上车去了。

回家的路上，兄妹三个都发现了，天空阴得很沉，又没有一丝儿的风，这意味着要降下一场大雪了。

六

吃过午饭不久，雪便开始不管不顾地落下来了。

那真是鹅毛一样的大雪啊，雪片儿在安静的空气中飘着，密密麻麻地落向院子，落向房顶，落向街路，落向田野，似乎也落到全世界上去了。

小妹在堂屋的门口忧愁地看着雪花，没有一点儿欣喜的心情，他对身边的哥哥姐姐说，看啊，这雪真是越下越大了，你们说咱爹也真是的，为赚钱都不要命了，下这么大的雪，他可怎么回来啊！

哥哥不说话，皱着眉头看天。

姐姐也不说话，心里也在难过着。

母亲从厨房走出来看了看外头说，这老天爷下雪也不分个时候，多少人还在外头呢！

雪，继续落着，静静地落着，漫天漫地的，很快就积了厚厚的一层了。

哥哥忍不住，从屋门口走到院子里，又走出了院子，走到街路上。

大妹伸手触摸着飘落的雪，也跟了出来。

小妹对母亲说，我们去外头看看。

母亲说，看有什么用，这么大的雪，可别冻着了，这大过年的！

兄妹三个站在街路上，看着父亲骑车归来的方向。

雪花落在他们的脸上，凉丝丝的，似乎也有了细微的沙沙声。他们的视线被落着的雪挡着，是模糊的，并看不了多远。他们心里都在盼着父亲能早些归来。他们都怕雪再大一点，父亲就骑不动自行车了。

在雪中站了许久，身上满是雪花了。

大妹跺着脚，对着落着的雪捶了两下说，雪啊雪，你们就不能停一停再下吗？

小妹也恨恨地说，以后我再也不喜欢雪了！

母亲走过来，要孩子们回去，她生气地说，都不要命了？这冰天雪地的，都在雪里傻站着，有什么用？

七

父亲批了三捆甘蔗，两捆竖放在驮筐里，一捆横放在驮筐和车座的空隙间。

三捆湿沉的黑褐色甘蔗大约有二百斤，父亲小心骑上车时，不断摇摆的自行车一会儿向左，一会儿向右，像匹桀骜不驯的野马，难以驾驭。

四十出头，年富力强的父亲练就了高超的骑行本领，他的身体重心压向失重的一侧，很快就让载重的自行车保持住了平衡。

父亲掌着车把，躬身缓缓用着力蹬车前行。

三十多里的路，照说也并不算太远。可刚骑出不到两里路，天上就降起了雪,雪花像精灵一样团团围着骑车的父亲。父亲脚上用了用力,想骑得快一些,他可不想被大雪阻在半路,他还要尽快赶回家里过年呢。

可是雪落得越来越紧,越来越密,天地已是白茫茫的一片,看不清虚实了。虽说是公路,可公路上也有不少坑坑洼洼的地方,不小心的话车子会失去平衡,滑倒在地上。

父亲已是小心又小心了,可还是在雪中摔倒了两次了。幸好横放的、高高的甘蔗有支撑的作用,人只落在地上,却没有摔痛。

不过,扶正车身是需要些力量和技巧的。

平时在干地里也就罢了,不过是处理好自行车头轻尾重的问题,可那天结实的、有些上冻的地面上落满了雪,父亲身上的力量找不准方向的话,很容易就滑到空处。

父亲第一次扶车时,人和车都在打滑。经过多次失败,直到冷静下来,慢慢地才掌握了要领。第二次就要轻松多了,不过扶正时又发现横放的甘蔗偏向了一边,父亲只好支起车子重新捆绑。那样一阵折腾,在那么冷的雪天里,父亲的身上便有了湿湿的、热热的汗。

重新再骑上车的时候,父亲发现天已彻底黑下来,路上的雪也更厚了,使人更不知深浅了,根本没法再继续骑行。他只好从车上下来,用身体靠着自行车身,一步一步向前走。可载重的自行车轮子没在雪中,需要用大的力气推着才能行进。用力推车的父亲又要尽量保持着车的平衡,而脚下的雪也跟着捣乱,时不时会滑上一下,因此每向前走一步都如同是在做着高难度的动作。

走了不一会儿,父亲的棉衣便被汗水濡湿了,黏黏的像是泡在米汤里。更要命的是父亲左脚上的棉鞋在用力的时候开了线,再继续向前走时有半个鞋帮子脱了脚。父亲只好停下来找了根绳子捆住，但没走几步绳子又脱落了。

远远的，村庄中传来放鞭炮的声音，应是下饺子时放的。

父亲想到了家，可家还在十多里之外呢，又累又饿的他心里有些急起来。可大雪一点儿也没有停的意思，反而越下越大了。如果把那些甘蔗放到半路上不要了，单单推着空驮筐就轻快多了。不过父亲又怎么会放弃呢，那三捆甘蔗可是花了不少钱批来的。如果坚持一下运回家里，不仅能回本，还能赚上三四十块钱呢。

父亲再次停下车，脱掉汗湿的棉衣，塞进驮筐，只穿着一件单秋衣。他蹲下身，重新用绳子绑紧了开裂的鞋子，又站起身用力地紧了紧腰带，然后深吸一口气，再次把冻得麻木的手按在冰冷的车把上，用身体紧紧靠住车身。

那时天光已经彻底暗下来，只能看到满世界模模糊糊灰白的雪。

走，父亲给自己加油一般，轻轻喊出那个字。

人和车又在大雪中慢慢移动起来。

八

最初母亲不让孩子们去接父亲，怕接不着，也怕把孩子给冻坏了。她更愿意相信孩子们的父亲能把事办好，不久就能平安地归来。不过，不停落着的雪让孩子们心里越来越没有了底，尤其是小妹，她的脸上挂着泪，用手擦了一串，新的一串又滑下来。

哥哥和大妹看着小妹，眼里也湿湿的。

小妹对哥哥和大妹不满了，她哭着说，都是因为你们，要不是因为你们，爹会在大过年的去批甘蔗吗？批来了又能赚几个钱？城里人吃顿饭的钱都不够！都是因为你们，上什么破大学啊！

哥哥和姐姐知道小妹是无心的，她只是心疼和担心父亲，忍不住埋怨了他们而已。

哥哥望着落雪的天空不吭声。

姐姐看着小妹，泪水也涌了出来。

姐姐对小妹说，妹，咱不哭了，咱们去接爹回来吧。

哥哥也说，对，咱们去接！

已到了该吃晚饭的时候，锅里早烧好了水，馏好了包子和干粮，就等着下饺子了。

天色更暗了，暗得快看不到落着的雪了。

母亲听到孩子们的话，也同意了。

母亲让孩子们穿了厚的衣服，又找来了雨衣和塑料布让他们披上。

哥哥找来了手电筒。

大妹和小妹把锅里热着的包子用干净的棉布包好放在背包里，又用个保温瓶盛了热水也放在背包里。

整理好行装，三个孩子便走进雪里。

走进雪中，雪像是更大了，落得更真实了。

哥哥打着手电筒照路，黄白的电光里，雪花密密麻麻的像是一群发疯的蝗虫。

两个妹妹紧紧跟在哥哥身后。

刚出了大门口，三个孩子便忍不住顶着大雪奔跑起来。

也不敢太快，怕滑倒了。是慢跑，一口气跑出了村庄，跑到了大路上，谁都没有觉着累。他们都想要尽快发现父亲，为他送上吃的喝的，帮他推车子。

　　跑了大约有三四里地，身上跑出了汗水，可也没有遇到一个可以问一问的人。那时大约所有的人都赶回了家中，和家人一起在吃着香喷喷的年夜饭了吧。

　　不过，那样的奔跑多么好啊，孩子们发现他们从来没有那样爱过父亲，那样的奔跑是在向自己的父亲靠近啊。

　　在那片灰黑的雪天里，在模糊的路的一端，在手电筒黄白的光柱里，他们终于看到了那个黑黑的影子，那正是他们艰难地推着车的、一步一步挪行的父亲。

　　父亲并没有想到孩子们会来接自己，看到了他们，听到他们用欢快的、激动的，同时也带着哭腔的声音喊他时，他的心里顿时一热，欣喜地望着孩子，却一句话也说不出来。

　　哥哥从父亲手中接过自行车把推着车，可自行车很快沉重地倾倒了，再试着去扶时，怎么也扶不起来。

　　父亲搓搓冻僵的手，从大妹手中接过包子，一大口一大口地吞了两个，又从小妹手中接过水，喝了口水。

　　终于，父亲和孩子们一起扶正了车，父亲开口说，回家！

　　接下来，用手扶着车把的父亲已经感到非常轻松了，因为小妹打着手电筒照路，哥哥和大妹在后面正卖力地推着车子。

　　那时大雪依旧飘飘洒洒地落着，执着地、顽强地、不要命地、满世界地落着。可行在雪中的人，却仿佛没有谁再注意那雪的存在了。

大　风

　　李杏斤突然就想到了风。想到了风，她那颗苍老的心竟激动起来。她用鼻子嗞嗞地吸气，然后把缺少牙齿的嘴巴噘成了一个小喇叭，然后用力吹气，发出呼呼的声音。而发出的异常的声音，让她感到快乐，让她的心一下子就好似变成了小姑娘的心，从生命里泛着嫩气和懵懂的意味，让她忽略了一切不美好的事儿，觉着一切都甜美。

　　心里的欢悦感到有些疲惫时，李杏斤又安静下来。安静下来，她发觉自己有些不正常了。不正常也是正常，对于一个八十多岁的、即将离开这个人世的老人来说，这世界上还能有什么是正常的呢？

　　李杏斤的妹妹不久前上吊死了。妹妹在她七十七岁的一个夏日黑夜里醒来，当她意识到自己还活着的时候，内心里空寂极了。她梦到了自己的老伴，老伴早就去了。她梦到老伴让她跟他走。他对她说，你看天这么热，热得你喘不过气来，你跟我走吧，阴间里凉快！她说，好啊，我跟你走。但是她还活着，走不成。她一急呢，就醒来了……

妹妹把自己的梦告诉李杏斤。不久，在一个夜里，她摸到自己的腰带，把腰带系到平日里挂柳条篮子的、揳进墙里的耙钉上，成一个圈，然后把脖子放了进去。她对自己狠了一次，终于可以摆脱喘不过气来的痛苦了。

李杏斤之所以想到风，并利用嘴巴制造风声，也许是因为她模糊地想到了妹妹的死。

她的三儿子叫她到自己家里去吃饭，看到她的不正常。

三儿子问，娘，你干啥哩？你噘着个嘴吹啥哩？

她不说话，她只是看了儿子一眼，继续噘着个嘴吹。

她的三儿子喊来大哥。

大哥说，娘，你这是怎么啦？谁惹你生气了吗？

她仍然不说话，仍然继续用嘴巴制造风声。

下午时，大儿子对老三说，给老二挂个电话吧，咱娘可能魔怔了。

二儿子在县公安局里上班，接到电话就骑着摩托车来了。

二儿子来的时候，李杏斤已经不再制造风声了。她好像是累了，躺在床上非常安静。

李杏斤的三个儿子在屋子里看着自己的母亲，两个儿媳妇，还有几个孙子、孙女在院子里。初秋的太阳照在泥土色的院子里，一派柔和的橘黄色。

那院子以及院子里的房子，是李杏斤和老伴修建的，已经有三四十年了。他们的三个儿子先后长大，成家立业，从那个院子里走出去，成了家，拥有了自己的院房。

老伴去世以后，三个儿子曾商量把母亲接到自己家里去，但是李杏斤说，她住惯了老屋子，谁家也不去。

老屋子的窗子像洗脸盆那么大，还用草纸糊上了，即便是在很亮的白天，房子里仍然显得很暗。如果关上门，就更暗了。

小房子里挂着七八个小篮子，有竹皮的，有柳条的，有玉米皮编的，有纸糊的，那七八个篮子里，各自盛着七零八碎的东西，有些也放糖果、炒豆、花生什么的。

李杏斤的孙子和孙女们最喜欢那些神秘的篮子了，他们总能从那些篮子里获得一些好吃好玩的东西。当然，那些好吃好玩的东西，是她专门为小孩子们准备的。

看到孙子、孙女们调皮玩耍，把这些吃食儿可心地放进嘴巴里咬嚼的样子，李杏斤的心便欢喜，脸上便浮现出慈爱的微笑。

事实上，李杏斤是在有意无意间通过那些小篮子，制造生活的神秘乐趣哩。她是一个好女人，一个极好极好的老人。她会做各种好吃的饭食，树上的槐花、榆钱儿、香椿芽儿，地里的灰灰菜、苦苦菜、马齿苋，河里的鱼和虾，到了她手中，下到锅灶里，都能变成馋人的饭菜，常常让孩子们直流口水。即便是成家立业了，虽然孙子、孙女们也都有自己的父亲、母亲，可他们还是会常常跑到奶奶的家里来，吃她做的饭食，听她说话。

李杏斤做了一辈子饭，在一九五八年，一辈子最为困难的日子里，她凭着对生活的爱意与神奇的想象，把许多东西变成了美味佳肴，甚至把许多看起来根本不能吃的东西，就像树皮、草根、地里的昆虫等，都变成了能吃的美味。

李杏斤对自己做饭的技能十分自信，那种自信来自于她对生命对大地的热爱与感悟。在孙子的想象中，奶奶像个魔术师。她向天空中一伸手，就可以获得鸽子。把鸽子放进围裙，再拿出来就可以变成一把绿莹莹的青菜。她向田地一伸手呢，就可以获得野兔，把野兔儿在围裙里藏一藏，再拿出来就可以变成一只肥胖的鸭子。

李杏斤的老伴去世以后，她的天空便灰暗了。

李杏斤和老伴的结合，是在另一个世纪，那时她还是个嫩生生的黄花姑娘。虽然是媒妁之言，父母之命，可他们相依相伴，一起生儿育女，油盐酱醋的生活，竟然是幸福美满呢，那种幸福美满，在感觉里，也如同那天地一样永恒呢。老伴虽然走了，可他仍然在她的心里，在她的生命里，让她有种虚无的实在感，让她感受到生命的重量。就像噘着嘴巴吹气，不也正是因为感受到那种生命里的重量了吗？

老伴儿走了以后，虽说还有孩子们，可李杏斤越来越感觉到自己不完全了。她不再是过去的那个她，她缺少了一些什么。另外，她老了，越来越老了，她的手和脚再也不像以前那样灵便了。

曾经，她的手是多么灵巧啊，每到过年过节的时候，每到村子里有红白喜事的时候，她便用那双灵巧的手，做出各种好看的糕点，剪出图案复杂的剪纸，羡慕死了许多大姑娘、小媳妇呢。

李杏斤的脚是裹过的，长不过三寸，可是她那小脚，带动着她瘦薄的身子骨，"格煎格煎"地走过许多路呢。虽说她没有出过远门，可一辈子走下来的路，至少也能把地球绕个圈儿了。

李杏斤老了，真的是老了。她的老伴去世了，她的老妹妹也去世了。她清楚他们已经去了另一个世界。清楚他们像祖祖辈辈的老人一样，被埋进了泥土里。可是她又会觉得他们会像种子一样穿透泥土，像庄稼一样成长，在阳光和雨露里生长了翅膀，飞翔在她看不见的地方。她清楚自己也将会像他们一样。每当她这样想的时候，就有点儿不舍得离开。她假想的消失，变成另一种活法，但另一种活法却总让她心底没根儿。

过年过节的时候，李杏斤总是要给老天爷爷，给观音大士，给故去的人烧香烧宝。她暗暗祈祷着来生来世，祝愿着一家人能够和和美美，幸福圆满。

李杏斤给她的孙子描绘过她在天堂里的庭院。她说那是一个有着三重朱漆大门的深宅大院子，大院子里花影重重，鸟鸣啁啾，四季如春。她呢，在自家的院子里，她想走呢，就在那花红柳绿里、在莺歌燕舞中走动走动；想坐呢，就安逸地闭着眼睛坐在太师椅上，听听戏，唱唱曲儿，或者大声咳嗽几声，真是舒服自在啊。她相信自己会拥有那三重门的大院，因为她一辈子行善，一辈子吃苦，一辈子没做过啥亏心事儿，一辈子心境平平和和的，她不会落到地狱里，去受刀山火海的罪。

李杏斤的三个儿子走出了屋子。他们不约而同地都看了看天上的太阳。太阳正亮，他们从天上看不出什么，更看不出自己的娘为什么一反常态，变成了一个不正常的人。但是他们都有些感受到了一种生命的神奇和力量，不免心里有些毛毛草草的。但是他们正值壮年，还有许多人生的任务没有完成，强大的生活正在逼迫他们，让他们没有心思、也来不及细细思考生命的问题。

老二摸出一支烟来，递给了老大一支，然后又丢给了老三一支，自己也抽出一支，点燃。兄弟三个在院子里默默抽烟。

过了一会儿，老大说，我看，咱娘怕不是不中用了。

老三说，要不送到县医院里让医生瞧瞧吧！

老二说，看上去也不像是生病，再等等看。

老大的媳妇这时走过来说，你们看咱娘是不是中了邪？

老三的媳妇也走过来，看了她一眼说，嫂子，你就是迷信。咱娘昨天还好好的，能吃能喝，咋就会中了邪？

李杏斤在屋子里，听见儿子和儿媳们的对话，有些莫名其妙地快活。她清楚地意识到自己正在变化，正在变成另一个人。她变得有点儿像小姑娘，又有点儿像个老妖精。她感到自己处在那正与邪之间。她需要表达，于是她又要发出声音。

她发出声——啊呜！

像猫叫！

在院子里的孩子们吃了一惊，又都回到屋里。

李杏斤又不出声了，她闭上了眼睛，像是装死。

三儿媳妇用手背，放到李杏斤布满皱纹的额头上，感到有温度，然后又放到鼻子上，感觉到有气息。联想到婆婆刚才的一声怪叫，她有些想笑，便就笑了。

老大的媳妇剜了她一眼，怕惊了神灵，让她不要笑。

三儿媳妇却不在意地说，哎哟，咱们这个娘啊，老了老了，又像个小孩子似的……二哥，你在城里，你的话娘最喜听，你问问她哪儿不如意了才作怪？

老二没理会老三的媳妇。

老二在娘的床头上坐了下来，看着娘的脸，发呆。他或许在回忆过去，他小的时候，他的母亲还年轻的时候。过去一幕幕的，就像白驹过隙一样，在他的脑海中一闪一闪地通过，母亲的形象鲜明，然后又黯淡，在他的脑中、心里，形成一幅幅抽象的画卷。

老三用手也摸了摸母亲的额头，突然有些吃惊地说，烫！

老三看了老二一眼，老二也用手摸摸，沉吟着说，是不是发烧，给烧魔怔了？

李杏斤的耳朵不聋，她那时的心里跟明镜似的——她知道自己没发烧，她的头脑里刚刚刮过一场大风，那大风嗖嗖的，夹杂着几十年的日月和生活的内容，夹杂着她生命燃烧过后灰烬般的过往，呼呼地吹过去，摩擦生热，能不烫嘛！

老三的女儿胖胖，叫来了村医娃娃。娃娃用手摸摸李杏斤的额头，然后把温度计放在她的腋下，又用听诊器听了听她的心跳。听了一会儿，娃娃说，正常啊！抽出温度计，甩了甩看，也正常。娃娃说，一切正常，不像是有病。

既然医生都说没有病，大家就都松了一口气。

李杏斤制造风声的第二天，又正常了。说正常，与往日却又有些不一样。往日里，李杏斤没事儿的时候，总爱与孩子们在一起说话。有时候也会跑到大儿媳妇或三儿媳妇家里，帮着做点家务活。再不就与村子里的老头老妈妈们，在一起聊聊天地。那次不正常以后，她安静了许多，有时待在暗淡的屋子里，会待上很久。有时她也跑到太阳地里去，照样待上很久。倘是有人跟她说话，她的脸上，表情不再像以前那样丰富。敏感的人，在瞬间会感受到她的面皮底下，藏着冰一样的东西。

树叶在深秋时分，纷纷，纷纷落下；树们，一棵棵，一棵棵变得爽朗了。枝条儿刺向灰蒙蒙的苍穹。大地上到处是落叶，落叶被风吹着，沙沙地移动着。地里的庄稼被放倒了，大地被机器拉着的犁翻开了，湿润的泥土散发出清淡的香甜味道。那种味道被耙平，被整理，像微波荡漾的水面一样，轻轻笼罩着地面，似乎在期待着种子。把种子播进土地里，麦苗儿不久就钻出来了，嫩绿，淡绿，绿莹莹的，满地都是。

冬天，快到了。北风，也就要吹过来了。生命力正盛的人们，大人和小孩子们，都不太把冬天放在心上，他们继续着他们的活动。小孩子们上学，或者玩耍。大人们做生意，或者闲着。老人们则在冬天里显得有些脆弱起来，他们担心自己熬不过冬天。在冬天里，有多少小虫、小花、小草都要死去呢？这难道不是暗示着天地生命的定律和无常吗？

大儿子和三儿子把老二从县城里叫来，商量他们的娘怎么过冬。

老大说，不能让娘再一个人住了，晚上有个什么事，没个人照应。

老三说，是是是，咱们得想个办法。

老二说，你们说怎么办咱就怎么办吧！

商量的结果是，老二在县城里，两口子都有工作，照顾老人不方便。老人可能也不习惯离开家乡，这样就由老大和老三，轮流照顾他们的母亲。

第一个月，母亲是在老大家过的。

第二个月就到了冬天。

每一年冬天结冰前都要刮一场大风，那场大风吹着尖锐的呼啸，呼啸里似乎夹杂着灰色的、带着白刃的镰刀，随时随地的就要砍断一些东西的样子。

在冬天到来之前，李杏斤就无数次想到了风，想到风中飞扬的一些事物。那些事物都是什么呢？从能记起的小时候起，到出嫁，到生儿育女，到生活中点点滴滴的一切会牵动着人的思想情感的事情，都是事物，她一生的酸甜苦辣，一生的喜怒哀乐的体验和经历，都归结到她生命里的事物里。她是个有心的人，是个有爱的人，所以她想得很累，那种累似乎在积蓄一种莫名的力量。

李杏斤在床上躺了足足有半个多月，不见少吃少喝，却不见她起床解手。在一个刮起风的下午，她突然想要起床了。

三儿媳妇劝她说，娘啊，你就别起床啦，你起来想干啥哩？你看看天那么冷的，还刮着风哩，不信你仔细听听，嗖嗖的！

李杏斤小声说，我，我觉着我的腿可能不中用了，我得下床走走，活动活动。

三儿媳妇说，我让您不要下床，可是您偏要下，要是感冒了咋办？

李杏斤不想再说，她硬是从床上坐起身来，摸到盖在被子下面的衣服。

三儿媳妇见她决意要起，便动手帮她穿衣服。李杏斤的衣服是黑色的宽大的粗布棉衣，在那时的乡下，老人们习惯那些粗布做成的衣服。李杏斤让三儿媳妇用布带帮着裹上细细的小腿，就要走出去。

三儿媳妇说，您老就在屋子里走动走动吧，您看，您说您的腿不中用了，这不是好好的吗？可不能到外面去啊，到外面就被风吹走了。您看您瘦得和纸扎的人似的，不听话果真就会被大风吹走了哩！

李杏斤没有听话，她拄上拐棍，把头探到了屋外。她头上戴着一顶黑色的毛绒帽子，帽子未能盖严她几乎全白了的头发。她的布满皱褶的脸感觉到了风，冷风似乎激发了她心里的想象，她的生命里就像充满了空气似的，让她产生了一种想要飞翔的冲动。她尖尖的小脚迈出了门槛，三儿媳妇那么胖，那么有力的一个人，竟然有些拉不动她了。

李杏斤兴奋得有些皱纹都绽放开了，她那双浑浊的眼睛里似乎还放出了光芒，她大声地说唱，完全忘记了三儿媳妇的存在，世间万物的存在。

三儿媳妇说，娘啊，我的个娘，您到底想要干啥去？我看您是老糊涂啦……

李杏斤一边挣扎着，一边向前走。她说，风啊，哟嘿，大风啊，哟嘿……

三儿媳妇有些急了，她说，我的个老祖奶奶啊，您想干啥去？您看看我，我都拉不住您了哩！

李杏斤的脸上浮现出顽强坚定的笑，皱纹似乎也一个个都变得饱满了，她的身子倾向前方，一只手也向前伸展着，双腿用力地蹬着地面。她的心里似乎在笑三儿媳妇傻哩，她心下想，嘿，你拉不住我，怎么能拉得住我哩，我可是到了岁数了啊！

李杏斤的手，胳膊，她的腰，她的腿，她的尖尖的小脚，她的全身都充满了力量，她在三儿媳妇的搀扶下顶着大风继续向前走着。出了院门，走在村街上，村子里的有些人看到她们，都觉得有些惊异。李杏斤就那么向前走着，就好像前面有什么在等着她，她非要去一样。三儿媳妇本是个有些愚笨的人，在那时也感受到她婆婆生命中的那份力量了。她又急又气，眼泪哗地从眼里落下来。后来她们走到了田地里，在绿莹莹的小麦地里走着。村子里有不少人得到消息，纷纷赶过来，希望能出一把力，把李杏斤带回家里去。倒是三儿媳妇对众人说，俺娘劲儿大，就由着她吧！

风很大，呼呼的，似乎越来越大，大风刮断了一些树木的枯枝，吹得刺向苍穹的树枝子们呜呜作响。天是阴沉的，似乎很快就要落下一场雪来。

　　李杏斤的灵魂被大风吹走了，只留下了身体。雪花飘落下来了，在大风中斜斜地，纷纷扑到大地上。好像只一会儿，地面上就全白了。

赶　集

　　他经常给问他岁数的人说，我八十六岁啦，可他要是想想清楚自己是不是真的八十六岁，自己记没记错，他还得想一阵子。院子外面是街路，如果有走过的人，他需要费点儿眼神，费点儿眼神也不一定看清楚从街路上走过的到底是谁。他生活了一辈子的那个村庄不大，不过五六十户人家。村子里的人，除了那些孙子辈的他认不全外，基本上所有的人他都认得。所有他认得的人，也都很尊敬他，在经过他的时候如果不是太忙都会和他打个招呼。老爷爷晒暖儿那？大爷爷挪到树影底下吧，凉快！他的耳朵听不太清楚了，尽管他不能听清楚，但是他还是张开嘴啊啊地应着，露出几颗豁豁裸裸的牙齿。牙老早就缺了，剩下的几颗也不大中用了，吃东西硬的是不行了。

　　要是街路上有很长一段时间没有人走过，他便会想起往事。他经常想他年轻的时候，六十岁的当儿他还算年轻呢。那时候他的力气仍然很大，当时在生产队里，年轻的小伙子们听说他力气大，便选出来一个跟他比试搬石磙。二三百斤的石磙，他还能抱起来呢。他抱了起来，却说自己老了。要是放在二三十年前，他的劲儿就更大了。那时候的他一夜可以砍七亩高粱，一天可以锄八亩地，一顿饭可以吃一桶面条，一桶面条有十几碗呢！

他也会想起自己的老伴儿。他在椅子上打盹，太阳那么亮地照着他，他竟然也能做梦。他梦到他的老伴儿给他招手，给他说话，让他跟着她走。尽管在梦里他还是清楚自己活着，而老伴儿却去了另一个世界。于是他用梦话来打破老伴儿不现实的梦想。他说，我也想跟你去啊，可是我还活着，我还能活几年哩。我还要看着我的孙子娶媳妇，你别招手了，你招手我也不跟你去。他让自己醒来，他可不想就这样做着梦死去，他还想活呢。可是他醒来了，他的一颗苍老的心又生出难受的情绪，有点儿后悔自己醒了。他想，为啥不跟她去了呢，跟她去多好啊！

他叹息时发出长长的"唉"声。抬抬头看看太阳，太阳在他的眼里是一个火球。他"啧么啧么"被阳光晒干的嘴唇。对于他而言，几乎停滞的时空让他有点儿郁闷。他想唱戏，于是他就唱了：自从盘古开天地，三皇五帝到如今。他的声音不大，嗓音沙哑，却也有些抑扬顿挫的味儿。他也不太听得清楚自己的唱，当他意识到时便放大嗓门儿：又战了七天并七夜啊，罗成清茶无点唇，无点唇哎呀噢，噢唉……

吃晚饭时，儿媳妇想扶他，他不让。他的手里有一根棍子，那根棍子是在他老伴去世以后才开始拄的。三年了，那根棍子的把手磨得光溜溜的。老伴儿去世那天他没有掉眼泪，他的眼泪好像蛰伏在生命的深处，一下子泛不上来，直到老伴被埋了数日后他的泪才落下来。他吃不下饭，也没有心思吃，他想什么呢？他不清楚自己想些什么。

晚饭是面条儿，他喜欢吃面条。面条浇着葱花鸡蛋，脆生生的，筋道道的，他用牙花子就可以嚼得动。他也不需要嚼得太碎，年轻时养成的习惯，面条儿一入口，舌头搅拌一下，分泌出一些香甜的唾液就咽下去了。他吃饭总是很香，这让他的孙子想到爷爷常给他讲过的一九五八年吃糠咽菜的困难日子，不过那日子对于他来说已经太遥远了。

他咽着面条儿，一会儿把面吃完了，有眼色的孙子说，爷爷，我给你加点。他知道自己的爷爷虽然吃得快，但也就只能吃一碗。每次他要给爷爷加的时候，爷爷就会把碗揽在怀里，怕他加。晚上少吃点好，孙子的娘告诉儿子，怕他再给他爷爷加面。孙子应了一声。孙子是想让爷爷多吃的，爷爷在他小的时候很疼他、爱他，他想让爷爷多吃。他说，爷爷，我不给你加面了，给你加点汤，多喝点汤好。爷爷同意了。吃过饭，孙子把爷爷扶到他的房子里去安歇。爷爷不需要他扶，以前也说过多少次了，但是他还是要扶着爷爷，他喜欢自己的手牵着爷爷的那双粗大的手。他星期天从县中学回来后便会牵着爷爷的手，把他领到太阳地里，蹲在爷爷面前跟他说话儿。有时候不说话，他也蹲在爷爷的面前，看着爷爷微笑。那时候，他的爷爷也是微微笑着的，因为他的孝顺孙子就在他眼前啊。

三个儿子，一个女儿。他轮流在两个儿子的家里生活，一个儿子一个月。他的大儿和三儿在农村，二儿子在县公安局里上班。二儿子没法儿照顾他，但是也会按月给他送来些钱，穿的用的以及营养品。他的大儿子有两个儿子，两个儿子都结婚了，又都有了儿子，他们的儿子管他叫老爷爷。他喜欢那些活蹦乱跳的孩子，给他们拿饼干和糖果吃，看着他们在街路上玩耍调皮。有时候他看着他们的时候偶尔就会想自己像他们那样小的时候，自己那样小的时候是哪朝哪代了呢？他的印象中没有了自己小时候的模样。他只是那么想一下，只是那么想一下，便又会发出轻轻的一声叹息。

他让自己关注眼前的时间，没有人陪的时候他会从地上摸起一根草，一块石子儿，用他粗大的手指细细摸着，用他不太管用的眼瞧瞧它们的模样。有时候实在是坐不住了，他就会离开椅子挂上棍子去走路。

他想走到集上去，但是他的儿子们在三年前就不给他这个权利了，他们怕他在赶集的路上摔倒了，怕他迷了路。他在心里感到十分可笑，都走了一辈子的路了，他怎么会摔倒呢？他更不会迷路，那个集市他都赶了一辈子了，他闭着眼睛也能摸去摸回。尽管他在心里不服老，但是他们的儿子们认为他老了，他就得装成老了的样儿，让他们安心。

他从家前走到家后，有时候也会到田地里麦场上去看看，那儿曾经是他的战场呢，他俘获了多少小麦、玉米和大豆啊！他把那些庄稼纳到自己的心中来想象，想象那些庄稼以及乡村生活的一年四季，想象几十年来连续不断的劳动。难道说只是岁月让人变老吗？是岁月中那些他用生命和汗水浸泡过的庄稼，和实实在在的生活让他变老了。人人都会在经历了一些事物以后变老，从泥土里来回到泥土中去。

他有到坟地里去看，坟地里有许多坟，那是村子里老去的人们。有的还没有他年纪大就没了，他比他们的年纪大却还活着，这让他有些骄傲、有些快活呢。他心想自己真能，自己活过了他们真是能。

村子里还有一个比他岁数大的老人，有时候他们会在一起晒太阳，有时候他干脆去找他。他想跟他说话，说他们那个年纪所说的话。那个老人比他大两岁，八十九岁了，他准备好了未来的时间里随时就要离开这个世界。他就劝那个老人，让他好好地活着，说他活着是年轻人的福分。

他们在一起说话的时候还会想到和他们差不多大的老人都是还有谁活着，本村的，附近村庄的，盘点一番，分析他们的身体状况，家里的年轻一辈孝不孝顺。如果听到谁谁去世的消息，他们就会沉默一会儿，似乎那沉默的片刻，是为了在自己的生命中记住某某去世了这个现实。

人老了，越来越相信灵魂的存在，当他在坟地里伫立的时候他希望那些消失的人能从泥土里钻出来，与他握握手，说上两句。他想知道他们在地下、在泥土中生活得啥样，他对那泥土中的生活有些怕意，对于死后的生活，他心里一点儿底也没有。

过年他就八十七岁了。

天冷了，北风有时候会从下午刮起来，一直刮到晚上。北风早就把树上的叶子吹下来了，也把地里的草吹黄了。他的重孙子们拿了火柴去点那些枯了的草，草噼噼啪啪地燃烧，烧出一片灰黑的地面。河里结了薄薄的冰，整个儿村庄显得非常安静，孩子们去河里面捞冰块玩，他们发出的欢笑声也很静。整个儿田野都种上了冬小麦，小麦绿油油的，长势十分喜人。过了春节，上了化肥，它们就会疯长，长高，结穗儿，饱满，变成金黄，等着庄户人收获。年轻的时候他能十多天不睡觉呢，为了抢收、抢种。后来他终于睡了，睡在了新翻起来的坷垃地里面，他也不觉着硌。

他头上戴着火车头的帽子，那顶帽子是二儿子从部队转业回县里时给他的。是顶带棕黑色毛边儿的帽子。给他的时候是半新的，现在那顶帽子他戴了少说也得有十年了。十年的风雪吹白了那顶帽子。二儿子前年给他买了顶新帽子，是皮的，他戴不惯。他偏爱那顶旧帽子，虽说帽里子染上了他的发油，有厚厚的一层，可也正是散发出的那种味道，使他安心，让他舒服。

他只喜欢穿粗布的宽大的棉袄棉裤，有半新的二儿子穿不过来的毛裤毛衣，但是他觉着它们不暖和，穿在身上贴着身子也不舒服。主要是他习惯了自己中意的衣服，换个样儿，他觉得不美气。那宽大的棉袄没有扣子，他不需要扣子，他只要把袄裹起来就挡住了他瘦瘦的松皮露骨的胸脯，然后再用一根一米多长的布腰带缠上两匝，用力一煞，打个活扣就行了。如果天气冷，他会用两个小细绳系上裤腿，有时候他弯腰不方便，就由儿子或者是孙子代劳。儿子给他扎腰带的时候他总是说，用力。用力扎紧了腰，他才有力气走路。

在冬天他从来不恋窝子，他怕自己恋窝子恋得手脚不灵便了，起不来了。他是一个清醒的老头儿，一辈子不抽烟，喜欢喝点酒，但从不多喝。有时候比自己的儿子起得还要早，早几年他早早起来还会特地去拾夜里被风吹落的树枝当柴火，去背了畚箕拾牛马的粪当肥料。现在他不拾了，儿子儿媳不让他拾，不让他干任何活计，只是让他闲着。要是他不想闲着，他们就跟他生气，说他那么大岁数了，再干活村子里的人会笑话他们。只有孙子理解爷爷，说爷爷闲着没事儿，干点力所能及的活有利于健康。但是孙子的话不管用，对于儿子儿媳来说，他们在村子里的面子很重要。

他出了门，看看门外的树林子，那些树是他早年种下的，现在已经成材了，这对于他的三个儿子来说是一笔财富。最近几年他也种了几棵树，在三儿子家里的水井旁边，在门前的河沿上。种树很简单，村庄的阴凉地里总会有一些槐树、榆树的苗儿，它们是数年前被风吹落在那儿的槐树和榆树的种子，种子抓着泥土的缝隙进入到泥土中，喝了秋天的雨，冬天的雪，开春就从泥土里生长出来了。生长个一年两年，就变得有些粗壮了。它们不属于谁，谁把他们移栽了，它们就属于谁。他把它们移栽了，它们就属于他，属于他的儿子了。

　　他看看天气，伸伸手，试试手的灵便，然后用手摸摸腿，感觉一下腿的力气。他开始走路了，他试着不用拄棍子，事实上不用棍子他也能走，只是觉着脚跟有点儿死板，像是木头似的，不够活泛了。他熟悉自己的情况，理解自己的脚是和他一样，老了一些，但是它还是可以信得过的。

　　在路上他遇到几个早起的人，早起的人骑着自行车或开着三轮车去集市上卖货。他们卖的是贩来的或者是自己池塘里的莲藕，蘑菇窖里的蘑菇，大棚里的蔬菜。他看不清楚他们谁是谁，但是他们看得清楚他，那些年轻人都从心底佩服他，大声跟他说话，大爷起那么早啊！爷爷你锻炼啊，还真看不出你老人家还行啊！他点头，笑着，应着，嗯哪！如果遇到走路的愿意与他多聊几句，他就与他们多聊几句。人家说，大爷爷，今儿个是肖皮口集哩，去赶集吗？他说，你看我还能赶集吗？别人说，能，你老人家身子骨看上去硬朗着哩，咋不能哩？他很高兴，他说，唉，我觉着我也能哩，俺家小三他不让我去啊！别人说，你是他爹啊，三叔还能当了你的家！又说了两句，那人走了。

　　他很高兴，又走了一会儿，回家来了。他感觉自己精神头很好，他想要去赶集了，他喜欢赶集。集上有那么多人，那么多东西。他有钱啊，可以买些东西给他的重孙子啊。他也想吃集市上的包子了，那猪肉粉条的，香喷喷，热乎乎，很是好吃呢。他有钱，他的二儿子，他的孙子们，他的外甥、外甥女给了他不少钱。那些钱他都存在自己的箱子底下了，还有一部分存在他的火车头的帽子里。虽然他不怎么花钱，可他还是乐意把一些零钱带在身上。他有很久没有亲自花钱了，他想花钱。

他想要赶集了，他的精神头很好，觉着自己可以去赶集。集离村庄也不过七里地，七里地他年轻的时候十来分钟就走到了。他听说离集市不远，近一年来还通了火车。想到火车，他有些激动，他还从来没有见过火车。听下东北的人说，火车很长，有几十个一溜排开的房子那么大，在两条钢线上跑，呜呜地，叫声比牛响亮多了。他曾经说自己应该在死之前看看火车。他跟自己的孙子说过自己的想法，孙子答应过用地排车拉着他去看看。但是他的孙子答应过后就骑着自行车去县城里上学了，下一次回家来没再跟他提起火车的事儿。儿子儿媳说孙子上高三了，学习忙着呢，他也就不好强调自己的愿望了。

吃过早饭，他觉着自己行。早上试了手脚，不用棍子就可以走路，有了棍子一定可以走到集上去。他吃下了整整一个又松又软的馍，喝了一碗面汤，咽下一个咸鸭蛋。那馍和鸭蛋，加上他的想法变成力量，他对儿子说，小三，我听说咱这儿通了火车，今天我去转转。儿子说，爹，别跑远了啊！他说，嗯哪。

从饭桌上离开，他的心里甚是激动和欢喜，他像个孩子似的觉着自己变得聪明又灵活。他跟自己的儿子报告了自己要出去转转，而且提到火车。儿子没有理解他话语中潜在的意思，他不想让儿子完全理解，却又给了儿子一个信息。他为自己的聪明感到些许高兴。

回到自己的房子里，从箱子底下拿出钱来，抽出了几张大点的票子，然后把帽子摘下来，与那些零碎钱放在一起。他走出了院门，来到了路上。他让自己不要走得太快，尽管他可以走得快一点。他想自己应该保守一些走路，如果把力气一下子用完了，虽然走到了集市上，回不来了怎么办呢？他这两年可没试过一次走那么远的路呢，他得小心一些，讲究一点走路的策略。

走出村子，路面不太平整，前两天下过一场冬雨，路面曾经泥泞过，现在已经被太阳晒干了。他走在路上，把脚踏在平整的地面上，一步一步迈步时，腿抬得有点高远的意思，生怕被路上的坎坷绊住了。他的头和肩膀探向前方，由于背是驼的，腿又抬得老高，人还是显得有些向后仰。隔远些看，那走路的姿势，颇有些特别。

太阳已经升得老高了，有超过他的年轻人问他，大爷爷，你干啥去啊？他不敢说自己去赶集，他怕那人劝他回去，或者掉头回家去跟他的儿子报告。他缓下脚步，装作若无其事的样子说，我遛遛腿儿，我看我这腿还中不中。

他走得有些热了，便把裤腿上的绳子解开了。行走产生的一些小凉风钻进裤腿里，让他觉得既轻松，又惬意。他有点儿怕后面再有村子里的人走过来，这个时候再有人走过来他说自己遛遛腿儿就有点儿让人信不过了。他加快了步伐，他手中拄的棍子就有点儿派不上用场了。

终于走到了集市上。集市是个十字形街，大体可以分为南面和北面，南面是买菜买肉的，北面是买杂货的地方。因为快过年了，有许多卖鞭炮、卖对联和年画的。他听到鞭炮声，感觉不如以前的响。看到春联和画，感觉不如往年的新鲜好看。他知道是自己的耳朵和眼神不太管用了，但是他还是相信自己的感觉。

集上的人很多，一个挨一个，他在人群中有点儿担心别人会挤倒他，便把自己的棍子用力捣在地面上，让它发出些声响，同时嘴里还发出"嘿嘿"声音。他以为棍子和他发出的声音会引起别人的注意，事实上熙熙攘攘的人群哪儿能听得到他和他的棍子发出的声音呢。不过集市上人的眼神要比他好多了，他们看到他弯腰驼背是个老人，便尽量地给他留足他走路的空间。

他想买几挂炮仗，给老大家几挂，给老三家几挂。老二家就不用了，老二在城市里过年，他自己会买。事实上老大和老三也会买，但是他还是想要给他们多买几挂。现在日子过好了，过年时辞旧迎新，多放几挂就多一些喜气。他让卖鞭炮的给他拿最响的，人家给他拿了，他说，要是不响我可回来找你啊！卖鞭炮地笑着说，中，大爷，要是不响你再来找我！

又来到了买杂货的摊点，花花绿绿的杂货，他看得不甚清楚，也不知道该买些什么。他想给重孙子买个玩具，但是他不清楚什么样的玩具他的重孙子们会喜欢。他们一个十二岁，一个八岁，都调皮贪玩。他把自己重孙子的情况跟摊主说了，摊主给他推荐了一把电动冲锋枪，一架飞机，都是塑料的。摊主给他演示冲锋枪，扳动扳机，冲锋枪发出嗒嗒的声音，但是他不太听得见。摊主是个聪明的妇女，她大声说，大爷，你重孙子一准喜欢哩，很响，他能听见。他不相信，后来摊主把冲锋枪放到他耳朵边扳响了，他这才相信了。他说，飞机会飞吗？摊主笑着说，大爷，会飞的你买得起吗？会飞的飞机在北京哩，咱这小地方哪里有啊。他说，啊？摊主见他没听见，便也不强调自己的说法，提高声音建议他说，大爷，你两个孙子最好买一样的东西，一人一个，省得挑拣闹矛盾，大过年的，便宜给你啊，二十一块。他这次听清了，觉着摊主的建议有道理，但是他还是觉着贵了。他说，十二块，十二块两个，我买了。摊主大

声说，大爷，十二块我赔本哩，卖不成。他摸着枪，觉着给人家
十二块要两个有点儿少了，便说，再给你加两块，不能再多了。摊
主说，大爷，你真会讲价钱，这样吧，十八，一分也不能少了。后来
他用十八块钱买了两个冲锋枪。摊主给了他一个方便袋，盛好了给
他。他把枪和鞭炮拎在一个手中，心里有些高兴。他有两年多没买
过东西了，他高兴，觉着自己活着很有意思。

　　后来找到了买吃食的地方，他想起自己头七八年前赶集的时候，
那时候孙子还在上小学。他总是给他的孙子捎几个烧饼。想一想自
己吃不动烧饼，孙子们也都大了，他有些微的失落。烧饼带着焦黄
的火烤的麦香味儿，甚是贴心哩。他想到重孙子，还是掏了两块钱，
买了六个。他觉着自己手中的东西有些沉重了，走了那么多路，他
也有些饿。想吃包子，便在包子铺里买了一块钱的包子。一块钱四
个，他吃了一个，很香很美，又吃了一个，第三个他想了想，觉着
自己吃不下了，便把包子用纸包好了，放在盛烧饼的地方。

　　他向买包子的打听，我说师傅，火车离这儿远不远？师傅说，
不远，一直走，拐两个弯就到。他自言自语地说，我还没有见过火
车哩，我要见见火车去。师傅说，老大爷，火车今天怕见不成了，
得下午五点才过。他说，啥？师傅又重复了一次，他还是没有听得
清楚，但他没有再听下去就转身走了。

　　他又问了两个人，终于来到了铁道上。铁道高出地面许多，他
向上爬的时候颇费了些力气。那时候天已经是正午了，太阳很亮，
射出很热的光。他走了许多路，又拎着东西，感到浑身发热，便把
东西放在地上，松开了腰带，让空气钻进棉袄里。

　　看到了铁道，两条钢铁并排放在横着的水泥条子上，水泥条子
下面是石头子儿。他摸了摸铁轨，用手捡起一块石头敲敲铁轨。听

不到声音，但他感觉铁轨发出了声音。他自言自语地说，这是火车的路。他想，火车是怎么走在上面的呢？这么细的两条铁线，火车会不会摔下来呢？

他小心地坐在了空地里，累了，他需要歇一会儿。他把东西放在地上，摘下了帽子，检查还剩下多少钱。他看不太清楚钞票的图案，但是他能摸出钱是多少面值。他的媳妇怕小孩子偷拿走他的钱，曾经提议过由她来保管着，他没有同意。虽然他花钱的机会不多，但是有些钱在他自己身上他还是有一种安全感的，让他有些活着的证明和底气。

有时候他半夜里醒来时，果真会以为自己死了呢。他以为自己在阴间里，因为他在夜里看不到一丝光亮。这个时候他去摸他的箱子，从箱子底下摸到那一卷钱。钱系着皮筋，扯开皮筋，破开钱，一张张地摸在手中，从口中蘸点唾沫，点上一遍两遍，渐渐他觉着自己没有死，活得好好的。于是他就高兴，把钱重新卷起来，放到箱底，又摸着床沿躺下来，等着天明去走路。

如果家里要买点什么东西，他知道了，很乐意自己出钱。但是他的儿子和儿媳妇们不花他的钱，他们说，你好好放着吧，放好，别放得自己找不着了。他便笑，他想，我放的钱怎么会找不着了呢！

孙子从中学里回来，有时候他也会问，小啊，你需不需要钱哩？爷爷给！孙子不再是小孩子了，孙子懂事了，他不要。小时候他给爷爷要过钱，买过冰棍，糖葫芦。爷爷不舍得花钱，把钱都给了贪吃的小馋猫们，只是他们现在都大了，有的还有了孩子。他们为什么一下子就变大了呢？他回想着并不算遥远的过去，又回到现实中。

　　盼着火车能来,他等了很久,但是火车还是没有来。买包子的师傅说火车到下午五点钟才来,他没有听到。他想火车是不是今天不来了啊?他有点儿想要回去了,看看日头,现在家里的人中午饭都已吃过了。他们找不见他会着急的,他真想回去了,但是他还没有见到火车。这可怎么办呢?

　　从地面上站起了,费了劲,站起来时差一点摔倒,但最终是站稳当了。他把自己买的东西放在一根铁轨的接口处,然后拄着棍子迈开步。走下高高的铁路时出了问题,他不小心被一块石头绊倒了,十多米的斜坡呢,他滚了下去。一头栽倒的时候一个念头说,坏了,这一下可完了。

　　滚到平地里,他没有死,只是晕了一些时候。醒来时动了动手,动了动腿。腿摔伤了,他想坐起来,腰似乎也不听使唤了。他想看看周围有没有人,但是离路还有一段路呢,他的眼看不到有人路过。他有些焦急,开始后悔自己不听儿子的话走出来了。

　　烧饼、鞭炮,给重孙子买的玩具枪呢?他费了很大的劲儿才模糊地看到它们离自己并不是太远,他想爬过去逮住它们。有东西离开自己的身体远一些,总会让他有些担心。他又动了一下,但是腿和腰都痛。他咬了一下牙,真倒霉,那颗早就松动的门牙也断掉了。他想,我真是老了。过了一会儿,平静下来的时候他的心又像孩子似的生出一些委屈。我想着我能成啊,怎么会摔倒了呢?

　　终究忍着痛把自己的东西归拢在他的身边,他又一次想要站起身来,利用棍子,但是仍然失败了。他又让自己躺下来,他的背是驼的,不能仰面躺,只能侧身躺着。他躺着,想让大地给他一点力量,他喘着气,想着与力量有关的过去。过去他能挑四百多斤,能抱起二三百斤重的石磙,跑起来像兔子一样快,摔倒了立马就能爬起来啊，他生气，他骂了一句，他实在是恼怒了！

　　那次摔倒，他看到了火车。火车的到来是通过身下的大地感觉到的。那东西可真大啊，动静可真不小哩。他看到黑黢黢的火车开过来，开近了，在他眼前的铁道上一闪一闪地通过，那从大地上通过的火车，真长啊！

别　墅

　　大儿子一栋，小儿子一栋。楼是带尖顶和拱廊的欧式别墅，比村里别人家的房子高出了一大截。做了大老板的小儿子开着奥迪，带着未婚妻和为他打工的大哥大嫂回家风光了两天就又匆匆赶回北京了。儿子回家时村子里有不少人来家里吃着糖果，抽着香烟，有说有笑的，夸高翠莲命好。高翠莲心里也颇自豪，露着两颗大大的黄门牙笑着跟人说，你们猜一共花了多少钱？哎呀，你们猜不到吧，好家伙，一下子花了二百多万呢！您看看这墙，上面贴的可是外国进口的高档瓷砖哩，光滑得蝇子都站不住脚哩！您再看看，这地板上铺的是什么，这可都是上好的红木哩，在咱农村有谁家的地板是用木头铺的？别人看着她得意的神情，也听得懂她的意思，都点头应承着，口里赞美着，心里头却觉得她一个守寡多年的女人是想把所有人家都比下去，真是太过分了。

儿子们走后家里又空了，那种空和以前又不大一样。以前空不过是空三间，现在空却是两排三层半高的小洋楼里好多房间在空着。高翠莲带着个孙子在家里会有些空得心慌，她希望村子里不断地有人来她家参观，不断地有人夸赞她，可儿子们走后很少有人再愿意来玩了。另外她走出去时发现别人看她的眼光和以前也不大一样了，有的人远远看见她还绕着走了，像是怕她这个有钱人的娘似的。个别几个心性直的见了她说话时还夹枪带棒，当真不当假地说些让她心里不痛快的话了。哎呀，这楼建得再好也是你儿子的，您顶多也就是个看大门的！你的小儿子当了大老板了，还谈了个女大学生当朋友，为啥不把你接到北京去享福？更让她生气的是，别人家的孩子也不愿意和阳阳一起玩了。她捉住一个小孩子问是什么原因，那孩子说是他的爷爷奶奶不让跟阳阳玩了。

七岁的阳阳是个虎头虎脸的男孩，小小的鼻子，大大的眼睛。他一个人上学，一个人下学，下了学就躲在家里不愿意出门。高翠莲用小儿子送她的手机给大儿子打电话说了情况。大儿子说，您就不能让我在外头省省心吗，你不知道我在外面干的活有多累，老是给我说这些没有用的话，您就不能处理好那些关系吗？给大儿子说不通，她就又向小儿子诉苦，末了又添油加醋地说，村子里的人都叫他是剥削人的资本家了。小儿子在电话里笑了一通说，他们说得好，我就是资本家了，谁爱说说去。你告诉他们，以后谁说我是资本家，是剥削阶级，就不要让他们家的亲戚朋友跟着我干了，让他们去另找工作去。现在经济形势不好，有大把的农民工找不到工作哩，我正发愁该怎么清掉多余的人哩。高翠莲挂了电话又得意起来了，她亲自跑去一些人家，把小儿子的话添枝加叶地说给那些跟着她小儿子打工的人家听，那些人家听了果然又格外尊着敬着她几分了。

　　只是原来肯和阳阳在一起玩的孩子们还是不愿意和他一起玩。别人不愿意和上小学一年级的阳阳玩，阳阳就一个人玩。他和狗玩、和猫玩、和猪玩，和一片树叶、一根草棒、一面墙玩。他在墙上用粉笔画画写字，他画爸爸妈妈的样子，写下他们的名字。有时他也会爬到三楼的阳台上去看早上的太阳升起来，或是到楼的另一边看黄昏的太阳落下去。他小小的心里盼着爸爸妈妈能回来，因为村子里的小孩子都不愿意跟他玩，因为家里很大很空。尤其是晚上的时候，奶奶老是唉声叹气的睡不着，也闹得让他睡不踏实。他从小就跟着奶奶在一起，偶尔和父母通电话时，也从来没有表示过会想爸爸和妈妈。他不愿意和爸爸妈妈说软话，更不愿意哭着求他们回来。爸爸妈妈问他要什么时，他也总是冷冷地说，啥都不想要。阳阳的话让爸爸妈妈有些难过，他们觉得对不起阳阳，可想到要过上好日子，他们不出去打工还有什么办法？他们的弟弟搞得再好，再有钱，那也是他的。

　　村子里别的孩子，也有不少是在心里怨着外出打工的爸爸妈妈。有次阳阳还听到一个大他四岁的、叫李乐乐的孩子说，他希望爸爸妈妈被车撞死。他的爸爸妈妈也在城里打工，可他们离了婚，又各自组建了家庭，把他推给爷爷奶奶，过年也不回家了，就像是把他给忘了。阳阳把李乐乐的话说给奶奶听，高翠莲听了心里有些吃惊，觉得孩子们那小小的脑袋里想的事情太可怕了。阳阳想和小伙伴们一起画同一面墙的时候，是会被人骂，被别人推开的。阳阳的胆子小，不敢和人打架。高翠莲看在眼里，就骂他没出息，鼓励他给欺负他的孩子还手，可他还是不敢。高翠莲有时就会亲自披挂上阵，带着阳阳去找那些孩子，弯腰装着从地上拾砖头，嘴里骂着他们的爷爷奶奶，把那些孩子给赶走骂跑。个别乖一些的孩子，高翠莲也会用些糖果收买一下，夸赞他们一番，劝他们跟阳阳玩。可是那些孩子也是被人欺负的老实孩子，如果敢跟阳阳一起玩的话，别的孩子就不和他们玩。后来高翠莲觉得不该和孩子们生气，就买了一大袋大白兔要给所有的孩子发。可是孩子们识破了她的计谋，都不接受她的糖果。

不过，高翠莲很快又发现竟然有人愿意和阳阳一起玩了。只是她不知道，为了取得别人的好感，阳阳也开始对别人说爸爸妈妈的坏话，说不想他们，再也不想见着他们了。果然有几个孩子愿意重新和他在一起玩了，还和他一起在墙上画画。他们一起在墙上画了许多代表太阳的圆圈，圆圈朝四周伸出直线。在太阳的下面还写了一句让人摸不着头脑的话：太阳升起来了，太阳落下来了。那句话是阳阳最先说出来的，他一个人站到楼顶上看太阳升起来，然后又看太阳落下来，觉得大大的、亮亮的、暖暖的太阳也是个人，和他一样孤单。阳阳和别的孩子把村子里的一些水泥墙用粉笔都歪歪扭扭地写上了字，画上了画。阳阳家新建起来的别墅楼的外墙上也被人给写了、画了。

有段时间，一大早竟然有别的小孩敲阳阳家的门了，阳阳每次都急急忙忙地穿着衣服出门，和等在外面的小朋友一起去村子东面去。高翠莲感到十分好奇，悄悄地跟在他们的后面，要看看他们干什么。一共八个孩子，走到一个高高的土坡上，站成了一排，等着就要升起来的太阳。高翠莲不知道他们葫芦里卖的是什么药，看到红的太阳露出了头时，孩子们脱掉了裤子朝着太阳撒尿，比赛谁尿得高，像是要一起把那火红的太阳给浇灭了。都尿完了，八个男孩子嘻嘻哈哈地说笑着，风一样跑着下了高坡。高翠莲见他们下来了，装着弯下腰去捡柴。孩子们经过她的时候，那位叫李乐乐的孩子朝她大喊了一声，大嘴！大嘴是高翠莲的外号，以前过着穷苦日子时，村子里很多人都那样叫她，这些年随着两个儿子越来越有出息，她很少再听到别人当面那么叫她了。她确实没想到孩子竟然敢当着她的面那样喊她的外号。更没有想到的是，别的孩子也跟着一个个地喊了，轮到阳阳的时候，阳阳竟然也小声地喊了，然后飞快地冲进在另一边等着他的孩子中间。

　　时间并不长，大约还不到一分钟的时间，八个孩子都叫了高翠莲的外号，然后小动物似的一个个从她身边扑腾扑腾地跑了。高翠莲最初感到有些好笑，接着又有些生气，后来甚至是吃惊和愤怒了。她也没有多想，从路边柴堆上抽出一根手腕粗细的木棍子追了上去。本来孩子跑了就让他们跑了，可她真是生气了，因为就连她当成心肝肉的孙子阳阳也那么叫她了，她要教训教训那个叫李乐乐的坏孩子，往他身上抡一棍子，让他长长记性。高翠莲连声叫骂着，举着手里的棍子追。孩子们跑散了，带头的李乐乐见队列散了，就勇敢地停了下来，等着高翠莲过来。他以为像以前那样，她也不过是吓唬吓唬他们，并不敢真的下手。可是高翠莲像一阵旋风刮了过来，抡起棍子就打。李乐乐紧张得一弯腰，棍子刚好落在他的额角上。额角被飞过的棍尖划了条大口子，鲜血很快就滴滴答答地从脸上滑落到地面上。李乐乐看到流出的血吓坏了，别的孩子也吓坏了。

　　村子里原来有个医生的，几年前也跑到大城市里去开私人诊所了，要去看医生得到别的村子。李乐乐被不断流出来的鲜血吓得哇哇大哭，高翠莲飞一样地跑回家里，骑上电动三轮车，把李乐乐抱上车就火急火燎地骑去另一个村子。到了那个村，医生止了血，做了简单包扎，说开的口子太大，得送到镇医院去缝针。高翠莲又开车把李乐乐送进了镇医院。李乐乐的头上缝了九针，他的爷爷奶奶听在家的孩子们说了经过，都赶到了镇医院里去看。当奶奶的心疼孙子，冲过去要和高翠莲拼命，被一边的李乐乐的爷爷给挡住了。李乐乐的爷爷说，他们家不是有钱吗，咱们让她赔钱！

高翠莲回到村子里，阳阳正在墙上和几个小孩子在墙上写字。高翠莲不认识字，也没心情看，就把阳阳叫回了家。稳了稳神，然后给大儿子打了电话。高翠莲带着哭腔说，哎呀，我可是闯了大祸了。大儿子忙问，怎么回事啊？您慢慢说！高翠莲断断续续地说了前因后果。大儿子生气地说，我说您啊，都这么大岁数了，怎么还跟孩子们一般见识？这可怎么办呢？我们手头上也没有钱，好几个月没领到工钱了。高翠莲又给小儿子打电话，可小儿子的手机关机了。那时她还不知道小儿子也闯了大祸，他负责建的一栋大楼因为偷工减料出现了严重的质量问题，别人正准备去法院起诉他。一栋在北京的大楼，赔的话可不是个小数目，他们就是卖掉所有能卖的东西也赔不起，弄不好还得进监狱。

黄昏时分，高翠莲又给大儿子打电话说，数目定了，二十万，一分都不能少，他们说不交钱的话就在阳阳的头上也打一个窟窿。你说说，我又不是故意的，是那孩子躲的时候刚刚打在了头上，都是乡里乡亲的，他们这不是讹人吗？大儿子说，是又怎么样，咱理亏，就先认下吧，等我回去再和他们慢慢商量一下，看能不能少赔点。高翠莲说，你联系上你弟了吗，他本事大，看看能不能让人说说，少赔点。大儿子说，我明天就回家，回家再说吧。

问题是，大儿子下午回到家里时，事情又发生了变故。李乐乐的爸爸妈妈得到儿子受伤的消息后立马就坐高铁赶回了家里，带着李乐乐去找高翠莲要钱，他们要到钱还急着要回城里去。高翠莲对李乐乐的爸爸妈妈印象不好，觉得他们遗弃了孩子，是为了钱才回家的，便对他们没有好脸色，声称就是赔钱也赔给乐乐的爷爷奶奶，不会拿给他们一分钱。说着说着，双方就吵了起来。阳阳看着李乐乐一家都围着奶奶，就哭喊着冲上去扑到李乐乐爸爸身上，用手拉他，用脚踢他，让他放开奶奶。李乐乐的爸爸是个五大三粗的人，当他拎起阳阳把他丢到墙上时，那贴着光滑瓷砖的墙壁如同有了吸力，阳阳在上面趴了好一会子才脱离开来，倒在了地上了。

阳阳没能救回来，高翠莲也疯了。大儿子回到家里时没想到事情竟然发展到那个难以收拾的地步，看着那栋漂亮的，然而与整个村落有些格格不入的别墅时，他突然觉得碍眼了，心里有了一种莫名其妙的恨，恨得他想要一头撞上去。

变 化

一

十年前的一个夏天，花秋生想买两样东西，一条短裤，一台风扇。两样东西当时五十块钱就够，不过花秋生给家里寄了五百块后，剩下的七百块还得交二百块钱的房租，给手机充值得五十块，坐公交车上班得五十块，吃饭得三百块，这样剩下的一百块再买点牙膏、卫生纸、烟，再理理发什么的很容易就不够用了。

花秋生已经欠了两千多块钱的账，还不上不说，生活不下去的时候还得张口借。他的一双皮鞋已经补过两次了还在穿，两身衣服换来换去想要换出个新的精神面貌都不大可能。吃饭一天十块，也就只够吃个面条什么的，要想要个菜，吹瓶啤酒，这就有点要命。

二十年前，花秋生十七岁那年，家里养的三只山羊被贼给偷走了。那等于是一下子掐断了他家里的经济命脉，他的母亲感到生活没指望，一时想不开，喝了农药。人没死成，被村医娃娃给用胰子水灌过来了。花秋生的母亲大声喊着说，让我死，让我死了吧！村医娃娃给灌胰子水时，她紧闭发紫的嘴唇。花秋生的父亲硬是用勺柄把她的嘴给撬开了，都撬出了血。洗了胃还得去住院，住院又花了两百多块钱。钱还是借来的，二百块那时也不是个小数目，花秋生的母亲心疼那钱，觉得喝药寻死的做法特别傻，发誓再死的话，坚决不喝药了！

花秋生的父亲喜欢种树，二十年前树还不怎么太值钱，后来兴起了方便筷，兴起了合成板家具，树就变得值钱了。花秋生和妹妹花梅上大学，多亏了那些种在田边地头的树。不过花秋生和花梅上大学，每个学期都要交学费，每个月都需要生活费，家里还是欠了一些账。花秋生在大学毕业后，在家里的账还得差不多的时候，他父亲砍树时被倒下来的树砸折了一条腿。小腿骨断了，拉到县城的医院里接上，上了钢板，一下子就花了六千多块。家里又欠了账，而且父亲也不能干活了。不能干活就没有收入，家里的花销失去了来源，花秋生的母亲身体也不太好，经常吃药打针，离不开钱。

想到家里的困难，花秋生觉得就是他有十万块钱也不够。他父亲多年来一直有胃病，吃不下饭，有时候硬吃了，又不得不吐出来。前几年村子里有个得胃癌去了的人，也不过刚刚五十出头，几个儿女都没本事，弄不来看病的钱，只能眼睁睁地看着死在家里。那病医生说是可以看的，做个胃切除手术，人完全可以活下来，但那得花十多万块钱。十多万对于那个家庭来说无疑是个天文数字，别说借不到，就算是借到了，一辈子也还不起！

花秋生也总是有那种担心，如果他父亲将来也得了那种病该怎么办？花秋生的母亲低血压，老犯头痛，尤其让花秋生难过的是，他母亲二十多年的癣病一直折磨着她。他和妹妹每年回家过春节时，母亲都会撸起袖子，挽起裤腿，向他们展示她的牛皮癣，看得他和妹妹心里特别难过。他们都在心里暗暗发誓，回到城市里一定要好好赚钱，将来有了钱，一定把母亲的病治好，让父母过上好日子。

回到城里有城市里的现实，那时大学毕业生已经不再包分配，他们自己找工作，需要工作的人那么多，好工作也轮不到他们，因此在城市里生活也不容易。他妹妹花梅二十四岁时还没有找到男朋友，她想要找个有钱的男朋友，那样就可以帮衬一些家里。不过花梅长相一般，又是那种特别老实本分的女孩，想让有钱人看上她那种可能性太小了。

花梅后来认命般找了个处着。母亲看花梅寄来的照片，对她男朋友十分不满意。在她的眼里，闺女是个大学生，长相虽说不是倾国倾城，可也是百里挑一的一枝花，怎能随便找个要个头没个头，要长相没长相，一看就没有什么大出息的男人？花梅心中难过，便对母亲说，他老实，又是城市人，有楼房，不差钱。那么一说，母亲才勉强接受了。

花秋生的父亲出事时，母亲希望女儿能多寄些钱，花梅只寄了一千块钱。母亲不满意，说，妮子，你不是说每个月能挣一千多吗？你不是说你男朋友家里有钱吗？花梅在电话里委屈地说，我是挣一千多块，可是在城市里花销大呀！我的男朋友家里是有钱，可咱又没跟人家结婚，不好意思给他家里伸手要钱呀！娘，这一千块家里先用，以后我会再想办法！

花梅那时每个月的工资只有六百块钱，她没好意思给家里说赚得少。她省吃俭用，连身好看的衣服也没敢买过。她工作前没有钱租房子，只好借住在同学那儿，工作后才搬到了员工宿舍里。那时她想找个赚钱多一点的工作，但她一个大专生，一个再普通不过的女孩，找个好点的工作实在不容易。后来没办法，她去了一家汽修厂当收银员，一个月只有六百块。有六百块总比没有一点收入强，起码能在城里生存下去了。

花秋生上学期间谈了女朋友，在外面租了房子，花钱会多一些。花梅为了省钱，有个月只花了二十块钱，花秋生都不知道她是怎么过来的。后来花秋生给报纸写了一篇稿子，得了五十块钱的稿费，不忍心妹妹穿得太寒碜，拿出来让她买件衣服。妹妹坚决不要，他硬是给了她，妹妹却把钱存了起来，在花秋生没钱用的时候，最终还是给了他。花梅经常用一块钱买四个馒头，就着咸菜，一顿一个。改善伙食也不过是吃一块钱一碗的米线或凉皮。花秋生每次和妹妹见面，看到妹妹面黄肌瘦营养不良的样子就心疼。妹妹太瘦了，一张小脸几乎看不到肉，光是皮了。那时的花秋生也瘦，他个头高，妹妹开玩笑地对他说，哥呀，我真担心你走在风里，被风给吹跑了哩。

花秋生的女朋友马丽，是花梅的大学同学。不过尽管两个人相亲相爱，大学毕业后还是和平分了手。分手的主要原因是他们都很穷。马丽家里据说还欠了几万块的贷款，但她家曾经是有过钱的——马丽的父亲早年做生意，生意兴旺的时候有过三辆大卡车，雇人开，每个月收入都上万元。可是后来出事，家道就败落下来。马丽作为家里的长女，下面还有个弟弟，当时都在上学，都需要花钱，家里欠下的账也要还。马丽有一种家庭使命感，因此大学没毕业就寻思着开个什么店去赚钱，以减轻家里的压力。

　　马丽开过服装店，但没有赚到钱，反而赔了一些，后来就不开了。开店时，花秋生和她便开始有了一些争吵。吵，一方面是因为都缺少钱，想要什么不能有什么，日子过得紧巴，都开心不起来。另一方面是他们那时已经同居了两年多了，彼此都不再感到新鲜，而年轻的生命里有着不安定的因素，都会莫名地期待有点新的可能性，而那时模样不错的马丽不乏追求者，她也未必不会想到要找个经济条件好些的，来改善一下家里的经济状况。花秋生那时也年轻，不会哄她，吵架时针尖对麦芒，两个人都较真，感情渐渐地就变味了。

　　分手以后马丽回家乡县城开了一个鞋店，花秋生则去了北京发展。后来两个人还通通电话，发发电子邮件。分开三年后，马丽的生意还是没能做好，也没能赚到钱。尽管马丽她想重新找个有钱的男朋友，但也一直没有遇到合适的。其实，如果不是合眼合心的，光有钱也是不行的。三年后的花秋生在北京工作虽说一个月只有一千二百块，不过他却对马丽说，我每个月能挣五千块，文章也发表了不少，写的书很快就能出版了，虽然版税不多，但在北京生活应该是绰绰有余。

　　花秋生之所以那样说，是马丽说她做生意做发了，挣了大约有六十万块钱。花秋生特别愿意相信马丽赚了那么多，但他觉得那是不大可能的。凭着卖鞋子，三年赚六十万，在她们家乡那个又小又不发达的小县城根本是不大可能的！花秋生觉得自己说的话马丽有可能会相信，因为在大学里时他就是个才子，去北京后说要工资挣到五千那也算是正常的。

　　花秋生对马丽那么说过后，心里竟然也高兴起来，好似真的工资上了五千块，书也马上要出版了一般。高兴过后又是失落，他觉得自己没出息，竟然要用说谎来获得前女友的好感了。为了消除已产生的坏情绪，他下班后约了同事李更，要请他喝酒聊一聊。两个人在一起喝了点酒，花秋生掏心掏肺地对李更说了自己的一些事情，就像是在上帝面前忏悔了一番，心里终于舒服了一些。在结账时他用了三十五块钱，在掏出钱的时候花秋生再次后悔和沮丧起来。

在单身的日子里，花秋生也想过找个女朋友填补寂寞孤单的生活，可长相稍好一点的女孩都挺现实，她们希望能以自己娇美的长相获得有钱有势的人的关注，这对于没有钱又没有地位的花秋生来说，她们就是水中花，镜中月，可望而不可即。长相差点的女孩他又看不上，他在照镜子时觉着自己应该找个长相至少说得过去，不能找比马丽差的。虽说他现在瘦了点，可看上去还算是英俊，再说他有才华啊，不应该找一个太一般化的女孩委屈了自己。

花秋生有时也想过与马丽重修旧好，他想起以前和马丽相亲相爱的日子就会忍不住想要与她和好。马丽个头差不多有一米七，不胖不瘦，身姿婀娜，虽说皮肤有点儿黑，但也算光滑润泽。那时的马丽总喜欢扎着个马尾辫儿，走起路来很有劲头，笑起来也挺甜美。花秋生觉得她挺好，给自己做女朋友、做妻子都蛮合适的，当初他们真不该分开。

不过花秋生一直没敢说自己的想法，分开了三年了，谁知道她又经历了什么，有了什么变化呢？有一次，花秋生和马丽在网上聊起过彼此的感情生活，马丽说她不想再找了。花秋生问，为什么不找了呢？马丽说，我的朋友挺多，生活得还挺开心的！花秋生就沉默了，她说自己朋友很多，是指男朋友，还是指女朋友呢？

二

　　花秋生口袋里虽说没有多少钱，但他还是需要时不时地改善一下伙食的。在需要改善伙食的时候，通常是他照镜子感到自己瘦，没有女朋友，生活得不顺心如意，需要安抚一下自己的时候。美食能安抚不如意的心灵，享用美食就像跟女孩谈情说爱，吃下的那些东西会让他感到在繁华的北京城里活得还算不差。不过最终美食代替不了女孩——花秋生一个人待在房间的时候也常会有抑制不住的烦闷。他抱怨这个现实世界上女孩子的眼睛太过雪亮，脑子太过精明。烦闷过后是美妙的幻想，他需要一些幻想来支撑自己的精神世界。

　　花秋生来到北京后断断续续完成了一部长篇小说，他联系了若干出版社，但没有一家愿意给他出版的。他对自己的作品有信心，感到终有一天书会出版的。书出版了，他就有名也有利了，那样稿费就可以让他的父母和妹妹的生活得以改善。那时他完全可以买几身像样的名牌衣服，请自己喜欢的漂亮女孩下饭店，想吃什么就点什么。人靠衣服马靠鞍，有了钱，穿上好看的衣服，不愁没有又漂亮又有气质的美女关注他。有了钱他就可以吃香的喝辣的，吃得多、吃得好，他相信自己的脸色不会不红润起来，身上的肉不会不多起来。有了钱他可以主动去追求女孩子，他可以租套单元房，可以阔气地请女孩消费！不过想象的美好最终还是代替不了现实的生活。花秋生在领到工资的当天下午就请了假，拿出了五百块钱去邮局给家里汇了。

　　前几天他给家里打电话时，母亲说，他的父亲不能动，麦收后的公粮没有人帮着交，需要四百多块钱交公粮。家里的玉米和大豆需要上化肥和打药也得用一笔钱。末了花秋生的母亲又带着哭腔说起了自己的牛皮癣，她说收麦时麦芒刺激了皮肤，病好像更严重了，痒痒，用手扛，都扛出了血珠子。村医娃娃对她说，看吧，再不看有可能会得血癌！花秋生听着母亲的话，觉得有把刀在割着他的心，一片一片的，血淋淋的痛，让他忍不住咬着牙恨自己，甚至想用手扇自己耳光——但那又有什么用？后来花秋生还是不忍听下去了，打断了母亲的话问，我爹他现在咋样了？母亲说，你爹他有啥事呢，现在快好了——今天还拄着拐棍下地去薅草了哩，我不让他去，他硬要去，管不了！花秋生说，你让爹接电话吧！

花秋生的父亲接过电话说，是秋生啊！花秋生说，爹，你要注意啊，现在伤还没好，怎么下地了？父亲说，我没事了，我想锻炼锻炼，你要是困难，就不要向家里打钱了，我再想办法！花秋生说，没事，我有钱，你注意自己的身体，哪儿不适早一点看，千万别拖着！父亲说，我有分寸……我现在胖了。花秋生心里一喜，说，是真的？父亲说，是真的，要不是生这场病我胖不了！花秋生很高兴，想到是长途电话，挺贵的，便想要结束通话了，他的母亲又接过了电话问，你的书出了吗？花秋生说，还没有！母亲说，怎么还没出啊，你什么时候才有钱啊！花秋生说，快了，快了，要是没事就挂了啊！母亲说，你得记着找对象啊，你看别人跟你一样大的孩子都上小学了，我看着眼馋啊——我这病就是不治，你也得考虑给自己寻个对象！花秋生心里有些烦，他心想，我哪有条件找啊，却在嘴里应着说，好，好好！我知道了！母亲说，那就挂了吧，说了那么长，多浪费钱啊！

挂了电话花秋生就盼着发工资，直到把钱给家里汇出去了他才松了一口气。给家寄了五百，还剩七百，回去交给房东二百，还剩五百。花秋生寻思着该不该买一条短裤，买个小风扇。上班时单位有空调不觉着热，回到租来的房子就像进了蒸笼，热得他受不了。房子对面还有人家，窗子又大，不能脱光了衣服。思来想去，花秋生还是决定买条短裤——有了短裤就可以脱光衣服，不用再买风扇了。

花秋生下班回家路过杂货市场，花了十五块钱买了一条花条纹的短裤，经过卖风扇的地方他也问了问价——最便宜的电风扇八块钱就能买到，是那种塑料的，吊着可以像直升机的螺旋桨一样转动，产生凉风。他想买，可是又想到了电风扇虽然便宜，可是费电呢，一度一块钱，于是便把买电风扇的念头又给打消了。手机卡里快没钱了，要不要买充值卡？花秋生上个月就想，算了吧，别人没有手机不也一样过吗？不过后来他还是买了充值卡，手机里没有钱，朋友联系不上他怎么办？他寂寞无聊的时光还得靠和朋友们联系才能消解呢！花秋生在买手机充值卡的书报亭，手里捏着钱，装作看那些花花绿绿的杂志，在心里犹豫了半天。后来他被那种犹豫不决的心绪弄烦了，还是狠心掏出钱来把充值卡给买了。

因为看不起自己那种斤斤计较抠抠搜搜的心态，他对自己产生了不满，竟然赌气走进了一个像样的饭店，点了两个菜，一荤一素，还要了一瓶啤酒。吃喝完，结账时竟然花了二十五块钱，掏钱时他又后悔懊恼起来。花秋生觉得自己并不是一个小气的人，但不得不小气，对自己小气却又不彻底，他对自己那种反复无常特别恼火。为了惩罚自己，他没有再坐公交车，为省一块钱，步行十余里回到了出租房。

在租房里，花秋生脱下裤子，换上了短裤，感觉双腿上有了一丝凉爽。上身还热，他又脱了那件白得发灰的旧 T 恤衫，找来一本杂志当扇子扇风。摇了一会儿，他感到手腕有点酸痛，想到了十年前在中学打篮球时把右手摔伤过的现实。当时花秋生的手腕肿痛，两周后手腕不肿了，但仍然隐隐作痛，写字困难。他觉得那儿不对劲儿了，教体育的老师建议他去医院里拍个片子看看。他到镇医院拍过片子，骨科医生说是舟状骨骨折，可以不做手术，但将来有可能会长出骨刺。为了省钱，花秋生没有做手术，只是要了几张膏药贴了贴了事。

　　十多年来花秋生的手一直不舒服，手腕里像是有个玻璃球一样在来回滚动。尤其在阴天下雨的时候还胀痛，写不了几个字就得停下来。后来花秋生大学毕业后借钱买了台二手电脑用来写作，用手指敲字时手腕才不怎么胀痛了。花秋生明白自己手腕里的伤还没有好——为此他一直希望有钱，有钱了他会去医院做个手术，把手腕里潜伏的问题给解决掉。花秋生问过了，那样的手术也很简单，只要开刀把断掉的小骨头给取出来就可以了。

　　花秋生放下杂志，用左手握住右手摇了几个来回，听到骨头相互摩擦时发出的咯巴巴的声响。十多年来，他一直在用左手摇着右手手腕，幻想着能够把手伤摇好了，结果左手的静脉明显比右手要粗。后来花秋生才知道，自己小时候营养不好，缺钙，要不然只是摔那一下也不至于把手摔成那种可怜样了。想到手腕的暗伤，花秋生心里又生出难过的情绪，他想，这都是贫穷造成的，如果家里富裕，能像城市里的那些有钱的人家一样，小时候能多喝点牛奶，身体养得壮实了，就不会有这样的问题和烦恼了。

三

一个周末，花秋生仰面朝天躺在床上，抽着两块钱一包的都宝牌烟，烟雾袅袅上升，他盯着墙角的蜘蛛网，想着怎么样才能变得有钱。手机突然响了，花良打来的。花良比花秋生小几岁，初中毕业就来北京打工了。他自学高中课程，跟着工程师跑前跑后在工地上打杂，后来学会了测量和预算，跑出来单干。他托关系在一家工程技术监管部门挂了个名，到处请吃请喝，送礼拉关系，承包工程。几十万、上百万的活儿包下来，转手能从中挣个几万，十几万。不过花钱也猛，不然那活儿也轮不到他来包！

花良买了辆二手桑塔纳，过年时风光地开到家里去了，进村时把车喇叭按得震天响。花家村的乡亲都知道花良成了老板，觉得他了不起，同时又为他的父亲感到惋惜。头几年花良的父亲中风没能及时就医，在家里躺了两年又得了一些别的病，家里没钱看病，他不想连累家里，便喝药去了。那件事情刺激了花良，让他觉得人在这个世界上没有钱就没有命，有了钱腰杆子硬气了人才能活得有底气！

花良开车来找花秋生，同来的还有花秋生的堂哥花青山。花青山比花秋生大十岁，十八岁结婚，十九岁就当了父亲。他是个能人，他练过武术，当过厨师，干过裁缝，煮过烧鸡，卖过猪羊肉，当过包工头。虽说什么都能干，但到头来他还是什么都没能干成。不仅钱没有赚下，在外面还欠了钱——他当包工头的时候被人给骗了，二十多万就像一阵风说没就吹得没有影儿了。跟着花青山干活的都是十里八乡的亲朋好友，大家理解他被骗了，但大家跟的是他，不是骗人的人，他们累死累活干了一年，他怎么着也得拿出些钱来给大家一个交代，大家都是拖家带口的，都是需要钱救命或把穷日子过下去的，谁都不容易。花青山没办法，只好把多年来积攒的准备盖房子的钱拿出来发给大家。

　　发了还不够，只好又借贷了一些才完事。花青山没有了钱，媳妇天天给他脸色看，两个人动不动就吵架，日子过得不安生。花青山当时想死的心都有，如果不是考虑两个儿子，说不定他就真狠心去了。花秋生与花良跟着花青山一起练过武术，花青山算是大师兄，因此他来到北京后，几个堂兄弟有时还会抽空聚聚，喝喝酒，各自谈谈对国内国际的一些大人物、大事件的看法，谈谈各自对首都北京的新奇感受。

　　花青山的脸色乌青，花秋生觉着是抽烟抽的，这让他想起花青山的父亲，他的大爷花知福。花知福早些年是个烟鬼，人又黑又瘦，后来得了肺病和喉炎，整天咳，喘气都相当困难。村医娃娃说再不把烟给掐了，说不定能抽成肺癌。花知福把烟掐了没两年，一个又黑又瘦的人变得又白又胖。当然花知福的变化也与他脱离了庄稼地和乡村的一些烦琐事情，来到了北京看大门有关。在北京虽说最初一个月只有三百块钱，可花知福落了个清闲。再说他的儿女那时都成家立业了，也没心操了，该变个模样了。当初花良来北京找工作，是花知福给找的活。花知福虽说是个看大门的，可在北京混得不错。他有高小文化，能写会算，懂人情世故，会说话办事。没来北京打工前，花家村的婚丧嫁娶都离不了他。

　　花秋生也抽烟，但看着花青山一根接一根抽，还是有种担心。花秋生说，大哥你少抽一点，你看你的脸都抽青了！花青山说，烟他娘的不是个好玩意儿，我也不想抽它！花秋生说，那就少抽点啊。

花青山把烟丢到地上,用脚踩了踩说,中,少抽点!

花良是个大黑胖子,大腿比小姑娘的腰都粗,他不抽烟,他说,你们别看我胖,不是好胖,不信秋生你掐掐看。花秋生不相信,在花良大腿上掐了一下,结果真有一个坑,半天平复不了。花良说,我贫血,有时候还会头晕!花秋生觉着不可思议,那么年轻,那么胖,看上去那么结实的花良怎就会贫血了呢?

花良开车回家那年,大年三十的夜里,花良、花青山、花小军,还有花林他们聚在一起喝酒。他们各自说着在乡下,或在城里的工作和生活,用一句话概括,这年头都他娘的缺钱,都不容易!怎么办呢?要开动脑筋,认识到发展就是硬道理,要相信不管黑猫白猫,抓着老鼠就是好猫!老鼠是啥?是钱! money!但全中国,全世界的人都想钱,钱也不是那么容易得到的,因此要想赚,敢赚,会赚才行!

一杯一杯的白酒,相互敬着,大家都喝得差不多了。花良说起自己在做的事业,形象地比喻说,他现在做承包工程的事儿就像是在打仗,在攻城略地,他特别需要个有勇有谋的好军师,来帮自己拿主意,摆平一些事情。花青山当时觉得自己可以胜任军师一角,当即表态,要跟花良去北京一展身手。

事实上花青山那时出不成力气了。做包工头时在窑厂里干活,虽说他是头,可也得干活。为了带动别人,让别人服气,他要和别人比赛干得多,干得好,结果他的腰给扭伤了。花良也知道他那种情况,便说不让他干体力活,答应每年给他八千块钱,如果事业顺利,赚得多的话还可以再多给他点,反正是自家兄弟好说。

花小军和花秋生是花家村的大学生,在乡下人的眼里他们算是熬出头来的。花小军比花秋生大两岁,早年考大学时复读了两年才考上，考大学前母亲得病死了。花小军觉得是母亲保佑了他，或者说激励了他，他才考上了大学。在花家村那片贫瘠的土地上，一根小苗儿要想长得出息，总得有人让出他的福分，把营养让给有希望的苗儿。花小军毕业后去深圳特区一家翻译公司上班，经常与一些外国人打交道，又在开放的沿海城市，有了些见识，他看不起花良，觉得靠请客送礼拉关系赚钱，干的那不是正事儿。

花小军和花秋生小时候玩的关系比较好的是花林，三个人以前经常在一起玩。花林小小年纪就想着怎么发家致富，初中没毕业就不上了，在自家地里种菜，在院子里养兔子，一天到晚总有干不完的活。花小军和花秋生放学后经常跟在他身后，一边听他吹牛，一边帮他干活。那时他们都是理想主义者，都在梦想着做成一番事业。花秋生想成为一名作家，花小军想考上大学改变命运，花林则想要成为企业家，改变家乡贫困落后的面貌！

花林家里特别穷，他有三个弟弟，当时光吃饭就把家里给吃得揭不开锅了。每年冬天他们连身保暖的衣服都没有，一个个冻得鼻涕往下掉。手和脚冻得红肿得像馒头，天稍一变暖，手脚就开裂流出脓水，看着让人难过！

花林一心想改变家庭状况，十八岁那年去了东北，在东北大森林里锯了两年树，还与一个善良的姑娘产生了纯洁的爱情。姑娘家里不同意，他们不想让女儿嫁到外地去。花林想偷偷带姑娘走，结果被人发现打了一顿。后来他去山西挖过煤，瓦斯爆炸，死了几个工友，他也差点死在几百米深的地下。外头不好混，他回家后又订阅了《农业知识》，开始养鸡，偏偏鸡都生病死了。他欠了钱，又南下广州打工。

花林在一家皮蛋厂打了三年工，认识了一个湖北女孩，后来带回家结了婚，他们一起在家里办了个皮蛋加工厂。再后来花林又开了腐竹厂和养猪场，事业做了起来。吃过苦、受过罪，走南闯北又长了见识，那时花林也参透了人情冷暖、时局变革，明白了该怎么活才能活出个样子来，于是他变了——他到处跑关系，拉拢人，结果顺利当选花家村的村支书，有了权力。

花林的三个兄弟都在外面打工，老二拉油赚了钱，老三、老四跟着干，后来也都赚到了钱，各自有了车。他们盖上了漂亮的房子，先后也结了婚。十来年时间，他们一家人在村子里再也没有人敢小瞧了。

花林在酒桌上对花秋生、花小军他们说，现在外姓人谁还敢小瞧咱们花家人了，就是借给他们个胆，他们也不敢了！怎么说呢，我现在怎么着也算是个国家干部、企业家了，不是吹牛，咱黑道白道都有人——你们放心在外面干，家里头有我，你们尽管放心！

花秋生看着一脸世故、夸夸其谈的花林感到心里有些不舒服。花林不再是他印象中积极上进，一心想带动父老乡亲发家致富，有理想、有追求的花林了。花小军也瞧不上花林，觉得他变得世故了，不讲道理了，竟然还认识了黑道中的人。不过他对花林还是表示了理解，因为他不变就当不了村支书，厂子就很难办下去，他们花家这一支人在村子里就有可能被人比下去，被人欺负！人都在随着时代变化，不变就难以有什么发展！

那时就连花秋生对花小军的印象也不像小时候那么好了。因为他跟花小军借过五百块钱，曾经有两年没有还上。在深圳收入不错，买了房子和车子的花小军有好几次提起钱的事，后来还说，要是他实在困难，他就不要了。花秋生觉得花小军看人的眼光是居高临下的，说话的声调总带着一种说教的意味，好像别人都该听他的，他就代表真理！例如在写作这件事上，花小军就认为花秋生写不出什么名堂，成名是那么容易的吗？文学作品现在还有几个人看？

不过，在一干人中，花秋生和花小军还算是最能谈得来的，因为他们都被别人羡慕嫉妒着，又同时被别人不服气——因为他们都没有去考公务员，当上官。成为当官的他们才算是村子里人的骄傲，他们才有可能对村子的人有利用价值。但他们不过是在大城市里打工赚钱而已，他们与乡亲们发家致富没有多大关系，这便是种没出息！

想到少年时候的单纯，看着花林现在的模样，花秋生和花小军也不再想对花林再说什么知心的话了。例如给他提个醒，希望他为人处世还是低调点，不要那么喜欢吹牛显能，那样的话早晚会有吃亏的那一天。花秋生听说了，花林为了保住自己的村支书的位子，和镇上的一些领导拉上了关系；为了镇压不服管理的村民，他和镇派出所的所长成了兄弟，有事没事地在一起喝酒；为了避税和把厂子顺利办下去，他和县里的税务部门和环境保护部门的负责人也成了朋友；为了扩大自己的势力，他还和十多个有头有脸的朋友结成了兄弟，成天开着辆车四处跑，收购大豆，推销厂子里生产的腐竹，自然有时也会强买强卖，名声越来越差！

四

花秋生想让花良开车去大爷花知福那儿去看看。他来北京三年了，还没有去大爷的厂子里看过。兄弟三个人在房子里说了会儿话，就起身去花知福那儿。一个半钟头后，车到了一个大铁门前。花良按车喇叭，想让花知福来开大门。花青山说，你他娘的别按了，还想让你大爷他亲自出来为咱开门啊，怎么还没大没小的！花青山说了花良，自己下车去开门，这时花知福也从里面走出来了。

花青山说，爹，秋生过来看你来了。花秋生看见大爷，也从车里走了下来，他高兴地说，大爷你胖了、白了！真没想到你变成这样了！花知福也笑着说，变了，现在没事儿了也该胖了啊，白倒是没白，这辈子也变不了白！花秋生笑着说，大爷你咋说起普通话来了！花知福说，我没事儿的时候厂里厂外的人都爱来我这儿唠唠嗑儿，我说家乡话他们听不清，只好说普通话，说多了就说顺溜了，改不过来了。我给你大娘打电话，你大娘就骂我。我说我说惯了普通话，改不过来了。还说我，才去了几年北京，还知道自己姓啥不？我们半个月不通一次电话，通电话就斗嘴，我看还是在北京清闲！

走进工厂大门，大门旁边是一间房子，里面有张床，几条板凳，一台电视机。桌子上还放着几份报纸。花秋生身上感到一阵凉爽，一抬头看到了空调。花秋生笑着说，大爷你混得不错啊，还装上空调了！花良停好了车走了进来说，大爷混得比咱们都强，厂子里的领导对他那是相当重视，差点没任命他当副厂长，安装个空调算啥呢！花知福说，你们还真别说，我再年轻一点说不定真能当上副厂长。我年轻时赶上的年景不好，那时候还没改革开放，还没有那么多机会。现在改革开放，人们的思路活了，有了那么多机会，你有什么想法，只要肯干、能干、敢干，都能干成！

中午花知福买来一条鱼，买了一只鸡，说要做饭吃。花青山做饭的手艺好，活儿让他揽了去。花知福和花秋生一起说话，说到花秋生父亲的伤，花知福说，我怎么都没想到你父亲会出这么大的事，他是我的弟弟，本来我该回家一趟去看看，可是厂子里离不开人。前两天我还给你爹打了个电话，听说也好得差不多了。这回出事落了一个好，他出不了力了，胖起来了。花秋生点着头说，是胖了，不能干活，力气在身子里出不来，人就胖了。花知福又说，你啥时候能变胖一点呢，你看你瘦的，咱们家再也找不到第二个了。秋生，你以后没事儿就过来，大爷我给你做饭吃。花秋生应承着说，好，中！

花秋生说了自己来北京后的情况，说自己为了文学创作放弃了收入高的工作，在一个编辑部工作，可以接触一些写作的作家朋友，有利于自己的发展。花知福觉着他很有想法，他说，写作可不是一般人能做的，你看我每天读书看报，人家写得可真是好，真有思想见识，有理论水平。我现在听你的谈吐，是比头几年强多了！你就好好干吧，有困难跟你大爷我说，我虽说没大本事，可在北京也认识几个人，经济上有什么困难你就开口。再说咱家不是还有你兄弟花良，你大哥青山吗——你们机会赶得好，随便混一混都会比我们老一辈强。现在的困难都是暂时的，挺一挺过去了就好过了。要说难，在家乡难，在城里更难，但是咱难得有理想、有追求，难得有盼头、有出息啊！

花秋生谈起自己过年回家的感受，也说起了花林、花小军，意思是想听听大爷花知福的看法。花知福说，国家在改革开放中激变，人也在这种潮流中变化，不变不行。大家都怕穷，怕被人看不起，都想方设法要过好自己的日子。虽说在这种变化过程中人与人之间不再那么亲密友善，多了一些磕磕绊绊和钩心斗角，不过还是应该看到，大家的生活水平、生活质量一天天地提高了，不再为吃的穿的发愁。花秋生觉得大爷花知福在北京这几年没有白待，成天和人聊天看报思想境界也有了，因此他不停地点头称是。

　　花知福说到最后认为花秋生该找个对象了。他认为男人干事业必须得有一个好的家庭做支撑。这个家的组成不一定是最理想的，但一定要安稳。安稳的家庭也让人心里稳当，能踏实地做事业。花秋生觉得大爷说的有道理，晚上吃过晚饭，又聊了一会儿，花良和花青山就把他送了回去。

五

　　花秋生回到家里，躺在床上想了很久，越想越觉得自己仍然在爱着马丽，因此他决定给她打个电话。花秋生对马丽说，马丽，请你给我说实话，你有男朋友了吗？马丽沉默了一会儿说，没有！花秋生说，那你对我还有感情吗？马丽沉默了一会儿说，我不知道。

　　花秋生说，你就别骗我了，你现在的情况也比我好不到哪里去，你肯定没有赚到钱，就是赚了也不会赚那么多——过日子是件长远的事，也不要太难为自己了！马丽说，你现在是个什么情况？你也给我说实话！花秋生沉默片刻说，我也对你说实话，我现在每个月工资只有一千二百块。我的确还在写文章，也发了一些，但稿费也赚不了多少。我写了一部长篇小说，还在找出版，但是也比较难赚到钱。马丽说，我吧还能过得去，我没有赚六十万，但也多少赚了一些。现在我准备把服装店盘出去，到深圳去做化妆品。

　　花秋生说，要不你来北京吧！马丽说，你说个理由？花秋生说，我没法忘记你！马丽说，我虽说赚了点钱，但都给家里还账了，还是一无所有。你的情况也不好，我到了北京我们两个穷人又走到一起能有什么出息？花秋生说，如果你还爱着我就来北京吧，你在北京找个工作我们一起慢慢发展，只要我们肯努力，我相信我们将来都会好！

　　马丽想了想说，我得了胆结石，得动手术，我爸有胃病，我妈血压高！花秋生心里一阵隐隐地作痛，他想了想说，我的情况也不好，我父亲的腿折了，花了六千多，也不能干活了，得养着。我母亲二十多年的癣病还没有看好，我自己的手也骨折过！马丽说，既然我们的情况都不好，再走到一起去不是更不好了吗？你还是找个条件好的女孩吧！

　　花秋生说，谁的条件好呢？条件好的会看上我？如果你还相信我就来北京吧！马丽说，不是相信不相信的问题，我们都得实际一点！花秋生说，你不准备来北京了，是吗？马丽说，也说不定！花秋生说，我觉着我们所需要的是爱，是力量，有了这两样东西我们就什么都不怕了，胆结石也不是什么大病，我们想办法挣钱治啊！

　　马丽说，这两年我也一直在想，说实话我也想过找一个有钱的男人嫁了，甚至是给人家当二奶也认了，可是自己做不到那样……花秋生心里又是一阵隐痛，难过地说，马丽，我爱你，我什么都不要求你了，我只希望你能回到我身边，我们在一起吧！马丽说，我还有肝炎，这是福贵病，不知道得花多少钱，还会传染，难道你不怕吗？

　　花秋生难过得泪水都流了下来，他几乎是哽咽着说，我不怕，让我也得肝炎好了，我们一起得就不再传染了！马丽说，你真的不后悔？花秋生说，是，我不后悔，绝不后悔，因为我爱你！马丽也感动了，她说，我也爱你，我心里一直有你！

　　一个月后，马丽来到了北京。花秋生去火车站接她，两个人一见面就跑向对方，彼此紧紧地抱在一起。花秋生在抱着马丽的时候感觉到自己充满了力量！不过，两个人在北京过了一周后，马丽还是决定去深圳发展了。马丽说她有一个高中时的好朋友，在深圳做化妆品做发了，现在有了房子，而且开上了宝马，她过去的话朋友会出资帮她开一家分店。

花秋生不太想让马丽去深圳，但见她主意已定，况且在北京也没有什么好发展的，也只好表示同意。花秋生让马丽先去，说等自己交接好手头的工作，然后再去深圳找她。临走的时候马丽告诉花秋生说，傻瓜，我爱你，我永远都爱你——我没有得胆结石也没有肝炎，我是为了试探你才那么说的，你会原谅我吗？花秋生吻了她，然后说，这样不是更好吗？你走吧，一个月后，我们在深圳再见！

六

花秋生在马丽走后叫来了同事李更，对他说起自己想要辞职要去深圳发展的事。花秋生说，北京人才太多了，赚钱的机会少。深圳是个移民城市，大家都是从五湖四海来的，不欺生排外，又是中国改革开放的窗口，说不定到了那边能找个不错的工作，赚得更多！李更点着头说，有那种可能！花秋生说，你的钱我暂时是还不上了，等我赚到钱到时再还吧——咱们单位工资太少了，要不你也干脆辞职，跟着我到深圳去闯荡一番吧——你没有必要待在咱们这个单位，一个月赚那一千多块钱，再说你写诗歌也需要游历，从北方到南方，说不定会给你更多的灵感，让你写出更好的诗歌。

李更说，你去深圳为的是马丽，我去了能做什么呢？花秋生说，深圳也应该有很多漂亮的女孩子吧，说不定还会有喜欢诗歌的呢。李更叹了口气说，有朋友给我介绍女朋友，一听我是个诗人眼里就放射出质疑、不解的光，诗能当饭吃吗？写诗能发财吗？你说可不可笑？是她们可笑还是我可笑？花秋生笑了笑说，都可笑，不过我相信你在将来一切都会有的，一看你就是有福相的啊，耳垂那么厚实！李更笑了笑说，但愿吧——我不能因为当下社会上的人，尤其是女孩对诗人有偏见而否认自己是个诗人，我是有价值的——在这个越来越鲜有人读诗的年代，越来越迷信金钱与物质的社会，我相信诗歌才是我们灵魂的声音，才是我们精神的财富。

花秋生说，是啊，精神财富才是无价的，可惜没有多少人能认识到这一点！李更说，我的读者不应该仅仅是少数几个诗人朋友，还应该有越来越多的、不知道诗为何物的人发现诗歌的作用。其实有许多社会各界的精英都曾经做过诗人梦，喜欢过诗歌，只是他们在个人生存与发展的过程中被时代紧逼，顾不上再去写诗或看诗。我的心里一直有一个还不成熟的想法，我想以自己的切实行动告诉所有人，去爱诗歌吧，去爱诗人吧，因为，诗人从心底里对一切人都有美好的祝愿——让人活得更美好，让世界变得更美好。

花秋生不停点头，觉得李更说得有道理，他说，是啊，你想我为什么会选择一个月一千二百块钱的工作呢，不就是因为爱好文学吗？如果我换份工作，怎么着一个月也得两三千吧！我们都是有梦想的人，虽然现实的问题会严峻地摆在我们面前，让我们为了生存吃尽苦头，但我们却在向圣人孔子的徒弟颜回学习，吃简单的食物，住在简陋的出租房里，忍受着清苦的生活，不改其志，这也算是一种修为吧！

李更说，是，我们是比一般的人要有志气，因此我相信将来我们都会成就一番事业！花秋生说，去深圳发展吧，我们可以在生命中建立一种北方与南方的地理关系，说不定会有利于我们的创作。我虽然写不了诗歌，但我平时也读诗。我觉得你们诗人在芸芸众生中是少数，能欣赏你们，愿意和你们一起生活的女孩自然也不多见，多了也不珍贵了不是？你还是该耐心一些。到了深圳以后肯定会有漂亮的、有眼光的女孩喜欢上你。在南方，美女如过江之鲫啊，即便是她们喜欢有钱有势的男人，但总有一两个家境不差，自己什么都不缺少的女孩吧！李更认真地点点头说，但愿如此，但现在女孩子都太势利了。

花秋生说，许多有点才华、有点相貌的女孩子想找个经济条件好的男人也是可以理解的，她们也要在城市中生存和发展，离不开物质及能换来物质的权力和能力。社会的发展就是个悖论——有钱有势的人未必真诚可靠、心灵美好，因为他们需要虚伪和踩着别人获取自己生存和发展的资本；没有钱的人，就像你我只能在社会底层打拼，坚守着自己的文学梦想，除了理想要什么没什么——女孩子看不上我们也是正常的！

李更说，是的，是的，我也理解。花秋生说，我相信我们的社会环境会越来越好，人们的文化素质会越来越高。我们肩负着的时代使命会使我们创作出更多的优秀作品，而那些作品必将对人们产生影响，我们会配得上最漂亮、最优秀的女孩。我有了马丽也就够了——她现在去了深圳创业，说不定过几年就成为一个富人。我相信你到了深圳之后会遇到爱你的女孩，我听说那儿有不少有钱人，说不定他们的女儿也喜欢诗歌，追求艺术呢！李更笑了，他说，所有的女孩既希望获得感情呵护，又希望得到经济上的滋润，因为贫穷会使她没有安全感。我既希望有女孩全心全意爱我，又希望她支持我写诗，不要盲目和别人攀比。可后来我发现自己也变得世俗了，无形中也在和人攀比。我看到比自己赚得多的、比自己有钱的人，看到比自己有地位、比自己受人追捧的人，心里会不忿——我为什么会喜欢你，和你成为好朋友，因为在你这儿我没有压力，你借了我的钱还让我有一种优越感。这是真实的心理，你说人为什么那么有局限性啊！后来吧我想，我不可能不想爱情之外的东西，不想现实，例如房子、车子和存款，两个人是否郎才女貌、门当户对，等等。我变了，我的诗歌就不再纯粹，现在我越来越感到自己将会是一个没有出息的诗人，因为我感到自己在物欲横流的城市里微不足道，想要有所作为真难。

花秋生感叹地说，是啊是啊，从乡下到城里，人都在变化。和我小时候一起长大的人都有了变化，大家在金钱与物质的洪流中都好像是身不由己地变成了另一个陌生的自己。前不久我和马丽通电话时她说自己情况不好，得了胆结石和肝炎，那时我的心里真的很难受，那时我才发现我一直爱着她，她成了我生命的一部分，不管她怎么样我都不想放弃她。结果她去深圳前才告诉我，她是在试探我。说真的我当时都被自己的表现给感动了，我为自己高兴和自豪，因为我是可贵的，是相信爱情的。你跟着我去深圳吧，去深圳，我们也许在祖国的南方会有一个新的开始！

李更说，昨天晚上我做了一个梦，梦见自己通过告别来迎接新鲜的世界的到来。我看到了一个黄金的国度，梦中还有一匹白马，白马绕着一根通天的玉柱嗒嗒地奔跑。我走出房间，走过了城市的楼群，像过河一样蹚过了车与人的河流。最后我来到了线条明净的田野，感到自己像客人，又像是主人回到了家乡。我清楚那儿并不是终点，我在以山为岸的岸边，站在高处仿佛发现了想象中的一切：峡谷中的激流，那无限的水中隐藏着一切情绪，一切创造的秘密和一切可能。我望见高山悬在了半空，并不是植于地面，而一切因为感觉和想象而存在于另一个时空。我想要写诗，我感到自己需要去解开那根玉柱上的白马，骑上它……

花秋生因他所描述的梦境而激动，他站起身来握住李更的手说，我们一起去深圳吧，你的梦境告诉我，我们应该一起换个城市。我相信会有一个新的开始。

我相信你有一天会过上拥有香车宝马、兰草美人，不缺少物质，精神也同样富有的诗意生活！

七

十年前，花秋生和李更一起辞职，退了租房，离开了北京，乘上了开往深圳的绿皮火车。哐当哐当向前行驶的火车上，花秋生与李更坐在一起，默默看着铁道两边的山川和原野，诗意村落和大大小小的城市，想见那许多人在大地上繁衍生息，忙忙碌碌奔着各自的前程，过着各自的小日子，他们感到一种自由飞翔的快乐。

花秋生和李更来到深圳，马丽和她的朋友——漂亮富有的化妆品公司老板林蓉一起，用车把他们接到宾馆。晚上在西餐厅请他们吃了饭，吃过饭又请他们一起去 KTV 唱歌。李更有副好嗓子，歌唱得投入，声情并茂。林蓉对李更产生了好感——她知道李更大学毕业，还是位文化人，只读过高中的她觉得，如果要找个男人结婚的话他是个不错的选择。马丽看出林蓉的意思，后来经过她极力撮合，两个人果真还就成了一对情侣。

花秋生住进了马丽租来的房子里，李更也另租了房子。那时的马丽已经在商场负责经营林蓉为她租来的一个化妆品铺位，效益还不错，除去要交给林蓉的那份钱，她每个月都有六七千块钱的进账。花秋生几个月后也找了一份在企业编辑内刊的工作，每个月三千块钱，比起在北京收入翻了一倍还多。手上有了一些钱，花秋生买了两身像样的衣服，在外面吃饭时也不再那么心疼钱了，他与马丽的关系比起以前在上大学的时候，自然也好了许多。

李更成了林蓉的男朋友，林蓉把化妆品公司里的一些杂事也就交给了他，每个月给他六千块的零花钱，还为他在驾校报了名，说等他考到了驾证就为他买一辆车。李更倒也不觉得低人一等，坦然享受着林蓉给自己的待遇，后来又从出租房搬出来与林蓉同居了，两个人的感情也一直挺好。李更和花秋生、林蓉和马丽，四个人有时候还会经常在一起吃吃饭，聊聊天，一起去玩一玩。

时间一天天，一月月过去。两年后，马丽有了一些钱，接着有了自己的化妆品店，成了个小老板，也赚了更多的钱。花秋生因为工作出色，工资也提升到每个月五千块钱。他每个月给家里寄一千块，觉得钱还是有多余的。他见李更考下了驾照，自己也报了名，为将来买车做打算。那时的花秋生和李更，差不多放弃了写作，投入和融入深圳这个大都市的工作和生活中来，又享受着爱情，每一天倒也挺充实的。

花秋生三十岁那年与马丽领了结婚证，两个人一起首付了一套房子。当时房子还不算太贵，一平方米也不过四千多，一百平方米也不过四十来万，首付两成，八万多就可以了。装修好房子，两个人选了良辰吉日，把双方的父母请到深圳，摆了婚宴，结了婚。

花秋生和马丽结婚时，花小军也带着老婆孩子过来了。婚宴结束后拆礼金，花秋生觉得花小军简直有些不像话——他随了一百块的礼金，这不是明显看不起他吗？花秋生想到自己来到深圳三年时间，花小军作为先来深圳的同乡和小时候的好朋友，竟然一次也没有过来看他——他自己因为不熟悉路，也没有去找他玩过，于是心中有了些感慨。他们都变了，不再是小时候玩得好的小伙伴，也不再是上学的时候彼此通信关系很好的朋友了。

花秋生的父母在深圳住了两周，那段时间花秋生了解了一些家里的事——花林在县城买了一套房，包养了一个年轻女孩，女孩给他生了一个孩子。他经常在县城里过夜，晚上不回家。他的妻子一气之下回到湖北老家，但在老家没有什么出路，娘家人后来还是把她给赶了回来，日子还是照样过。花林的大弟和二弟因为倒卖地沟油被抓了，为了减刑托人找关系，花了几十万块。三弟弟开车出了车祸，虽说人救活了，但残废了。媳妇见男人不中用了，也跟人跑了。花良在北京的事业还一直比较顺利，也有了更多的钱，换了辆奔驰。后来还在村子里也盖上了三层小楼。他在北京找了个年轻漂亮的女大学生处着，过着花天酒地的生活。花良对花青山也挺大方的，给了他不少钱。花青山有了钱在北京找了个开理发店的离异女人，两个人产生了感情，他回到家里提出要与妻子离婚，结果妻子上吊死了。妻子娘家的人来讨说法，他送了一些钱才把事给摆平了。

花秋生和马丽婚后不久，李更和林蓉也领了证，择吉日结了婚。他们住进了别墅，李更沾了林蓉的光，开上了林蓉送他的一辆深绿色的陆虎。虽说是好朋友，林蓉的成功还是让马丽心里产生一种嫉妒，从婚宴上回来时，也因为喝了一些酒，她忍不住对花秋生说了林蓉在深圳的打拼史。

林蓉高中还没有毕业就南下来到了深圳，头几年在工厂做过普工，在商场卖过货，在公司当过文员。总之打过许多种工，吃过各种苦。她的包和手机被人抢过，感情上也被人骗过，后来她给一个香港富商当了情人，是因为那个有能耐的情人给了她一笔钱，她才慢慢地发展起来。马丽脸上带着一种不屑说，你不要看林蓉和李更住上了别墅，开上了名车，成了有头有脸的有钱人，那是有代价的——我要是像林蓉那样，说不定也能让你住上别墅，开上名车。

在深圳，城市的飞速发展，促使每个人都有一种积极进取的压力，都有一种不服气别人，想要通过努力证明自己的渴望。虽说林蓉帮助了马丽，但马丽在心里一直不服气只读过高中的林蓉，觉得自己无论从姿色还是从能力，哪方面都比她强，只不过运气差了点儿罢了。在她与林蓉喝酒聊天时，林蓉向她谈起自己的过去，是因为心里难过想要获得她的理解。马丽的确也能理解她，甚至同情她，但终于还是为自己不如她找到了借口——她是给人当过情人的。她也没打算告诉花秋生林蓉的事，但最终林蓉住上别墅的事实刺激了她，让她感到不服气。

花秋生批评了马丽，认为她不应该跟自己说林蓉过去的事，因为不管怎么样，林蓉是把她当成好朋友，对她是有恩的——林蓉肯定不希望除马丽之外的人知道她的过去，而李更又是自己的好朋友，他知道了林蓉的过去该不该告诉李更呢？马丽说，你傻啊，我不是喝多了心里存不住话才告诉了你吗？你是谁，是我的老公啊！你要相信我，我将来肯定让你住上别墅的，我会比林蓉她更成功！

花秋生结婚后好像安于工作和生活现状，写作的想法更淡了，写得也更少了。李更在结婚后感到自己从精神上、心理上属于一个女人的不自由。以前他在与林蓉恋爱同居时还不太觉得，结婚后他发现，自己坠入了世俗的生活，活成了一个没有追求的人。他成为大诗人的梦想重新在他的心中彰显——写诗需要新鲜的感情，但他又不能正大光明地去跟谁谈恋爱，因此只好去一些夜总会找女孩子，去一些洗浴中心，找一些洗脚或按摩的小姑娘——有时候看上了人家，也会出钱偷偷带出来去开个房，找点刺激，满足一下自己的欲望。

衣食无忧，一切顺心如意的李更后来仍然会感到人生没有意义。他写不出让自己满意的诗句，感觉现实生活让他不知不觉间变得碎裂，变成风中的沙尘，在岁月中不断地消失，而不会留下任何痕迹。在与不同的女孩子行鱼水之欢时，他感到肉体凡胎的他不再是他渴望的、要通过写诗在将来成为的著名诗人，能够被后人根据他的光辉形象做成一尊铜像的他了。

李更对花秋生说，在这个日渐膨胀的城市中，我的精神之花日渐枯萎，我越来越感到自己的虚无，真想放弃一切重新回到北京，或者去流浪——但是你知道，锦食玉食，名车豪宅，花不尽的钱，以及有钱就可以拥有的女人还是对我构成了强大的诱惑，我该怎么办？

花秋生说，有时候我想，写作真的那么重要吗？这个世界上有那么多人，再说已经有了那么多世界名著，我何必再苦苦跻身到那些名作家的行列——你看谁获得成功不付出了代价？我现在给自己的定位是，先生活好，想写就写，写到哪儿算哪儿。

李更说，写作不再是你的理想，但我却无法把写诗仅仅当成一种爱好。我写诗，要成为大诗人是我一生的理想。现在我经常会感到过去的天空中有着隐藏的闪电雷鸣，那些是我本该捕捉的诗句啊，可是我现在无力获得灵感。我变得世俗了，顺从了生活，被现实的糖衣炮弹给击中了，灵魂受伤了。这几天我想过与林蓉离婚，一个人孤单地活在这个世界上，拥有自由，想去什么地方就去什么地方，想和谁谈恋爱就爱一场，不爱了就离开。

花秋生说，你想活出真正的自己，活得像一股风，吹过这苍茫人世，活得自由奔放！这我理解，如果你决定那么去活，也并没有谁真正能挡得住你！是你挡住了自己，你不忍心舍弃，也没有理由舍弃！不过，我劝你还是安心去和林蓉好好生活吧，何必一定要成为什么伟大的诗人呢！

八

马丽是个有赚钱意识的女人，深圳很适合她那种积极进取，一心想把事业做大，赚更多钱的人。在来深圳后的第四年，她成立了自己的化妆品公司，成为一家国外化妆品品牌的代理商。第六年，她赚了钱又开始投资房产与商铺，通过房产抵押又贷款与人合伙投资了房地产，整个人几乎都融入了赚钱的事业当中，几乎每个月都有十多天、二十天跑在外面。

那时的马丽希望不断获得在事业上的成功，那样她会有一种非凡的成就感。她与花秋生的感情生活在她看来已经不再那么重要了。那时她也已经不再需要花秋生去编辑内刊，每个月拿几千块的死工资了。花秋生只需要负责给租他们房子或商铺的人打打电话，收收房租，有空写写文章就可以了。

那时的花秋生也早就有了车，最初他想要一辆和李更一样的陆虎，但马丽认为居家的他不需要好车彰显身份，还是应该低调一点，再说她还不断地在做投资，没有那么多闲钱用来消费。花秋生对马丽开始有了不满，觉得她整个人就为了赚钱活着，没有考虑他的感受。他觉得自己作为一个曾经有理想的文学青年，甘愿放下文学在家里为她洗衣做饭伺候她，怎么就配不上一辆好车了？另外，结婚几年后，马丽忙着赚钱，顾不上和他要孩子，让他觉得马丽的心没在自己身上。

花秋生提出过要为在乡下的父母盖一栋小楼房，因为那时比他还小的花良在村子盖了楼，村子里的人有了攀比的对象，他的父母也想盖楼显摆一下，在通电话时多次说起过。花秋生向马丽提出这个想法，立马遭到了否决。马丽认为，在他们家那个破地方投资四五十万盖栋小楼没有升值空间，等于是把钱白扔在那儿了。花秋生则想让他的父母在村子里有脸面，不想让人家看低了，坚持想在家盖楼。

马丽说，你读了那么多书，怎么思想境界还不如个农民？农民打工有了钱还想在城里买房子呢！我不同意在你老家盖楼，你可以考虑把父母接到深圳来，我给他们一套房子，让他们去住，没事了像那些城里的老头老太太一样去公园里走走，不也挺好吗？花秋生说，家里头还有地，这几年国家也不让交公粮了，种地还有补贴，我父母舍不得把地丢了啊。再说他们来到城市里生活也不见得适应啊，我的爷爷奶奶、姥姥姥爷，一些亲戚朋友还在乡下，他们怎么能不管不顾去过自己的生活呢？马丽说，我看你就是没出息，国家补贴能补几个钱？现在物价那么高，补的那些钱能干什么？那些亲戚朋友就那么重要吗？这年头只要有钱，谁离了谁不能过啊？花秋生生气地说，你的心里就只有钱，我们都没出息，就你有出息！马丽从沙发上站起来说，我不想跟你吵——我还得出去陪客户打麻将，晚上可能不回来了，你不用等我！

花秋生心里郁闷，便给李更打了个电话，约他见面。见面时李更带了一位年轻漂亮的女孩，叫菊儿。菊儿清秀可人，年轻漂亮得让花秋生心生妒忌。他觉得自己活了三十多岁，只有马丽一个女人有点儿亏了，他应该像李更那样，去不断地尝试一下新鲜的感情，和陌生的女孩子建立一种亲密的关系，让那颗枯淡无味的心变得有点声色和味道。

正想着时呢，他妹妹花梅打来电话，说要给他借钱。花梅结婚后一直在西安生活，那时她的工资虽说比以前翻了几倍，但也就两千来块钱。她的爱人因为要照顾生病的父母，带孩子，一直没有出去工作，因此家里的日子靠那两千多块钱的工资，过得捉襟见肘。马丽曾想过让花梅来深圳帮她，说一个月给她开八千块钱，年终还有分红。花梅想来，但她的爱人不同意。花梅知道哥哥家有钱，但平时也从来没伸手要过。以前打电话，她总忍不住对花秋生发牢骚，说自己男人不争气，他兄弟三个，都有工作，能赚钱，偏偏由他来照顾老人，耽误了赚钱。结婚那么多年，他们连套房子都买不起。说到伤心处还会哭上一阵子，让花秋生心里也烦恼不安。花秋生说要给妹妹钱，让她买套房子。头几年在西安首付一套房子也不过二三十万，马丽有钱，认为买房子会升值，便也同意借给花梅，但花梅又说，她爱人不会同意借钱买房。

这次花梅打电话，是因为她的婆婆得了肝硬化，需要换肝。换肝需要三十多万，三兄弟一人十万，可他们拿不出来这个钱。她不想管这个事，又不忍心看着男人难过！花秋生听说了情况，便一口答应说，没问题，你别为这事闹心了，这两天就可以把钱打过去。

挂了妹妹的电话，花秋生就出去给马丽打了个电话，简要说了情况，希望马丽表态。马丽正在打麻将，显得特别不高兴，她说，她婆婆生病用得着她开口借钱？她男人干什么吃去了，怎么不自己想想办法？花秋生说，我妹妹和妹夫是一家人，妹妹给我们开口借钱是解决家里的事，不也算是很正常吗？马丽不耐烦，她说，我正在打麻将，跟你说不清楚，到时见面再说！花秋生还想要说什么，马丽却挂了电话。

第二天，马丽回来后还是让财务给花梅打了十万块钱，但脸色特别难看。花秋生觉得她不通人情，把钱看得太重。随着她的事业发展得越来越好，她就越来越不太把他当回事了。既然她不把自己当回事，自己也应该有些变化了，但最先发生变化的是李更和林蓉。

九

大约是在来深圳的第九年，李更和林蓉离婚了。

林蓉提出的离婚，因为她看到李更带着一个女人手牵手在逛商场，后来她跟踪了他，发现他与那个女人一起去开房。林蓉用手机拍了照片，然后提出与李更离婚。李更那时也想要从婚姻中走出来，让自己获得自由，也同意了离婚。李更一直开的那辆车也归了他，又分了一套一百多平方米的房子，现金也分了些，节俭用的话，足够他生活个三五年的。

拿到离婚证后，李更对林蓉说了声对不起，心里有些难过，眼睛红了。林蓉看着他说，没关系，只不过是你被我看到了，发现了，如果没有的话，也许我仍然会和你继续下去。以后，我们各自保重吧。李更上前拥抱了林蓉说，我是爱你的，一直爱你——但如果我们继续下去，我或许仍然会去与别的女孩约会，也许我更适合过单身的生活，我对不起你，也谢谢你，谢谢你给了我爱和自由。

那些话都是李更的真心话，但两个人分开后的晚上，李更还是把花秋生约了出来，两个人一起默默地喝酒，聊了他与林蓉分手的事。花秋生想到马丽对自己说过的，林蓉曾经给人当过情人的事，想了想，安慰他说，也好，这样你自由了。其实有时候吧，我也想要和马丽离婚，她一心在事业上，想着自己的成功，到现在仍然不同意和我要孩子，我都不知道她心里现在还有没有我。

　　一个月后，李更约花秋生去钓鱼。李更带着菊儿，菊儿又约了个女老乡过来，二十一二的年纪，身材苗条，面颊粉嫩，凤眼黛眉，小嘴红艳艳的，说话的声音也好听。菊儿开玩笑地对花秋生说，我的好姐妹，刚来深圳没多久，介绍给你认识，请你帮她留心在文化圈里找个男朋友啊——她可喜欢看书了！

　　花秋生看着那个女孩，有些心动，便问，叫什么名字？菊儿说，毛毛虫的毛，王菲的菲，再加个菲。花秋生点点头，若有所思地说，哦，毛菲菲，不错，这个名字不错！毛菲菲笑着，甜甜的，后来坐上了花秋生的车。花秋生跟着李更的车到了钓鱼场。

　　钓鱼的时候，李更对花秋生说，你应该有变化，不然很快就要老了，落后了，被时代给淘汰了。你是在生活，而且现在也有钱了，比起精彩的深圳，你活得一点都算不上精彩。花秋生也想要活得精彩一些，因此在看着毛菲菲的时候，他的心动了。

　　钓鱼的地方还有住处，李更早就订好了房。李更和菊儿住，花秋生和毛菲菲住。两间房子紧挨着，可以串门，各自在房外面的钓鱼台钓鱼，相互说话也听得见。李更来的时候就没打算让花秋生回去，因此多带了个女孩子来。花秋生想了想，最后决定给马丽发条短信，说自己晚上不回去了，要和李更一起钓鱼。

　　那一晚，一个年轻女孩的身体让花秋生有了新的感受，那种感受让他觉得自己重新又年轻了，又有了激情和力量，那种感受让他觉得自己不应该再继续那样平平淡淡、按部就班地去生活下去了。

　　花秋生隐约感到自己会出问题，但最终还是陷进去了。大约两个月后，马丽看到毛菲菲给花秋生发的暧昧短信，找人跟踪了花秋生，查到他的房号，当场把花秋生和毛菲菲给捉奸在床。那一刻，花秋生感到，自己和马丽走到头了。

在深圳将近十年的时间，花秋生有了新工作、新朋友，后来又和马丽结了婚，有了车子和房子，摇身一变成了富有的人，甚至不用再去工作——他不再是十年前在北京时吃不好、穿不好，在花钱上斤斤计较的他了。那时他已经有了很大的变化，那种变化主要是因为他经济生活上的变化所决定的——那时他仍然显得年轻，比起以前还多了一份成熟和稳重。他穿着体面的衣服，言谈举止得体，平时开着车出去，走到哪儿都不再是十年前那种穷酸的模样了。他仍然偶尔会写写文章，在报刊上发一发，后来还自费出版了十年前写的长篇小说，出版了一部散文随笔集，加入了作家协会，成了一名作家。不过那时的他对于通过写作获得大的成就已不再抱有幻想，觉得一切顺其自然就好。

将近十年来，他亲眼看到深圳的许多地方盖起了高楼大厦，没有路的地方有了路，没有桥的地方有了桥，漂亮的小汽车越来越多，城市的人口越来越密集。后来地下通了地铁，因为要办一场世界性的运动会，旧楼房改造翻新，城市绿化搞得更好了。一个个漂亮的花园小区，一座座富丽堂皇的大型商场或星级酒店闪耀在这个年轻的城市，让每个初来深圳的人都会感觉到，在这儿每天都有奇迹发生，这儿就是个传奇。那种被直观的被感受到的变化，使花秋生自然发生了变化。

马丽说，没有什么好说的，离吧——你他妈的别想从我这儿得到一分钱！这些钱都是我辛苦赚来的，没有你什么份儿——很快会有男人代替你，祝你跟这个骚货不得好死！

从民政局走出来，花秋生的名下只有一辆旧车，他卡上的钱也不过两三万块。花秋生想到在乡下的父母亲，他想争取一套房子，因此也对马丽说了，说她名下有那么多套房子，他名下的唯一的一套房子没有必要再转给她了吧？马丽"哼"了一声说，你要搞清楚，那是我赚的钱买的，这几年一直都是我在养着你，你也好意思这么说？花秋生想给马丽说理，甚至想跟她吵上一架，最终觉得，自己是爱着马丽的，是他对不起马丽了，理亏了，便没有再多说什么。

花秋生和马丽离婚后几乎一无所有，毛菲菲自然也不会跟着他了，走之前还以各种理由跟花秋生要了两万的分手费。花秋生对一切都感到心灰意冷，也不想多说，卡上还有些钱，便取了给她，打发她走了。

十

花秋生租了房子，手头上几乎就没有剩下钱了。恰恰是在那个时候，他的大爷，那时已经七十多岁，从北京回到家乡的花知福打来电话，要他出三万块钱。花知福说——花良发达了，打算为他的父亲立碑，他立碑的话必须得为他的爷爷和老爷爷那一辈人也得立。他那一家人要立碑，花秋生这边的也得立。虽说花良有很多钱可以出，但这个钱不能让他一个人出。家里人商量了一下决定让在外头混得好的每人出三万块钱，也好热闹一下，显示他们在外面干出了成绩，愿意为家族做点事情。

如果有钱，这是一件光荣的好事情，但花秋生离婚后几乎一无所有，尽管没了钱，但他一直尊敬的大爷开了口，他也不好当即拒绝。挂了电话，他便打电话问父母，父母那时还不知道花秋生和马丽离了婚，觉得他出个三万块钱是应该的，也都非常赞同。花秋生想了想，挂了电话，又给在深圳的花小军打了个电话，想听听他的意思。花小军的意思是，他还是个打工的，虽说在深圳有了车有了房，但他不是老板，他出不起这个钱——他会考虑为自己的母亲立碑，立碑也不过五千块，他不想多出！

花秋生挂了花小军的电话，又给堂哥花青山打。那时花青山和相好的也早散了伙，一个人赚钱支撑着一个上了高中、一个在读大学的孩子，日子过得紧巴巴的。花青山说，这个钱得花秋生出，因为他们家只有花秋生是个大学生，而且混得最好，最有钱。

说了一会儿，花秋生又挂了电话，想了想，又给花林打了个电话。花林在电话里说，我听说你在深圳有了十多套房子，你老婆是上市公司的大股东，身价都上亿了，你是该多出点才是啊，三万怎么够？你就出五万吧，也好显示一下你比他们都强！花秋生想了想说，我也没有多少钱，实在不行，还是出三万吧！

花林说，你不在家不知道，咱农村的事不好弄——我的厂子倒闭了，别人欠我的钱跑了，我欠别人的钱没还……花秋生说，我以前没好问你，你实话说，你在县城里真的还包了个？花林说，是真的，都给我养了两个孩子了，都他娘的是压力啊！花秋生说，那你老婆呢？花林说，她没能力，娘家又穷，能翻了天？还不是得乖乖地跟我过？秋生，我从来没有跟你开过口，你能不能借给我十万块钱，让我先还一下银行的贷款？花秋生被逼得没办法了，只好把和马丽离婚，自己一无所有的事说了出来。

花林说，秋生你傻了吧——她那么多资产，你怎么就同意净身出户了？不是我说你，你真是没有脑子！要不这样吧，我找几个黑道上的人去吓一吓她，让她再出点钱给你！花秋生说，别，不用了！我实在没办法了才跟你说了实话，你先别给我家里人说，我娘她身体不好，高血压——钱的事你再想想办法吧，我真是没能力借给你了！

挂了电话，花秋生喝了口水，心里难受，休息了一会儿便又给李更打了个电话，约他晚上在一个大排档见面，喝喝酒，打算先从他那儿借上三万块钱，给家里把钱打过去。

那时菊儿也和李更分了手。李更笑着说，现在我们都自由了，都回到了十年前——怎么就答应净身出户了，马丽也真够绝的，十几套房子，一套都不给你，她可真行！花秋生说，钱都是她自己赚的！

李更说，什么都是她赚的，那是夫妻共同财产啊！你下一步怎么打算？花秋生说，算了，毕竟是我做错了事。我打算找份工作，一步步来——你能不能先借我三万块钱，我还有几万块钱被朋友借去了，过段时间朋友还了我再还你？

李更说，我的房子卖出去了，现在就剩下一辆车了，还是个消费品。我一直没告诉你，我卖房子是为了还赌债，几个月前我去澳门赌，输了，现在还欠着朋友的五六万块钱呢，再过几个月说不定得考虑卖车了。

花秋生突然就笑了，李更看着他，也笑了。两个人笑得都有些莫名其妙，但好像又都理解了对方为什么笑。那一晚他们都放开了喝，喝着喝着，喝大了，花秋生想到他仍然爱着的马丽，想到仍然在家乡受罪的父母，和在深圳变得一无所有的自己，突然难过了，接着就哭了，呜呜地，像是受了天大的委屈！

李更拍着他的肩膀，说，停，停一下，别人看着我们呢，一个老爷们哭什么，别哭了，多丢人啊！花秋生停住了哭声，用手背抹了把眼泪，说，好了，现在咱们都一无所有了。一无所有的感觉好啊，更自由了。

　　李更举起杯说，让我们哥俩能够在时代的文明与物欲横流的磁力下，去继续追求诗意的人生吧！花秋生举起杯，感到手腕有些酸胀；他放下酒杯，用左手摇着右手，手腕发出咯巴的声响。他这才发现，为右手做个小手术的想法拖了二十年了，还一直没有做！

　　后来，说说后来吧——花秋生找了一分新工作，还是做内刊的编辑，成了我的同事和好朋友。李更卖掉了他的陆虎，还了欠下的账。他还有一些钱，便开了一间茶店，一边做茶，一边写诗。我和花秋生经常去李更那儿喝茶聊天，有时他们也会谈起富有成功的马丽和林蓉，谈起她们，花秋生和李更的脸上都有种淡淡的忧伤。毕竟在这人世间，他们都曾经相爱过，相互陪伴过，都还是相互认可的，彼此都感到还不错的人！

　　马丽与花秋生离婚后，我猜想她与林蓉的关系会变得比以前好，她们也许会一起去美容会所美容，以便保持自己不再年轻的容颜，拥有再次与别的男人相爱的资本。她们或许也会谈起花秋生和李更，谈起他们的时候，说不定也会有一种淡淡的惆怅。因为不管她们再有钱，再成功，最终还是需要一份爱，一个男人。

　　无论在事业上获得成功的马丽和林蓉，还是仍然相对普通的花秋生和李更，他们都有各自的生存背景，各自的人生方向，在将来仍然会遇到各种各样的问题需要他们面对，如果他们想，甚至在将来还会走到一起也说不定。但社会纷纭变化，大家活在这个急骤变化的时代，生活在这个熙熙攘攘的人世间，在将来他们也未必没有新的选择！

老　于

　　小平头，国字脸，高鼻梁上架着副黑框眼镜的老于穿得西装革履，虽说老于只是个仓库管理员，可不熟悉他的人倒觉得他是位学者。认识他的人都说他是个好人，老实人，那么说也并不代表人家会喜欢他。老于也不怎么喜欢没出息的自己，他经常笑眯眯地对人说："我是个粗人，没啥文化。"他的笑有点儿"痞"，与人说话时也经常说"咋"或"咋的"，让人感到他在质疑什么，对什么不满，其实也未必。

　　老于的朋友不多，不恋烟酒，几乎与娱乐活动无关，可以说活得相当乏味。几年前他开始练上了气功，倒也不见得喜欢，而是作为自我医治的方式。他有胆结石，医生建议他做个激光碎石手术，几千块而已，他舍不得。他的眼睛四十五岁后就变成了继发性青光眼，导致他的视力大有越来越差的趋势。他还得过胃病，吃过一阵子药，也没好利落，吃点辣的就犯。他通常在早上练气功，在城铁经过他时，他不断地用手向外推，似乎要把地面与空气推向与他无关的地方。

晴朗的好天气是让人欣喜的，然而被雾霾充斥着的坏天气越来越多过了好天气，在那样的天气里，老于变得忧心忡忡。有时天气坏得不像样子，他视力不佳的眼睛几乎能看到悬浮着的灰黄色颗粒，那使他担心有害物质会黏附在呼吸道与肺里，引发他的鼻炎和哮喘。他过了五十岁后就开始担心不能善终，那倒也不见得是环境恶化，身体出现不适症状，而是他有着一颗敏感的心，有着一个爱思考的脑袋。他觉得这个世界变化太快，人们也越发强势和霸道，让他感到自己像只小蚂蚁，一不留神就被现代化的城市巨人踏成粉尘。

老于没有想到的是他的肺部出了大问题。

医生已经确诊了，是要命的肺癌晚期。得到那个结果时他的心咯噔一声——果然，他是无法控制自己了，气功也救不了他了。医生建议他立马住院治疗，说完用冷冷的目光盯着他。他闭着气，轻轻咳了两声。不敢放开了咳，怕再咳出血来吓着自己。接着胸口因咳嗽的震荡传来一阵隐约的灼痛，意念中像是城铁上千次绝尘而去留下的感受。想到自己不久将要走向死亡，他紧张得几乎喘不过气来。过了片刻，他表示要回去和家人商量一下。

事实上那时老于已经打定主意不治了。治得花一大笔钱，也不见得能好转，不过是延长几年寿命。说是和家人商量，妻子十年前就和他离了婚，两个人几乎不再联系了。他有个儿子，大学毕业后来到北京发展，在通州刚刚首付了一套房子，每个月得给银行交上万块的利息，生活起来很有压力，他不想变成儿子的拖累。

老 于

他是没有钱的，当初为了给儿子交首付款，他把所有的积蓄全都献了出来。医生大约看出他的意思，又加重了语气对他说，如果不及时治疗，很可能活不过今年了。老于认为医生像个生意人，在跟他谈一桩买卖，还有一种掌握着他生杀大权、强买强卖的味道。他想批评医生几句，但他看到了自己拿着化验单的手在控制不住地索索颤抖着。他不想让医生看到他那怯懦的一面，因此郑重地点了点头，提高了声音说，要回去再想一想。

医院里的人很多，光下电梯就等了五六分钟才挤上去。下到一楼，走出来时老于抬头看了看天，是个坏天气，天空中灰蒙蒙的一片，看不到一点蓝色，更看不到白云。他联想到自己的肺，感觉肺也是灰蒙蒙的天，已经坏掉了。目光低下来时，视线中的楼群显得影影绰绰的，像一群妖魔鬼怪在密谋着怎么祸害人类。老于想到儿子，开始后悔让他在北京工作和买房子了。老于的儿子刚满三十岁，刚刚结了婚，还没要孩子。他想，将来儿子的孩子也在北京生活的话，真是让人担心。

走出医院大门，他来到街边停车的地方。身边不断有步行的人、骑自行车的人通过，他发现有些人半边脸戴着白花花的口罩，有了些感慨。以前他曾笑话过那些戴着口罩的人，觉得他们活得矫情得很，现在他终于觉得他们是对的了。他想，是啊，不要因为大家现在都活得好好的，说不定那只是表面现象。

老于找到那辆破旧的底部生了锈的三轮车，想着还要不要去图书市场收回过期的杂志。都快是死的人了，他还有那个必要对工作那样兢兢业业吗？他把车从一堆车倒向一边的车中弄出来，颇费了一些劲儿。照以前，心里有个雷锋的形象的他有时会把倒掉的自行车扶正摆好，那天他没有。

　　他骑上了车，慢慢穿行在大街上。骑上了车，他认为既然和别人联系好了，不应该失信，还是该把东西拉回来。只是在路上，他不想要再像以前那样骑在路边，而是稍稍向路中间骑了一些。他想，我都是快要死的人了，应该骑得松快点儿，让那些小汽车急去，急什么急啊，今儿个你们都给我让让道儿。

　　问题是老于身后很快传来一阵阵刺耳的车笛声。那声响通过耳朵，无法遏制地钻进了他的身体，灌进他的肺里，让他生厌，让他难过。看着前方小汽车的排气管里喷出的淡灰色的气流，再看看灰蒙蒙的天，他简直是有些愤恨了。他想要在马路中央停下来，阻止所有的汽车通过。问题是他还要去图书批发市场，耽误不起那个工夫。再说他那样能解决什么问题？什么都解决不了。想到这儿，他脚上用了力，车速提了上来。

　　后面还是有车在嘀嘀嘀地嘀他，最终老于还是让了步，把车偏向了路边。小汽车嗖嗖地一辆辆从他身边开过去，开进了雾霾深处。在有些碳腥味的路上大约骑了三十分钟，快到目的地时，他的身上被汗水打湿了。背上黏糊糊的不舒服，他在路边停了下来。下了车他才感到身体里的劲用得差不多了，以前骑一个多钟头的车倒也并不觉得像今天这样累。他想，肺坏了，身体里的"劲"也不给力了。可能是老了，他想，已经五十五岁了，可不算是老了吗？人人都会老的，五十五岁死也算说得过去了。再说像他这样一事无成的人，再继续活下去不也是混吃等死吗？

　　想到这儿，老于竟然有些高兴起来。那高兴是假装的，是种从思想上蔑视病情，战胜自己的一种办法。不过假装也是一种真实的感受，他想要用什么来确定那种高兴不是虚的。结果他想到了烟，想起烟，也有想用烟来折腾一下已经坏掉了的肺的意思。他是不抽烟的，从报上看到别人因抽烟得肺病的消息，他还暗自庆幸过，但没想到他竟然会得肺病。想抽就抽吧，他想着，推着车向前走了几步，去了一个小超市，买了一包十块钱的中南海。买了又后悔，觉得应多花几十块钱，买包可以撑面子的中华。都是快要死的人了，还在乎那些钱做什么？

老于坐在路边，微微皱着眉，眯着眼抽烟，边抽边咳着。烟的味道他有些受不了，抽了一半就不想抽了。不过他意识到抽烟是种心理上的需要，似乎他也要用弥漫的烟雾来混淆一下天地间的黑白，迷惑一下铁板一块的现实，顺便也教训一下那不争气的肺。一支烟抽完，身体里的劲又缓过来了。他站起身，双手搭在车把上，掏腿上车继续向前骑。十分钟后到了图书市场附近，肚子吱溜叫了两声。是饿了。时间已是下午三点半了，而老于的中午饭还没来得及吃。不过他没有胃口，也没有心情去吃了。他只想把事儿办了，赶紧回去。

骑到图书市场大门口时，老于给保安招了招手，笑了一下，示意他开一下栏杆。保安是个黑脸的小伙子，生得浓眉大眼，挺帅气。他认识很久了，可那个给他印象不错的保安并没有听他的。照以前他会下了车，从栏杆底下矮着身子钻过去，然后再伸手拉他的三轮车滑过去。今天他不想了，他都是快要死的人了，谁都应该给他几分面子，让他活得舒服一些。问题是对方并不知道老于是个快要死的人了，不买他的账。

他骑在车上，还是给保安笑着。笑是他的面具。不管什么时候，他总是笑眯眯的，似乎那笑可以帮助他打开局面。事实上他自懂事以来，没少碰过壁。没有一些实质的好处给别人，他又不会说讨人喜欢的话，谁会搭理他的笑？何况他的那笑一看就像是假的，显得有种圆滑世故的不真诚的，甚至是坏坏的味道。他以前对着镜子也是笑过的，也觉得那笑显得很假。如果绷着个脸，换成一脸冰霜般严肃的样子呢，他自己会不适应，会觉得那不是他。

老于提高了声音，又说："咋的，我说你开一下行不？！"

保安装着没听见，眼神从老于的身上飞快地滑过，又缓缓地望向别处，好像别处有他感兴趣的人和事，眼前的人却是个麻烦。

老于心里有了火气，可还是忍着，又提高了声音说："咋，没听见咋的？我说话呢！"

保安再次看向他，眼神里有着不屑和不耐烦，他说："怎么了，你？"

老于又说："咋的，我说你给我开一下，刚才你是耳朵聋了咋的？！"

保安不满地说："你这是跟我说话吗？你他妈的'咋的咋的'的，你这是咋的啦，你以前是怎么进去的，咋的，还用我教你吗？"

"咋的，你对我有意见？以前你也该给我放行！咋的了，你还'你妈的'了，咱不兴这样骂人的好不好？！"

"我就骂了，你怎么的吧！"

老于掏腿从车上下来，还是保持着笑脸，走过来说："你是咋的，你一个保安还想造反不成？你给我记住喽，你这样不对！咋的，你敢不敢再骂一声让我听听！"

保安从岗亭里走出来，用手指着老于的鼻子说："你倒教训起老子来了，你他妈没事找事不是？！我还就骂了，你他妈的，你他妈的，你怎么的吧！"

老于简直要恨自己了，因为笑还在脸上，那笑是很不给力的，他怎么不会摆出个凶神恶煞式的脸呢？他想，真是人善被人欺，马善被人骑。由于气上心头，他一时竟不知做出什么反应，结果涌上口头的一句话是："我是个病人，我得了绝症——咋的，你就不能动动手指摁一下开关让我骑进去吗？"

保安笑了，露出两颗大门牙说："你就装吧，我看你就得的是个神经病！"

他说："好，就算我是神经病好了吧，咋的，你开开门让我进去行不？"

保安又冷了脸说："不开，你爱咋咋的！"

他忍不住了，上前一步，用手把栏杆抬了起来。

保安没想到他会来那一手，走过去推了他一把说："你不想活了！"

他抓着保安的手，一下给摔开了说："咋的，我是不想活了，你能咋的吧？！"

保安又走过来抓住老于，老于用手去掰他的手，一来二去两人撕打在一处。

老于不怎么会打架，很快就被保安给摁倒在地上了。他的眼镜掉在了地上，落了一只镜片。他去摸眼镜时，身上又被保安踢了两脚。一脚踢在腰上，一脚踢在胯上。他气得很，戴上眼镜想起身再扑上去，可只有一个镜片的眼镜看到的世界变得有些迷离，那使他失去了一些自信，觉得再打也打不过年轻力壮的保安，他得另想办法治他。

十年前，老于的儿子读高中。

那时的他刚来北京不到一年，儿子被社会上的几个小混混给欺负了。他们向他的儿子要保护费，几个人把他围在中间威胁他，后来吓得他不敢去学校上学。儿子报告给老师，老师也是管不了。离了婚的妻子给他打电话说了情况，他让儿子接电话。在电话里对儿子下了指示——谁欺负你你就跟谁干，你越怕别人越欺负你！结果不到一周，儿子在反抗时用砖头把别人的鼻梁骨给拍断了。

老于的儿子被派出所拘留了，还要让陪医疗费。他听说这事后立马请了假，当天坐火车回家处理那件事。去派出所时他预感到事情的难度，带着对警察的不信任，他在怀里揣了一把菜刀。笨嘴拙舌的他与警察讲理，自然很难讲通。他没别的办法，只好把菜刀架在脖子上，威胁警察不放人就自杀。

警察心里也清楚谁是谁非，见他为了儿子要豁出命，就劝住了他，打电话请示了上级领导。领导过来后了解了情况，一句话把他的儿子给放回去了。那件事让老于兴奋了有多半年，因为那件事使他感到自己像个男人。他对每个同事说起自己的光辉事迹，然而肯附和他的却寥寥无几，大家认为那样的他太野蛮了，根本不像看上去很斯文很老实的他办的事。别人的态度也未必帮助他认识到自己的局限性，当他想起十年前的事，脑海中又出现了一把刀。

老于用手指了指保安说："你等着！"

老于转身走了，去了附近的一家商场，买了一把菜刀。

折身回来时，嘴里还含了一支烟，似乎烟可以帮助他换个形象，使他更加镇定。果然，抽着烟的他由于合着嘴巴，不是原来那种笑眯眯的模样了，显得成熟老练了许多。他一只手里拎着菜刀，另一只手夹着烟，深吸了两口，让烟还从鼻孔里冒了出来。

保安看到老于手里的刀，用手指着他说："你想干什么？"

老于把烟丢掉，用脚可劲儿地踩了踩，看着烟熄了，抬起头来看着保安，又换成了笑眯眯的那种不郑重的模样，好像他压根就不会装出凶狠的样子。

老于压低声说："咋的，你小子是不是怕了？我告诉你，你今儿个可算是惹对人了。你老哥我是光棍一条，没车没房没存款，可以说是一无所有。今天偏偏我又查出是肺癌，还是晚期。医生说没有几个月的活头了，我正发愁不知道该怎么死呢，恰好你就冒出来了。我是个老实人，多半辈子都是被别人欺负，我怕是没有机会欺负别人了。这样，我还是发扬一下我的老实人的风格，我让你来选——是你砍死我，还是让我来砍死你！"

保安看着老于脸上的表情，觉得他并不可怕，因此哼了一声说："你可真有意思，跑这儿吓唬人来了。在这个世上每天、每分钟都在死人，得癌症的也不是你一个，你得了癌症就很了不起吗？你不想活了，好，我请你到一边死去，你可别连累我，我上有老下有小，我容易吗我？！"

老于扬了扬手里的菜刀，然后"嚯"的一下架在了脖子上说："咋，你小子行啊，心够黑啊！我刚才从你狠劲踢我的劲道上就感觉到了，要是不用负法律责任的话，你敢踢死我！既然你是这样的人，我为什么要管你家里有什么人，你容不容易？我当了一辈子好人了，在你这儿不想再做好人了，那会显得我特别没出息。你可以不相信我会对你下手，但你一定要相信我可以对自己下手！咋的，我没本事，死给你看还不行吗？你信不信我现在就死在你面前？"

看到老于把刀架在自己脖子上，保安一下变得紧张起来，他打开对讲机说："喂喂，1号，呼叫1号，是李队长吗？请你速到大门来一下，来一下，有人要自杀！"

老于把刀又放了下来，说："咋，你怕了？你叫谁都没用，今天肯定得死人。我早就对你小子不满意了，别看你长得人五人六的，你可不是好人。你对那些给你买水敬烟的就开栏放进来，像我这种老实巴交，不会歪门邪道的，你就可意为难、欺负。我这么大岁数了，头发都白了一半了，让我像狗一样钻来钻去，你就看得过去？今天我给你笑了，我给了你机会，可你装聋作哑，不闻不问，像个架子端到天上去的官老爷。今天就是你还债的日子了，你别想逃脱我对你的制裁——我在自杀之前，也得给你放点血！"

保安见老于要来真的，又不确定他是不是真的得了绝症，就打算退一步天地宽。

于是保安换了笑脸，放低声音说："我叫你一声叔行不？我向你承认我错了行不？"

"咋？一句你错了就能抵消我以前在你这儿受到的屈辱吗？谁给你的权力让你那样难为人？我受够你这样的人了，我的肺癌说不定就是被你这样的人给气出来的！今儿个我不想活了，你也别一句你错了就让我放过你！"

"叔，我能不能请你认真想一想，咱们北京有两千多万人口，咱们中国有十四亿多人，你说谁人不受气，谁人没有被人欺负过？我一个小保安难道就没看过别人的眼色、听过别人的训斥吗？别人开着几十万的汽车，住着几百万的楼，我一个月才拿着两千来块钱的工资，天天站在这儿，我心里能得劲儿吗？我看你戴着个眼镜，应该是个文化人，你一定能理解我为什么变成这样了——我也是高中毕业生，只差三分没考上大学。不过我的确是错了，我现在郑重向你赔礼道歉。叔，我错了，行了吧？！"

老于看得出保安的道歉是诚恳的，提到文化，又夸了他像个文化人，那使他的气消了一些。他承认保安的话说得有一定道理，因此打算也和他推心置腹地聊聊自己。

想到这儿，他轻轻咳了一声，清了清嗓子说："十多年前本来我在老家县城里是有一份正式工作的，是'铁饭碗'，谁能想到有一天下岗了。时代赶的，下岗就下岗吧，又不是我一个人。我就去做生意，倒腾服装，办工厂，结果被人给骗了。我们房子用来抵债了，妻子和我离婚了。我没吃的、没住的，没办法，来到了北京打工。一开始一个月只拿一千块钱的工资，每个月还得给我儿子打五百块钱。我想吃碗炒肝都舍不得，那时一碗炒肝才两块钱。现在我的工资提了，一个月两千多块了，可一碗炒肝得要八块钱了，还是觉得贵。我的儿子还算有出息，考上了大学，在中关村正儿八经的公司上班，一个月上万块。他结了婚，两个人凑钱付了首付，我把所有的积蓄都拿给了他。这是我心甘情愿的，没有什么话说，因为他是我儿子。为了儿子我宁愿去死，也不愿意拖累他。这就是我，一个父亲，一个北漂。我没有骗你，现在我真是得了绝症，没几天的活头了。我这么说并不是让你同情我，我是看在你向我认错的分上才给你说这些。问题是你打了我，这事还不能这么简单就算了。"

保安队长是个大脸的胖子，生得慈眉善目的，他站在一群围着看热闹的人前面，一直在听着老于说话。

保安说："叔，你说吧，怎么样才行？"

老于的气有点上不来，咳了几声，用手一抹，手背上有些血渍，他伸出手说："你看，我吐血已经吐了一个月了。一直不敢去医院，去医院可是烧钱啊。我儿子在电话里听我咳，不放心，非得让我去查查。我没办法这才去了，谁知道一查是肺癌晚期！你看看，这是化验的单子！"

保安接过化验单瞧了一眼，痛苦地皱了一下眉说："叔，我真是对不起你了。我向你保证以后我绝不会再为难你。以后我谁也不为难了，一视同仁。我真的错了，你掏心掏肺地给我说了这么多话，让我想起了我的老父亲。他快七十岁了，还在北京给人家看大门。他也有病，胃不好，切掉了四分之一。我的老母亲前年去世了，得的也是癌症。我们村子附近有个化工厂，把我们那儿的空气和水源给坏掉了。这些年来我们附近村子里死了不少人。我母亲的病医生说还有救，可我家里没钱看不起。我母亲怕我们为难，喝敌敌畏药死了。我也是一个穷苦人家的孩子，真不该为难像你这样的人。我错了，叔，你真想砍，现在就把我给砍了吧！"

老于是个心软的人，见保安说得眼里有了泪花，又用手在脸上打了自己两巴掌，他的气也就消了。

他上前一步说："你这孩子，这事就算了，来，老叔敬你一支烟吧。我以前是不抽烟的，没那个习惯。我也是今天才买了一包，你看看北京的这灰蒙蒙的天，空气都那样了，也不差我抽几根烟的污染了。我的肺是坏了，机器看出来了，我也认了。来，我们抽根烟，都消消气，这事就算了。"

保安赶忙从口袋里掏出自己的烟，递给老于说："叔，你抽我的，一定要抽我的！"

老于接过保安的烟，把自己的烟递上去说："咋的，非得要抽你的？好，我抽你的，你抽我的，这样咱就公平了。我这一辈子没想过要沾别人的光，你得尊重我的意思，你抽我的！"

保安接过老于的烟，掏出打火机，"啪"的一声给他点着了，然后自己也点着了。

　　围着看热闹的人有的叹息，有的摇摇头，终是觉得没有意思了，就都走散了。

　　保安队长走上前来，不断地点着头说："俺很感动啊，很是受教育。俺算看出来了，事实上社会上还是好人多啊！因为这些好人，这个世界还是非常美好的。于叔是吧，不管你爱听不爱听，俺还是得对你说上几句。这有了病咱得治，你说不想拖累儿子，我看这种思想要不得。你对儿子有感情，儿子能对你没感情？你得告诉儿子实情，听听他的意见。你没有权利放弃自己的生命。生命不是你自己的，明白不？我是说，你的生命既是你的，也是你儿子的。放大了说，你还是你单位的，是北京城的，是中国的。除非不能治了，咱不能因为怕没钱不治了。俺们的保安公司有上千号人，虽然大家工资都不高，但俺保证，只要号召一下，大家十块二十块的还是愿意捐，能捐得起的！俺说这话，于叔你信不？"

　　老于没想到保安队长杀了出来，对他苦口婆心地说了那一番话。他有些感动，心里一下子变软，眼睛也有些湿了。他觉得手里的菜刀显得有点碍眼了，于是把菜刀"咣啷"一声丢进了车筐里。

　　老于抽出一支烟来，敬上去说："我信，咋能不信？来，抽烟！咋的，我真的是不怕死，活了多半辈子了，也可以了。我是怕拖累别人。你刚才说得好，我十分认同。世上还是好人多，北京也是个有文化、有素质的人待的地方，是个美好的城市——当然雾霾是个问题，既然是个问题，越来越多的人也意识到了，总有一天会解决的！我的问题也会解决的，不过我还是该谢谢你，你一个保安能有这样的大情怀，真是让我没想到！"

保安队长抽着烟，又和老于聊了一会儿。最后在他的要求下，老于的手机里输入了他和那位保安的手机号码，说是要保持联系，如果他决定动手术的话，他要为他举办一次募捐活动。保安队长还把老于儿子的手机号码给要了过来，趁他去收杂志的时候，给他的儿子打了个电话，怕他回去后不给儿子说实情。

老于用了个把钟头，把过期的杂志放进车里。他缓缓蹬着三轮车到了门口，还笑眯眯地给保安招了招手。保安立马打开了栏杆，走出来给老于敬了个礼。老于用只有一只镜片的眼睛看着保安那样，觉得有点不好意思。他用力踩了几下，出了大门。

这时，从出租车上下来一位高大帅气的青年人，远远地看到了老于，就风一样跑了过来，叫了一声"爸"，一只大手扶住了他放在三轮车把上的手，一只手搭在了他的肩膀上说："爸，你上车，我来骑！"

老于有点吃惊地抬起头时，觉得儿子像是一下子变出来的，吓了他一跳。他下意识地向儿子的身后看了看，远处仍然是灰蒙蒙的一片。可他的眼眶又湿了，一瞬间他觉得自己过于多愁善感了，没出息，一辈子没出息。

老 齐

　　深圳这个以年轻人居多的大都市有将近两千万的人口，全国各地的人汇聚到这儿来，人力支配着物力使这个城市飞速地发展起来。只不过短短几十年间便有了随处可见的高楼大厦，高耸入云，有了数不清的汽车往来穿梭。然而在房价平均每平方米达到五万块的深圳也还是有着些城中村的，城中村的楼与楼紧挨着建起来，中间的过道狭窄得只能过一辆三轮车，抬头看时也只能看到一线天光。

　　三十一区的城中村靠近路边有个公共厕所，厕所旁边有个臭气熏天的垃圾站。离厕所和垃圾站最近的一栋六层高的出租楼里住着一位上了年纪的人。他有些驼背，显得个头不高，平时穿着件蓝灰色的破褂子，用条塑料绳子束着腰。下半身穿着一条绿色的裤子，脚上的鞋子是从垃圾堆里捡回来的破旧的耐克鞋。他的头发灰白，皱纹纵横的脸上有些麻子，眼睛却是亮的，仿佛不仅仅是因为搜寻有用的废品练出来的，还有着别的期待。由于缺少了牙齿，他的嘴巴显得有些瘪，嘴唇抿成了弯弯的一条线。他黑黄粗糙的双手在闲下来时也会痉挛地抖动着，像是随时随地要抓取什么东西。

老人姓齐，认识他的人都叫他老齐。他住的那栋小楼外墙贴着纯白的瓷砖，楼上的一些阳台上晾晒着衣服，个别的还有些花草，看上去与别的握手楼没有多大差别。不过那栋楼总是有些空房等待出租，价钱也比别处的要便宜。来城中村的租客一般是自己找房子，看到谁家出租楼的大门或墙壁上写着"有房出租"，照着下面的一串电话号码打过去，约着看了房，看上了就可以搬进去住了。那些刚进城找工，或换了单位急于找房且没有考察好的，搬进那栋楼一两个月，顶多半年就会搬到别处去了，因为那儿的味道实在让人难以忍受。况且那儿又靠近交通要道，难以有个安静的片刻，实在是个不适合人居住的地方。不过老齐在那栋楼里住了有十多年了。

城中村的正中央有一个不大不小的超市，超市后面是个菜市场，菜市场旁边是个花鸟市场。城中村的主道上是些花花绿绿，出售各种商品的店铺。也有理发店、美甲店之类的服务性质的店面。最多的还是些小饭馆，一到晚上还有些烧烤摊。吃夜宵的人与朋友喝着啤酒，大声地说着话，经常吃到凌晨四五点钟。过不了一两个钟头卖早点的又开工了，去上班的人熙熙攘攘的像是在赶庙会。那些响着喇叭也不容易通行的小汽车，那些四处乱窜拉客的电摩电动车，那些招呼生意的小商贩，那些男男女女们制造出的各种刺耳的声响，让人很难舒舒服服地喘口气儿。

十多年前老齐住的那栋楼才盖起来不久他就住进来，当时城中村的规模还不像后来那么大，也没有那么热闹。房租也便宜许多，一个带卫生间的房子只有一百多块钱。后来房东给老齐涨了两次，涨到了二百五十块钱。长到二百五十块原来在五楼居住的地方也不能再住了，老齐为了省钱搬到一楼的一个小房间里。他住在进大门左边的第二间，那是整栋楼唯一没有窗子的房间。第一间是房东请来的亲戚老顾，是专门来管理和收租的。

老顾五十来岁，生得肥头大耳，肚子也圆鼓鼓得像个弥勒佛，不过他的面相看上去却有些隐约的煞气，有些冷。他瘸了条腿，需要拄着拐才能走得顺便一些，不过离了拐也可以站立和走动。老顾话不多，对谁都很少笑。有人说他的腿是年轻混社会时被人用锤子砸瘸的。比起老齐来，老顾是后来的，来了之后主动与老齐聊过。老齐也不爱说话，显得不大喜欢老顾，不乐意和他聊的样子，这给老顾落的印象很是不好，因此他后来建议过房东让老齐搬出去。理由是老齐人太老了，没儿没女，从来没见有亲戚朋友看望过他，如果万一哪天生病死了，谁来管他呢？老顾的担心有道理，不过房东是信佛的，不忍心把他赶走了。把他赶走了，哪家房东还会愿意收留他那么大岁数，又没有身份证的人呢？

不过老齐还是知道老顾的意思了，只是到了那个年纪，他什么事情都想开了，看开了，也就谈不上会生气了。他不喜欢老顾，事实上那时他的那颗变老了的心谁也谈不上喜欢了，就连对那样热闹和繁华的城市也谈不上喜欢，他唯一要做到的就是能够活下去，活下去对于他来说必然也是越来越难了，因为他的年纪越来越大了，很可能就没有几年的活头了。想一想，那可真够让人心灰意冷的，想一想，还有什么能使自己欢喜呢？

老齐每天五六点钟就起床了，简单地洗漱一下，在空塑料瓶子里灌满了凉开水，便拎着条麻袋出门了。老顾想要套他几句话，打听打听他的过去那也是相当困难的。老顾喜欢打麻将，经常打到晚上一两点钟才回来睡觉，早上常常是十点以后才起床，那个时候老齐早就慢悠悠地行走在大街小巷，去翻捡可以换钱的废品了。他们见面的机会少，说的话就更少。那些旧报纸、易拉罐、塑料瓶、铁丝和铁钉，破旧了的皮鞋，总之凡是可以换成钱的，老齐都会捡起来放进那条麻袋里。每次发现可以换钱的废品，他便会有一丝丝喜悦，有时还会咕哝几句别人听不清，也不会留意听的话。

十多年来，老齐天天捡，天天到回收站。不过两袋子废品卖了，最多也不过是二十块钱左右。老齐每个月还要积攒二百五十元的房租，因此用来吃饭的钱就必须很节省。他每天吃馒头，就些榨菜。偶尔吃碗面，喝碗汤，那样加上别的开支，一天算下来也是需要花个十来块钱的，因此月末能存上一两百块钱就算不错了。以前老齐用煤气灶做饭，自从搬到那个没有窗的房间之后就不方便再做了。他弄了个用来烧开水煮面的电饭锅，有时下雨天会给自己下面吃。他的牙快掉光了，只能用牙花子吃点软的东西。吃过饭他就一个人待在房子里，听听收音机。他的耳朵也不太好使唤了，需要大一些声才能听到。对于收听的内容也不怎么经心了，收音机对于他来说只不过是个会发出声的伴儿。

别的房间一般都有卫生间，老齐的房间里没有，因此必须跑到外面去，好在离公共厕所也近。房间的墙本来是粉白的，时间久了就变黄了，再加上房子里只有一个十五瓦的电灯，即使拉亮了也看不出白来了。一块钱一度电，老齐为了省钱经常不开电灯。即使在燠热的夏季，他也不用电风扇。他有一把手摇的纸扇，可以扇动一些风，让自己凉快些。老顾觉得老齐太节约了，每个月收电费时他几乎见不着他的电表在走字儿。

女房东每个月只会来一次，来时老顾已经收齐当月的房租。房东把老顾交给的房租放进包里，又从包里拿出一个红包，给老顾开工资。有时房东会问及老齐的情况，老顾了解得不多，也说不上什么。个别的月份，例如中秋节，或者过年的时候，房东会给老顾买月饼和水果，顺便也会给老齐留上一份。老顾想到老齐那么大年纪了，无儿无女的，也挺可怜的，因此也觉得是应该的。只是他实在是有些太老了，以后如果不能动了怎么办呢？老顾在闲下来的时候会想起这样的问题。老顾与老婆离婚后，唯一的女儿又嫁到了外省，尽管他每天沉浸在打麻将中，很少想自己的将来，但偶尔也会想起来也会发愁，将来老了怎么办呢？

老齐在路边被一辆车给擦了一下，伤得不是太严重，车主还是开着车送他去医院检查了一下，然后又把他送了回来。第二天老齐起得晚了一些，当他一跛一拐地照旧去捡破烂时，老顾看在眼里，多少还是有一些心疼他。老顾毕竟是个五十多岁，经历过许多事的人，心肠有些硬，他有心劝他休息几天，让他不要去捡，最终那话没说出口。只是在老齐回来的那天晚上，老顾把自己做的饭菜留了一份给他。不过老齐不愿意接受老顾的饭菜，老顾平时是一个挺冷的人，从来没见他对谁好过，突然对他这么好？这让他觉得老顾是在收买他，让他自动搬走。不接受他的恩惠，他就不好再让他搬走。

老人推让了几个来回，老顾有些烦了，后来不得不以命令的口气，让老齐接受。老顾说，你吃，吃，就算给我个面子行不行？

老齐虽说眼睛已经有些昏花，还是看得见老顾的脸色，不太灵的听觉也能听得出老顾的语气。尽管他不想接受，还是接过来了。他微微地点着头，咕哝了一句什么。

老齐端着饭菜走进了昏暗一片的房间，老顾也跟了进来。老顾也不说话，就坐在房间的一张椅子上，摸出根烟抽，看着老齐。老齐多少有一些紧张，不知道老顾葫芦里卖的是什么药。

老顾说，你吃，吃，别管我——车撞得没大问题吧？

老齐嗯了一声，开始往嘴里扒饭。

老顾又说，撞你的人没给你赔钱吗？哼，要是撞到老子，那算他倒大霉了！你人太老实了，老实人吃亏！

老齐继续往嘴里扒饭，好像好久都没有吃过这么好吃的东西了。

老顾又问，你真的没儿没女，连个近一点的亲戚都没有？

老齐不知道该怎么回答，就好像他很久没有想过这个问题了。

老顾说，我没别的意思，你也别多想。我是觉得你可怜，一个人怎么就连个亲人都没有呢，在这个世界上！

老齐吃了一半，放下碗，好像听进了老顾的话，吃不下饭了。

过了一会儿老齐说，唉！人家撞我也不是故意的，是我耳朵听不见车响，怪不得别人……亲戚，有哇，我有个哥，早年逃荒去了东北，我听别人说他有一大家子人。东北那么大，他走了就没回来过，我也不知道他们住在哪里哇！

聊起来的时候，老顾没有想到，老齐在新中国成立前还为新四军出过力。

老齐说，那时我十五岁，是个大冬天，新四军要过黄河，攻打蒋介石的军队。天那个冷啊，耳朵都能冻掉。我们推着木轱辘的手推车，给新四军送粮草。推到一条河前，没有桥，还是要扛着粮食过河。河里结了冰，单是人可以走过去，可要是背着粮食过就有危险。我背着一口袋粮走到河中间，冰破了，我掉到冰窟窿里。我爬出来，别人也不敢再过河了。这时有人想了个主意，用绳子拴住粮食，拉过河去。等把粮食运到了河对岸我就冻得不行了……

老顾问，新中国成立后政府也没管你？

老齐说，管啊，但没有孩子政府管也没用啊！

老顾又问，那你又怎么想着到深圳来了呢？

老人沉思了一会儿说，有一回起早去赶集，我记得那是大雾天，三步看不见人影，走着走着，在路上我听见有孩子在哭。哇，哇，寻着哭声一看，果然是一个孩子，还是个男孩哩。我把孩子抱回家，老伴高兴得几天没能吃下饭。我们给孩子起名叫天赐。天赐长到十八岁不想上学了，说要到城里去打工，就跟他一个同学来到深圳，在宝安区的一家电子厂做工。他给家里来过几封信，后来就没有消息了。半年没消息，我和老伴急啊，又等了三个月还是没消息，两个人就决定来找人。按着信封上的地址，厂里的人说他早就辞工不干了。我们打听了很多人，打听不到。你说一个大小伙子怎么能说没就没了呢？我和老伴继续留在这里找，一直找，一直找，一直找，找不见啊。老伴说，找不见就不回老家去。回老家我们也种不了地了，家里也没啥亲近的人，我们就在城里住下来，靠拾破烂卖点钱，一直到现在。

派出所也问了？

问了，该问的都问了！

现在还在找吗？

找啊，只怕是再也找不见了，没了！

老顾又抽出一支烟，递给老人，抽烟吧！

老齐接过了烟，老顾给他点着了，忍不住叹了口气说，老齐啊，你信不信，人这一辈子就是个命。有人命好，有人命差。人的命再好，也就这一辈子，吃一张口，睡一张床。再差，也是一辈子，也是有口饭吃，有个地方睡觉……

老齐说，你说得是个理，我这一辈子啊，没啥好抱怨的，各人有各人的活法!

你想过你没了时该怎么办吗?

老齐沉默了一会儿,说,咋能没想过,想过。我不想麻烦任何人,觉得自己不行的时候就吃安眠药吧,找一个僻静的地方睡上一觉!

老齐说着站起来,走到桌子前,从抽屉里摸出一个小瓶子,给老顾看,脸上还莫名其妙地挤出了一个笑容,他说,瞧,我都准备好了。

老顾也站起身来,用手在老人的肩膀上拍了两下说,您老啊,可别这么想,也千万别怕麻烦别人。人在这世上,谁敢说他没帮助过别人,不用别人帮?你从今以后不用担心我会赶你走了,你想走也不让你走了,你就把这儿当成自己的家!

老齐拱拱手,表示感谢。

时间又过了一年,老齐穿的还是原来那两件衣服,只是衣服更旧了,更破了。他的背看上去更驼了,头发几乎全白了。原来身上还有些肉,现在也变得皮包骨头了,就连走路都明显地吃力了,但他每天还是照常拎着麻袋出去捡废品。

一天,天上刚下过一场暴风雨,街道湿淋淋的,空气也变得新鲜了。碧空如洗,洁白的云一大团一大团地朝着一个方向飘移。老顾吃过晚饭本来要去打麻将了,出门时看到老齐正在向家里赶,他的衣服被雨淋湿了,贴在身上。他的一只手抓着麻袋口,麻袋里没有装多少东西,扛在窄窄的肩膀上,随时都有滑下来的可能。另一只手却不相称地拎着盒包装华丽的蛋糕。以前老顾听在家看孩子的女房客人说起过,说老齐每年都会为自己庆生呢,当时他听了觉得有一些好笑,又觉得有些欣慰,觉得老齐虽说很可怜,可还是懂得让自己开心的。

老齐走路时磕磕绊绊的，比平时快了一些，像是着急着回到房间里，又像是有意向老顾炫耀一样，扬了扬手里的蛋糕。他的脸上洋溢着怪异的幸福的表情。

老顾拦住他，指着他手里的蛋糕问，谁送给你的啊？

老齐说，能有谁，我买的呗。

那盒蛋糕不小，还是米琪的，少说也得上百块钱。老顾有些不相信，就问，你舍得花那么多钱买蛋糕？

老齐站住脚，有些神秘地说，我每年都会买一盒……

老顾问他，今天是你的生日？

老齐摇摇头，看着老顾，意思是让他再猜猜看。

老顾猜不出来，老齐想了想，觉得还是不说好，就点点头，意思是让老顾自己忙去吧。没想到老顾的好奇心却被勾起来，没有急着去打麻将，跟着他回来了，还说着要分他一块蛋糕吃。进门时老齐想阻止，老顾却走进来了，不好再让他出去。

老齐走进黑黑的房间，摸到手电筒打亮，又从口袋里摸出一只大度数的灯泡说，我这眼睛越来越看不清东西了，就换个大的。说着想要爬上椅子去换上。老顾个子高，虽说腿瘸了，还是会比老齐利索许多。他从老齐手里拿过灯泡，帮他换上了。换了灯泡，房间顿时比平时亮堂了许多。房间里一下子那么亮，老齐一时还有些不适应似的，手足无措地忘了该做什么好。

老顾说，你眼神不好，早该换个大点的。今天我不去玩麻将了，陪你过生吧，要不我再去弄几个菜，咱俩喝上几盅？

老人连忙摆摆手说，不用，不用！

老顾环顾老齐的房间，这还是他第一次那么清楚地看到房间的摆设。

房间里打扫得很干净，东西也摆放得井井有条。有一张红漆桌子，两把破旧的椅子，一张简单的木质双人床。床上铺着被子，被子被折成整齐的长条。靠墙的一侧摆着套女人的衣服，占了床的一半位置。衣服被平放着，整整齐齐的。上衣是件青黑色带红牡丹花的褂子，扣子是扣着的，里面好像填了个小枕头。裤子是蓝青碎花儿的，里面好像也放了一些东西，乍一看上去就像在床上躺了个人。桌子靠墙的地方摆着个四方盒子，那是老齐老伴儿的骨灰盒，上面盖着一块布。骨灰盒的前面还有一个盘子，盘子里摆着糖果、瓜子和三个已经蔫得不像样的苹果。房间的墙上还贴着几张剪纸，剪纸已经有一些红里发白，也有一些破损，那是搬家时揭开又贴到墙上去的。剪纸是老齐的老伴儿活着时剪的。在老家她是当地挺有名气的剪花娘娘，谁家有红白喜事都会找她。那些剪纸有"五谷丰登""送财童子""盼归图"，张张都寄予着她内心的期盼！

老齐每天晚上在床上躺下来，都会与他想象中还没有离去的老伴说话。有时候天热，还会给老伴扇扇子。他对她有说不完的话，说过去，说乡下的事，说起种过的庄稼，一些邻居，细枝末节的说得就跟就在乡下生活着一样。也会说现在，说城里的所见所闻，说一些奇怪的人和事，像拉家常，讲故事一样。他觉得老伴儿在听，并且他还会给老伴时间，让她说的话在自己心里响起来，响起来，就像能够看着她本人，是她在说一样。多年来老伴是老齐活着的理由，如果不相信她还活着，他怎么有勇气继续活下去呢？多年来他一直记得给她过生日。她还在时总是记得他的生日，过生日的那一天会为他张罗一桌子饭菜，还会弄一瓶酒，与他对饮。一辈子他们的恩爱很少有外人能知晓，但是在老人的心里会记得。有时回味起来，就会忍不住有泪落下。那种爱，即便是仅剩下了回忆，也会让他觉得活得有意义。

老齐看着床，对着里面说，秀花起床吧，你看今天家里来了贵客。老顾，房东的亲戚，我给你说过他了，相处了那么久也不是外人了。你别不好意思，他也来给你庆祝生日来了。你说啥，躺着得劲？中，你就躺着。你身体不好啊，老顾也不会见怪的。我给你买了蛋糕，你喜欢吧，现在我点上蜡烛，你来许个愿……

老顾看着老齐，一开始身上有股毛骨悚然的感觉，听着他给已经不在人间的老伴儿说话，很快就回过神来，回过神来时，心里突然涌出些感动。

老顾问，这几年你每天都跟她说话？

老齐好像没听到老顾的问话，他破开蛋糕的包装盒，取出蜡烛，用抖个不停的手一根根点燃了，又朝着床说，秀花，你说拉不拉灭灯？拉灭灯许个愿咋样？今年许个啥愿呢？唉，咱年年许愿，指望咱们家天赐能回来，我看今年咱不许这个愿了……昨天晚上我做梦梦见他了，梦见咱天赐与你会面了，是偷偷摸摸的，不想让我知道，这孩子真是没良心啊……

点燃蜡烛后老齐拉灭了电灯，灰暗的房间里突然响起音乐声，那是从八音盒里发出来的一首生日快乐歌，清脆、响亮，像泉水般欢快地流淌着。伴随着音乐，老齐用沙哑的嗓子，小声地哼唱着。在城市里生活了十多年，城市里流行的东西他多少也学会了些，尽管他唱得有一些不着调，但唱得很动情，很用心。

听着听着，老顾也跟着唱了几句，唱得眼睛红红的，心里满满的有些受不了。

唱过生日歌，老齐双手合十，许了个愿，又替老伴许了个愿，然后与老顾一起吹熄了蜡烛。老齐把蛋糕切开，先把给老伴的蛋糕摆放好，又给老顾切了一块。他不吃，笑着，好像是在专注地看着老伴儿吃。

老顾在吃蛋糕的时候忍不住问，你许的是什么愿？

老齐说，我一直在想还能不能回去，回去之后又住在什么地方？在城市里没有自己的地，买也买不起，要是没了以后，我们的骨灰盒放在什么地方呢？可是要是真的回去了，老伴会不会答应呢？我们家天赐还没有找到啊！想来想去，我许的还是希望能找见天赐！这十多年，这个城市不少地方的工厂、握手楼、小区，我都走遍了，找不见啊！都过了十多年了，现在就是真见了面我还能不能认出来，也不一定了啊！

你老伴，她是怎么没有了的呢？

老齐叹了口气，说，她得了病，是癌，晚期的，治不好了。她天天痛，不想受这个活罪了，就吃安眠药去了。走的前一天她哭啊，舍不得我，放不下心，眼泪哗哗地止都止不住。她拉着我的手，问我没有了她怎么活？我说没有你我也就不活了。她说那可不成啊，那样她走也走得不安心。她让我活着，说我得每年给她过个生，一直到找着我们家的天赐，让他带我们回老家去，回到家再死。我劝她，她假装同意不死了，可她的罪我也没法替她受啊，她第二天还是狠心走了，不走也遭罪啊，我不怪她……

老齐的泪涌了出来，老顾拉住他的手，用力地握了握，像要把力量传给他似的。老齐骨节粗大的手是冰凉的，仍然在抖动，每隔几秒钟就抖动一下。

老顾握了好久，后来说，听你老伴的话吧，每年都为她过个生！

　　老齐答应了，可在他生命里的最后一年里需要拄着拐棍才能出门了，那样的他仍然去捡废品去卖，但那时一天只能捡半袋了。就那样又撑了一年，最后他为老伴又过了一次生，也是老顾陪着他过的。那天晚上他把存下的三千多块钱拿给了老顾，拜托了他一件事，他请老顾帮忙在他死后给火化了，带着他与他老伴的骨灰回一趟他的老家，请乡亲们把他们给埋了。老顾郑重地点了点头，答应了。

　　老顾从老齐的家乡回来之后见了人便会说起老齐和他老伴的事，最后又会感叹地说，城市真是太大了，人也真是太多了，虽说现在交通和信息那么发达，可要找个人还真不是那么容易的事儿！有些人没了也就没了，老齐没了，他的老伴没了，他们的儿子说不定也早就没有了，谁知道呢？

丸子汤

　　李宝家从集市上拉着车子回到家，看到一头大黄牛在路边吃草，吃得那么执着香甜，觉着人活得还是太娇贵了——他想学牛吃草，于是放下车子在路边拔了一把草在河里用清水洗了，放进嘴里慢慢地嚼。

　　李宝家想起年轻的时候。

　　四十年前，那时三十来岁的他吃过树皮、草根和观音土。那些年月离他有些遥远，他想要通过吃草把过去和现在联系起来，夯实一下现在，为未来腾出一些空间。

　　李宝家老了，他觉得过去发生过的事是有重量的，那种重量在他的生命中，让他觉得自己的力量不如从前，手脚的灵便程度也不如从前了。

　　李宝家做什么事都是慢腾腾的，快不起来。即便是回忆，他想要用一个下午的时间去想过去几十年来的时光，也不能快起来。他想得很慢，他的想就像天上的云彩一样，虽然在动，可看不到在动。

魔道妻子没有去世时，他似乎还不需要回忆，但是现在他越来越需要回忆了。魔道妻子和他没有正常的对话。她总是在不停地骂，不停地说，指指画画的。尽管如此，她在的时候毕竟是一个可以相伴的人啊。现在她没有了，她怎么就没有了呢？他平时几乎不照镜子，不大容易发现自己的老。他的魔道妻子去世后，他才开始认真想到自己老了的现实，才意识到自己有一天也会死去，想到这儿，他有些急切地想要看清楚自己活着的时候的样貌。他从家里搜寻到落满灰尘的镜片，用布擦亮了看自己的模样，结果他发现自己真的是老了哩。他的脸上有了密密麻麻的皱纹，胡子和头发都白了许多，一双眼睛透着熟悉的光，那光是从他的心里散发出来的，所以他熟悉。但他无法细腻感受到自己生命变化的过程。他想他自己怎么一下子就变成了这样呢。

李宝家只能记清楚自己十六岁以后的事儿，再远了他实在记不起来了——十六岁那年，他的父母饿死了。安葬了父母，他和十八岁的哥哥逃荒来到了花家村。那是一年冬天河里结冰了，雪落了老厚的一层。露着脚趾的鞋踩在雪上，咯吱咯吱响，脚冻得钻心地痛。他与哥哥穿着破烂的单衣走进了花家村的土地庙，像两只野兔，但他们没有野兔温暖的皮毛。土地庙没有门，晚上又刮起了北风，北风吹着哨子呼呼刮进来，冷刀子一样一片片地割着他们。他与哥哥紧紧地抱在一起，但仍然冷。冷让他们打哆嗦，感到嘴唇和耳朵都快冻掉了。

哥哥冷得实在没有办法，想到了石头，便说："咱们抱着石头跑吧，跑出汗来就不冷了。"

　　李宝家和哥哥一个人找了一块石头，抱着石头在庙里来回跑。跑了一阵，身上果然热乎了。但他们肚子里没有食物，跑了一会儿便就跑不动了。

　　停下来还是冷。

　　"哥啊，太阳什么时候出来啊。"

　　"快了，快了。"

　　"哥，我冷啊！"

　　"太阳快出来了。"

　　"哥，我冷得受不了！"

　　"睡吧，睡着了就不觉得冷了哩！"

　　李宝家在哥哥的怀里果真睡着了，醒来的时候他发现身上披着哥哥的衣服，哥哥呢，赤条条地吊死在了庙房的梁柱上了。

　　太阳出来了，天气有些暖和了。李宝家的泪"哗哗"地流出来。他把哥哥抱下来，哭喊着："哥，哥啊，你不能丢下我啊，太阳出来了啊，你不能啊，哥啊！"

　　哥哥死了，不能应答他。他的哭喊声唤来了村里的人。

　　村里的人说："人死了，活不过来了，埋了吧！"

　　李宝家不愿意，非要把自己的衣服脱下来，给哥哥穿上。村子里的人让他把衣服穿在他哥哥身上，虽然知道他的哥哥已经感觉不到冷了。

　　村子里的人又给李宝家找了一身棉衣裳，让他穿上，他接受了。他给村子里的人磕头。村子里的人给了他一张草席，帮着他把他哥包裹好了，找了片地，挖开，埋了。

　　李宝家跪在哥哥的坟上不愿回去，村子里的人还是把他拉回了那个破庙。

有人给他抱来了麦秸草，有人给了他一些吃食。村子里的人都希望他能活下来。

有一次李宝家去离花家村七里地的肖皮口要饭，那儿有集市。

要饭的时候他被狗咬伤了腿，走不回来了。晚上感到冷，便在集市的灶坑里蹲着过夜。灶坑可以容下他的身子，可以挡风，暖和。他走进去，把一个破麻袋片盖在自己的头顶上，蹲着也可以睡着。

肖皮口每隔两天有一个集，他在那灶坑子里睡了两个晚上。

卖丸子汤的人一大早来了，揭开灶上的麻袋片，看到里面有一个人，吓了一跳。那时候他醒了，从灶坑里走了出来。

李宝家认识买丸子汤的麻脸。

麻脸有五十多岁，一脸麻子，个头不高，穿着一身棉纺的粗布棉衣。

"你咋睡在这里？"

李宝家不说话。

麻脸问："你叫啥名？"

"俺叫李宝家。"

麻脸不理他了，回到木轮车旁，准备从车上把锅和柴火卸下来。他走过去帮麻脸。

麻脸问他："你会烧火吧，你给我烧火吧，我管你丸子汤喝！"

李宝家心里很高兴，答应了给麻脸烧火。

麻脸在集市上有亲戚，他从亲戚家弄来桌凳摆好，再打来水，把水倒进锅里，水烧温的时候再放进去一块羊油，让羊油在水温里散发出香膻的味道，把水变成汤。汤水烧开的时候麻脸便往锅里倒进些丸子，这个时候该是有吃客的时候。

赶集的人闻到丸子汤的香气，便走过来。他们看到黄澄澄的油炸丸子在白生生的羊油间浮着,十分诱人,便会感觉到自己有些饿,有些馋。

有人说:"给我来上一碗。"

麻脸拉着长腔说:"好嘞,一碗!"

一碗丸子汤里面有十五六个丸子,麻脸总是掌握得很好,不多给,也不少给。

李宝家在烧火的时候把一切看在眼里,他想,要是我也能卖丸子汤就好了。

每次赶集的时候,李宝家都去给麻脸烧火。

有一天麻脸说:"我给你说个媳妇吧!"

李宝家以为麻脸耍他开心哩,便不吭气。

"我说的是真的哩。"

李宝家以为麻脸取笑他,还是不说话。

"你要是同意,以后你就不用要饭了,你就跟着我干。"

李宝家看着麻脸。

"下了集你跟我回家去看看吧。"

李宝家答应了。结果他就遇到了魔道妻子。

魔道妻子是麻脸的侄女。那一年李宝家十七岁,他的魔道妻子二十岁。

李宝家看到她时,她很瘦弱,穿着干净的衣服,梳着条大辫子。当时他的心里一下子想起了自己的娘,当下便喜欢上了。他不知道她是个神经不正常的魔道人,后来他知道了,仍然喜爱她。

两个人结了婚。魔道娘家的人帮忙给李宝家在花家村盖起了两间土房子,李宝家自己起土和泥,打起了院墙。

过了几年,麻脸得病死了,李宝家便接过了麻脸的生意。

李宝家一直做着麻脸传给他的生意，几十年如一日。

以前他早起准备去赶集，他的魔道妻子也起床。他们一起做早饭吃，魔道妻子烧火，他下汤面。

吃过饭，他去赶集了，她呢，就站到院门外面等他回家来。

从出发到下午回来的那段时间里，魔道妻子会一直站在大门口，独自连骂带比画地说话，也不知道她都说些什么，骂了些什么。

李宝家挣了钱，后来又起了混砖房，日子越过越好了。

李宝家的大门口一边是一个不大不小的坑，坑里有着苇子莲藕；另一边是一个树林子，林子里的小鸟儿在清晨时候叫得特别欢快；有早晨上学或下学的小学生经过他的魔道妻子，他们便会朝她喊："老魔道，老魔道！"

她呢，追着，或退着，对着他们骂。

小学生拾起土坷垃扔她，也不见得非要扔在她身上，她有些怕，也有些兴奋。

李宝家和自己的魔道妻子一直没能生养。

村子里的人都说，魔道遇到李宝家，可真是她的福哩。李宝家是一个多么好的男人啊，他从不打她，也不骂她，对她那么温和，知冷知热的，那么好。

她呢，虽说是个魔道女人，毕竟是个天天站在家门口在盼着他回家的人啊。李宝家回来了，她更有些笑容在脸上。那笑容有点儿像干枯的花儿，虽说失去了艳丽的色彩，却是有着一种特别的香味儿的。

几十年来，魔道妻子就一直站在门口，看着李宝家出门，然后又看着他回家。

李宝家看她一眼，一路上，一天的疲惫，也就减去了多半。

李宝家总是不声不响地出门，又慢慢吞吞地拉着车进家门。

等到他回来，他的魔道妻子就停止了说话，跟随在他的身后，有时候还会帮着他用手推一把车，帮着他从车上卸下来一些东西。

忙活完了，李宝家便坐在竹椅上休息一会儿。如果魔道妻子懂得给他倒一杯茶多好呢，但是她不懂得。李宝家便自己动手倒。他很能喝水，喝过水，休息得差不多了，他便走到厨房里。魔道妻子也走进厨房里，从他手里接过火柴来，在灶里点着火。

以前，魔道饿了，想自己做点吃的。她没有能力注意火的危险，家里就着火了。多亏有人发现得早，及时喊来村子里的人扑灭了。

后来李宝家就把火带在自己身上，等他回来再把火交给她，让她生火，他来做饭。

李宝家会做非常可口的饭，他在集市上不吃饭，总是回来跟着魔道妻子一起做饭吃。

李宝家总是希望她能多吃，一直是这样的。可她总是吃不多。他希望她能胖一点，可她总是很瘦。当然，他所有的希望都只是微小的希望，这很像他的性格，他从来不强调什么是重要的。

吃过中午饭，下午还有很长的一段时间，李宝家便在自家的院子里整理菜地。他家的院子很大，种了许多菜。他最需要香菜，因此香菜在菜中占的比重最大。他薅草、松土、浇水，那青绿的菜让他心里也绿莹莹的泛喜欢。

李宝家把自家的地送给别人种了，种他地的人替他们家交公粮，负责挖河打堤。除了赶集以外，李宝家几乎没有什么别的活动。

村子里的人都很尊重他，他的魔道妻子去世后发丧，村子里自觉来了许多帮忙的人。

魔道妻子去世后，李宝家让自己不去想她，一想她，他就难过。

但他还是忍不住就想起她。

有时候他会在梦里梦见她，她在他的梦里还在说着他听不懂的话，指手画脚的。听她说得累了，自己便也觉着累了，他便把梦关闭了，继续睡。

一年秋天的某一日早上，李宝家醒来以后就再也睡不着了。

李宝家早早起了床，整理好东西拉着车出门了。出门的时候他习惯地回头看了看，每次回头看的时候就好像看到他的魔道妻子站在他身后。他老是有这种幻觉。

带着那种幻觉，李宝家在大雾里拉车，缓慢地行走。脚步踏在泥土路上，发出"突嗒突嗒"的声响。他在想着些什么，又好似什么都没有想，只是拉车前行。拉车的时他肩膀上的绊儿，松松紧紧的。他有些驼背，头伸向前方，一双有些粗糙的手握着车把，向前拖着，走着。

从花家村到肖皮口集，或者王屯集的路都不是太远，那通向集市的路，他不知走了多少个来回了。

春夏秋冬，岁岁年年，在那些时间里，虽然他走得很慢，但是他一直在走。

走到半路的时候，李宝家觉着自己的困劲儿又来了，他没有在乎自己的困意，眯着眼睛继续走路。偶尔有机动三轮车突突地从远处开来，那么响的，也未必就能惊动他昏昏欲睡的心。

走着走着，李宝家突然听到了孩子在哭，心一下子警醒了，停住了脚步，支棱起耳朵来听。

是，没错哩，是孩子在哭哩。在这前不着村后不着店的地方，怎么会有孩子在哭呢？该不是那孤魂野鬼趁着大雾来骗他的心吧！他站了好久，确定了那哭声是一个婴孩的。

李宝家把车子停在路旁边，寻着那哭声发现了一个布包，包里有一个孩子。孩子出生没多久，小脸乌青，黑眼珠儿藏在薄薄的眼皮底下，小鼻子一点点，有着两个出气吸气的小洞洞。他的小嘴呢？哎呀，他的小嘴是个兔儿豁。

李宝家的心被揪起来吊在了雾里了。他想，这是哪个为人父母的这么狠心呢？唉，这真是不应该啊！

李宝家把孩子抱在自己的怀里，心里很是疼他。是个男娃哩，如果不是个豁嘴儿，他应该是一个很漂亮的孩子哩。

李宝家确定是狠心的父母把那孩子抛弃了。他想了想，觉着这好像是天意。孩子的出现一下子唤起了他对孩子的渴望。那个渴望一下子变得现实起来，变得强烈起来。他有点儿迷信，认为自己早起是老天爷给他安排的，为的是让他拾到这个孩子。

李宝家把孩子抱在怀里时感觉自己一下子年轻了许多，他的精神头儿焕发了。他用一只手抱着孩子，一只手拉着车。

他走得有些快，他第一次感觉自己需要快一点了——他掉了个头儿，不赶集了，他要回家。他要把孩子养大，养到他可以走、可以跑，可以上学可以叫他爷爷。啊，那该多好。

妻子走了一年以后，老天爷又给了他一个小生命，让那小生命来陪伴孤孤单单的他，真是老天开眼了。再说他积攒了许多钱呢，那些钱他跑到镇子在银行里存起来了。以前他发愁自己死了以后那些钱给谁，现在他不愁了。

回到了家里，太阳射破了雾，雾渐渐地散了，消失了。

李宝家把孩子放在床上，看着他笑。他的心里喜欢极了，虽然他是个小豁嘴儿。

他不知道该怎么照顾孩子，便抱着那孩子通过树林去找花婆婆。

花婆婆一辈子养了七个儿子，对养小孩很有经验，他要向她问问小孩子该吃些什么，该怎么养。

李宝家抱着孩子来到花婆婆家里时，花婆婆正在院子里剥玉米粒儿。

见他抱了个孩子过来，她的眼睛一下子就亮了。

"哎哟哟，这孩子是哪里来的？"花婆婆说着站起身来，迈着小尖脚走近一看，说，"哎哟哟，是个兔嘴儿哩，这娃子，你瞧瞧！"

李宝家把孩子让花婆婆帮他带着，他要给她些钱。

花婆婆说："哎哟，我说宝家，我也打心底喜欢孩子哩，我不能收你的钱，我的七个儿给我的钱还不够花的吗？这孩子我给你带也是我的一个晚景哩，你放心去赶你的集，卖你的丸子汤吧！孩子缺啥了，我给你说，让你给买。"

村子里都知道李宝家拾了个孩子，也都为他感到高兴。他们想，他老了也算有个送终的了。

李宝家给孩子起名叫李路金，意思是，李路金是他在路上拾到的金子。

三年过去了，李路金会跑会跳了，可嘴还是豁着。

村子里的人叫他豁子。

那小孩儿很聪明，不喜欢别人叫他豁子，他一次次吐字不清地纠正别人的叫法："我叫李路金，我是爷爷从路上拾的金子，我叫路金。"

有一天花婆婆没了。

离世前花婆婆还对儿子们说："你们宝家大爷是个好人哩，他在咱们村上没有什么亲人。我没有了，你们要照看着他啊——以前你们年轻时候咱家里缺吃少喝，多亏了他帮衬咱哩。"

不用说，花婆婆的儿子们也都知道。

村子里的人们都知道，李宝家是个忠厚老实的人。

李宝家八十一岁了。

李宝家不能再赶集了，他是真的赶不动了。

本来，他的心已经变老了，因为李路金的出现他的心才又变得年轻了。

他总想着去赶集，他还想多挣些钱哩，多挣些钱给他的路金。但他实在赶不动集了，拉不动车子了。

年纪到了，心不老也没有用。

闲在家里的日子，是舒服惬意的。

小路金很乖，他用嫩生生的小手拉着李宝家，一口一声爷爷，叫得他心里泛起了一圈一圈的涟漪。

晚上的时候，李宝家搂着小路金睡觉。小路金的胳膊腿很瓷实，嫩乎乎的结实。李宝家用粗大的手摸摸他光滑的身子，他感到痒痒，便咯咯笑。

孩子笑，李宝家便觉着好玩、开心。但孩子睡着的时候，他却睡不着。

虽然李宝家觉得自己很困了，但他却不舍得睡，他要想一些事儿。

李宝家想得最多的是，自己老了，路金还小，以后如果他不在了，这孩子该怎么办哩？

小路金六岁时，李宝家从镇子里的银行取了钱，带着路金坐车去了县医院。回来时小路金的豁嘴儿补上了。

嘴不豁了，小路金变成了一个漂亮的男孩。他穿着崭新的衣服，胖胖乎乎的，方头方脑的，说话瓮声瓮气的很让人喜欢。

小路金上学了，李宝家托人给他买了个书包。

李宝家不认识字，小路金从学校里回来的时候，便给他念跟老师学的字：人、口、手，上、中、下。

李宝家听着，看着，觉着小路金很聪明。他闭上眼睛，想象路金长大长高的样子。如果他长大了，长成了个大学生，他还活着，那该多好哩。

李宝家知道自己活不到那个年纪，他觉着自己快不行了。

李宝家发现有一个妇女老是望着路金，那个妇女二十七八岁的年纪。她发现他时，赶紧走开了。

那个妇女李宝家以前并没有见过，他肯定她不是花家村的人。

第一次李宝家没太在意，后来又见到了她。

小路金在树林子里玩呢，她走过去给他糖吃。

那一次，李宝家觉得那个妇女可能是小路金的亲生母亲。

想到这一点，他的心都快浮到了嗓子眼了。他有些紧张，生怕那个妇女把小路金给抱跑了。

李宝家走过去喊："路金。"

那妇女抬起头来，也有些紧张，她的眼里还有泪呢，泪水染红了她的眼圈。他们对视了一会儿，那妇女很快低下了头，又抬起头。

妇女赔着笑脸说："我路过这里，这个小孩真好！"

李宝家摸了一下嘴，移动了一下手里的拐棍，想说什么，却说不出来。

后来那个妇女走了。

李宝家问路金："你愿意跟她走吗？"

路金说："不。"

"为啥？"

"我要跟爷爷在一起！"

李宝家的眼泪哟，一下子就涌上了眼窝，把个眼窝盈满了。这孩子有良心哩，这孩子跟他有感情，爱着他哩。

回到了家里，他决定打听一下那个妇女是哪个村的，准备把路金送回去。

那时候李宝家已经几年不能做生意了，不过，在决定把小路金送走的那一天，他还是在家里做了锅丸子汤。

李宝家想让小路金喝一碗他的丸子汤。

路金喝他煮的丸子汤时，他说："细细品嘛，别喝得那么快哟……"

在把小路金送走没多久，李宝家就没了。

有一年过年回家，在上坟的时候，我看到已经长成大人的小路金。那时他已经结婚了，听说，每到过年过节的时候，他都会来为他的爷爷李宝家来烧纸钱。

小时候我也喝过李宝家做的丸子汤。那焦黄酥脆的丸子，飘浮在汤里，舀一碗，撒上一层翠绿的香菜，香喷喷的，那种味道只能存留在记忆中，再也闻不到了。

桃　花

那一年的春天，天气还很凉，河里的水便凉了。黄土地上，年前种下的小麦，经过冬雪覆盖，在春风里开始泛青，有种甜丝丝的味儿。

我们七个战士，其中有一个女孩叫文文，跟我是同一年生的，生月没有我大。

文文很漂亮，扎着一双大辫子，一条在背后，一条在胸前，背后的能搭到屁股尖儿上，胸前的能搭到大脚跟儿，眼睛大大的，笑吟吟的，别提有多美了。

我们要一起过黄河，从国民党占领的那边，到我们这边，没有船。我们每个人弄了两个葫芦，准备游过去。

国民党兵盯着黄河，白天不能过。

我们趁天黑的时候过河。那天晚上有些阴天，天上没有星星，伸手不见五指的。过到河对面，杨队长一查人，少了一个，是文文。

杨队长说，怎么把文文丢了？派个人再去对岸找找吧，谁去？

杨队长看了看众人，没有一个应声。

杨队长考虑到我从小在黄河边上长大，就对我说，金铎，你去怎么样？

我说，好，我去。

四周黑得看不见人脸，我也不知道能不能找见。杨队长带着人归队了，我一个人去找文文。河这边没有，说不定还在河对岸，也说不定被黄河的水给冲跑了。

那时黄河的水不算深，但是水冷。我蹚过黄河，也不敢大声喊——黄河的河套很宽，岸上就是拿着枪巡逻的国民党兵，大声喊的话，惊动了他们我就跑不掉了。

我找啊找啊，找了很久，后来看到一个人影子，我小声问，是文文吗？

文文说，是我，我活不成了——我陷到沙子里了，你别过来！

我说，怎么会活不成了哩，我既然来了，你就活得成！

我把背包绳子解开，扔过去说，文文，你抓住绳子，慢慢往外爬！

文文抓住了绳子，一点点地，从泥沙里爬了出来。可是爬是爬出来了，她的裤子却落在了泥沙里了。文文害羞，她蹲在地上不愿站起来。

我问，怎么啦？

文文不说话，我想了想，明白了。

我说，文文啊，你就把我当成你哥吧，和哥你有什么害羞的呢？你赶紧站起来吧，我们过河去，再待一会儿敌人发现了，咱们可都回不去了!

文文还是不愿站起来,一个大姑娘家,怕羞,也正常。我想了想,脱下了身上的衣服,丢给了她。文文把身子包上,才站了起来。

文文对我说,以后你就当我的哥哥好吗?

我说,行,我就是你哥!

我们过到对岸,冻得牙齿咯咯直响,浑身都僵了。回到宿营地,我们洗漱了一下,喝了碗姜汤,很快就睡了。

第二天一大早,通信员过来找我说,金同志,张团长找你。

我穿上衣服去了。

张团长见了我,夸奖了我一番,笑着说,小金啊,毛主席说了,我们革命军人也不能当一辈子和尚兵,既然你把文文救了,我们做主把文文许配给你怎么样?

我一听,脸红了。

那时候我们打仗,不知什么时候死,不知道自己会变成什么样,根本没有想到结婚的事。我摇摇头,低下头不说话。

张团长呵呵大笑着说,你是不是不好意思啊小金?你打仗没的说,是个英雄,可在这事上怎么就那么熊包了呢?走,咱们到王政委那儿去。

我没说话,跟着张团长去了王政委那儿,没想到文文早就在那儿等我了。

王政委让我们坐下来以后,回过头来问文文,文文,你愿意和金铎同志结为革命夫妻,永远在一起吗?

文文倒也变得大方了,她走到我身边,一把扯住我的胳膊说,是金铎哥救了我的命,我的命就是他的,我这一辈子,除了他谁也不嫁了。

张团长呵呵大笑。王政委也笑着说，小金啊，你看，人家文文都表态了，你也表个态嘛！

我这才明白，是文文找到王政委，提起了这个事儿。

我想了想说，现在正在打仗，再说，我们都还小，我把文文当成我的亲妹妹，比亲妹妹还亲，行吗？

张团长和王政委对视了一下，王政委笑着说，这事就这么定了，等过两年，我们胜利了，你们就结婚！

文文一个劲儿地点头，偷偷地笑了，我也点了头。

我们的部队当时驻扎在一个镇子里，那里有许多桃树。三月，桃花盛开了，文文常常穿过一片桃树林，跑到我们这儿来，听我给她讲我以前打仗的事。

我十三岁参加革命，跟日本人拼过刺刀，脑门上还有个刺刀划的伤疤。我打死过五个鬼子，是战斗英雄，文文很佩服我。部队上有不少人都佩服我，年纪大的，年纪小的，都有。

文文要给我洗衣服，我不让她洗，我说我会洗。

文文不同意，可能是她觉着，两个人订了婚了，虽然是口头上的，但毕竟是订了。

订了婚，文文觉着她就应该为我做点事，像洗洗衣服什么的。文文拿了我的衣服就走，我跟着她。我们一起去河边洗衣服。部队上的战友们，看见了都笑，都说我们俩像一对，蛮配的。

有一次，张团长、王政委、杨队长叫上我和文文，我们一起去观桃花。

那一天是上午阳光灿烂，照在桃花树上显得很温暖。我们走在桃花丛中，呼吸着春日里清甜的空气，感觉特别好。我真觉得不该再打仗了。

桃 花

我们边走边说话。

张团长留着大胡子，喜欢跟人说话时拍人的肩膀，说话的声音很大，像打雷，他说，小金啊，我和政委都等着吃你和文文的喜糖哩！

我和文文相看了一眼，都有些不好意思。

王政委戴着个眼镜，人显得很文气，他也笑了，说，瞧，还害羞呢，看起来打仗和处对象完全是两码事。小金啊，处对象也得拿出点向前冲的劲头啊！

后来我与文文故意落在后面，和他们在一起，我们俩总像个小孩。听他们说话，总觉着不好意思，可他们偏偏又爱拿我们俩说话。

我与文文在一起，看着一树一树的桃花，突然想折一枝送给她。

我对文文说，我给你折一枝桃花吧！

文文笑着，点点头。

文文笑的时候真好看，她的脸蛋儿，红扑扑的，就像桃花瓣儿。她的鼻子小小的，嘴唇薄薄的，牙挺白，门牙还有点儿大。

张团长他们好像听见了我的话似的，一齐回头朝着我和文文看，看得我都不好意思了。

我折了一支桃花给了文文。

文文接过桃花，把花放在鼻子上闻了闻。

我笑了，说，桃花不是香花，是用来看的。

文文说，哥送给我的花，就是香的花！

春天过去是夏天，夏天过去是秋天。

在那一年的冬天，我们接到上级的命令，攻打一个城市。

我们那个团，牺牲了六十二个人，许多人挂了彩。

在战火里，有许多抬担架的老百姓也牺牲了，文文是卫生员，跟着担架队也牺牲了。

战争结束以后，杨队长问，小金，你知道了吗，文文她……牺牲了！

我板着脸说，我知道了！

那时候我听到文文没有了的消息，没有流眼泪。我听到那个消息以后反而显得很平静。在战斗打响之前，我的许多战友都还有说有笑。战斗结束了，有些人说没有就没有了。那时我不相信他们都没有了，我觉着他们还活着。那个年代，活着和死去在我看来没有多大区别，活着的人说不定下一场战斗就去见老朋友了。我没有眼泪，死了那么多的人，自己也是从死人堆里爬出来的，有什么好哭的。我没有泪，我的眼泪都变成血了，我的血在我的身体里奔腾，我就想着报仇，为那些死去的兄弟报仇！

杨队长通知我参加追悼会。

那天下午，在一片树林子旁边的空地上，一共摆着六十二只棺材，人字形排开。

棺材是镇子上征集来的，有漆成黑的，有还没有来得及漆的。其中有一个红色的棺材，放在最中间，特别显眼。那口棺材是文文的。

张团长走到我身边，拍了拍我的肩膀，从警卫员手里拿过一枝布做成的桃花，粉红色的桃花，递给我说，这个，送给文文……你要对她，对我们每个死去的和活着的人，说说话……

张团长在战斗中受伤了，他拿着桃花的手上缠着纱布。

我点点头。

张团长、王政委、杨队长等人与我一起走到红棺前。

张团长说，开棺！

棺打开了，文文静静地躺在里面。

我扶着棺材说，文文，文文啊，我来看你了，我们有许多战友都牺牲了……你们生得伟大，死得光荣——文文，你安心走吧，我会给你们报仇！

张团长大声说，就这样完了？不行！

张团长用受伤的手指着文文说，你个笨蛋，你看文文的眼睛！

那时我难过，没敢看文文的脸，听团长这么一说才发现，文文有一只眼睛没有闭上。

文文的一只眼睛没有闭上，我的心咯噔一下知道了，文文是死不瞑目啊，文文是心愿未了啊！我与文文在一起的时候，我们总是以哥妹相称，我从来没有承认过她是我的未婚妻。

后来我又对文文说，文文，文文，你想家了吗？你想家的话我就把你带回家去！我来了，现在就在你身边，你，你放心走吧，我会永远在心里记着你的……

说完话，我用手把文文的眼睛合上了。

追悼会结束后，王政委说，小金啊，你不能忘记文文，每年桃花开时，你都要用一枝桃花来纪念她！

我郑重地点了点头。

丁一烽

丁一烽几乎每天都要去公园里走一走。

丁一烽最近刚拒绝了唾手可得的一千万。知道这件事的人没有谁不会觉得他傻，他自己也觉得自己有点儿傻，他还有点儿后悔。可往深里想一想，他又觉得那种后悔是一种假象。他做出那样的决定，对于他来说是合情合理的。因为他在别人眼里一直是个不成功的，没有什么出息的男人，他想要拒绝那些所谓成功了的，有出息了的人给他的，他可以要，也可以不要的东西，尤其是在前女友和前妻面前，他那样做确实也有自己的理由。

在二十一年前一个秋高气爽的天气里，丁一烽坐着叮咣叮咣响的绿皮火车来到了深圳。转眼间二十多年过去了，他由原来的小伙子变成了一个中年人。四十岁以后的他感到自己老了，尽管他的头发仍然是乌黑发亮的，眼神也还没有浑浊得让自己开始怀疑人生，粗略地看上去脸上也还不怎么显皱纹，身体也没有什么毛病，认真收拾一下，四十出头的他还可以冒充二三十岁的青年人，和年轻女孩谈场轰轰烈烈、缠缠绵绵的恋爱。他那样想过，问题是他没有那样的心态了。对于他那样不怎么成功的，也没有什么出息的男人来说，和年轻女孩谈恋爱那等于是自找麻烦，自寻烦恼。

　　最近几年，丁一烽的精力和体力大不如从前，做什么事都心意沉沉的打不起精神。他没有了人生的目标，没有了什么追求，他似乎从来就没有什么理想和追求，他觉得自己就不该到深圳这个大都市里来，他就该待在家里的一亩三分地里，过着老婆孩子热炕头的生活。当然那也只是他漫不经心地想一想，他知道人生没法假设，也无法重来，他已把人生最好的时光留在了深圳，很难想象离开深圳回到北方老家后该怎么样去生活。他本来也可以像别人那样通过努力来改变自己，拥有一些成功的。他认识的人中有不少人原来在流水线上做工后来却飞黄腾达。虽然他认识的大多数人混得比较一般的，可他觉得自己连那些人也比不上。同样是背井离乡来深圳打工，很多人还是赚到了钱，在老家盖了房子或者是在县城买了房子，他们结了婚、成了家，有了儿女、有了奔头，苦日子总有一天会熬到头，可他光杆司令一个，一无所有，将来死了估计连个为自己哭几声的人都没有。是什么造成了自己这种情况呢？归根结底还是他在到处是机会、遍地是黄金的深圳没想法，自甘平凡。他的女朋友何笑颜因为他的不思进取、没有前途离开了他，他的妻子马钰琪也因为他固执己见、不肯变通和他离了。在有着那么多人的大深圳，他孤孤单单的连个知心朋友也没有，这确实会让他感到自己是一个失败的人、没有出息的人。

　　过去的二十多年，他在工厂里还可以做一份工，还能赚到钱继续租房子和生活，可一个月前他所在的那家玩具厂为了节约成本把厂子搬出了深圳，他失业了。如果他用心去找的话，工作也不难找到的，问题是他感到自己累了，不想再去工厂里做工了，他想歇上一阵子再说；可问题又是有工作时可以少想些事，没有工作时他想得比较多，因此烦恼也就多。他倚坐在公园的椅子上看着蓝天白云，漫无边际地想一些问题。如是不是应该找个女人结个婚，要个孩子？只要自己愿意，大约也不是件太困难的事。例如是不是可以痛下决心，换一种精神状态，积极融入飞速发展的大都市中，像别人那样去力争上游，混出个模样来？每个来深圳的人不都是那样积极向上的吗？他为什么就不能像别人那样呢？想的结果却是，他是他，别人是别人，他只想做一个普普通通的人，谁也别想剥夺他作为一个普通人的权利。他认为自己没有出息，不成功的主要原因不在于自己，而是日益强盛的大都市，大时代强加给他，也会强加给所有人的。他讨厌那种无形的力量在绑架着自己、影响着自己，他甚至偏执地想要以不思进取、自甘庸常来对抗那种无形的力量。他甚至认为自己是大战风车的堂吉诃德的另一个版本。正是在那个时候，他的前妻马钰琪给他来了电话，约他见一面，要还他的钱。

在还是个学生时，丁一烽就谈不上有什么理想，他只不过是想要考到城市里去做份体面的工作。他很用心、很刻苦地去学习了，可他连续三年都没能考上大学。在从北方坐上去往南方的火车上，回想起在高中时的那五年，他头脑中浮现的是堆积如山的课本和复习资料，是伏在课桌上机械看着书本做着学习的样子的他。他的记性不好，不管他多用心，可那些知识就像滑溜溜的泥鳅一样很难被装着一团糨糊的大脑抓住。考不上大学虽然心有不甘，可在颠簸的车上，看着车窗外的秀美壮丽的山野风光，他还是老实地承认了自己不是学习的料。到深圳后，他在一位老乡的帮助下，顺利地成了玩具厂的一名工人。在工厂的流水线上做工，虽然每天都在组装玩具的某一个部件，每天都在重复着同样的动作，他却觉得那样不用动脑子的事是极为适合他的。后来长年累月地做相同的动作，虽说也会让他厌倦，但每天都能有事可做，每个月都能领到工资，他终究是感到满意的，因此渐渐地对做工也习以为常了。坐在流水线前做工，也如同坐在课桌前学习，只不过做工不需要费脑子还能赚钱，比起还需要花钱的学习生活还是显得有意义多了。他的工资最初只有三四百块，后来涨到每个月七八百块，再后来涨到每个月一千二三百块，当工资升到五千多块时，他已经成为厂里资格最老的员工了。最初和他一起进厂的那些人，包括后来进厂的一些人，前前后后的少说也有一万人，一个个都走了。他们有的跳槽去了别的工厂、别的公司，有的自己创业成了老板，只有他除了年龄外，别的什么都没变、都没有。他不清楚工资增长与物价上涨之间的关系，也不清楚自己在大都市中又有了哪些微妙的变化。虽然他喜欢看一些书，也爱想一些事儿，却又不太喜欢动脑子想那些复杂的事。在工厂做过的那些年，他前后也带过不下三百名工人。他的徒弟中也有不少后来恋爱结婚，有了房子和车子的，个别重情义的有了闲，也曾来厂子里看过他，请他吃过饭。有的请他过来吃饭是想向他借钱去投资什么项目。多数时候他也不过是在听着别人讲外面的世界是多么精彩，他们是如何改变思路，如何奋斗的。他也会有些羡慕他们，却也从来没有认真想过要调整一下自己，改变一下自己。即使是他所爱着的何笑颜和马钰琪也没能让他改变。

　　一个人走在公园里，有时也会想起他生命中非常重要的，可以说不是亲人胜似亲人的何笑颜和马钰琪，他心里突然就会有种难过的情绪泛起来，让他的两只眼睛饱含了泪水。为了逃避那种难过的情绪，他会让自己小跑起来，跑到上山的那条石头路上，一步步爬上去，去山顶上看看风景。他记得自己初到玩具厂时，在厂子附近的公园还没有被正式命名为宝安公园，那地方也不过是个常会有小动物出没的荒芜小山。那时的他想要爬到山上去看一看，需要手脚并用地拨开丛生的野草，绕过一些奇形怪状的石头。站到山上看，那时的山下还没有建起那么多的高楼大厦，还显得有些灰头土脸的，如同一个不怎么显山露水的小城镇的模样。那时挺好的楼房价格也不过在两千块左右，比起现在的房价来，简直是低得不像话了。原来每平方米两千块左右的房子现在值五六万块了，如果是位置较好的学区房，每个平方米卖个七八万也算正常。也许是在高房价的刺激下，最近几年又冒出来许多新的楼盘。他平时较少出门逛街，偶尔从租住的地方走出去时会突然发现某个曾经熟悉的地方没有了，被正在建的大型楼盘给取代了。那种变化既让他感到不可思议，又让他无能为力。他知道自己是不太可能买得起房子了。

这些年来公园发生了很大变化，他不知不觉间接受了那种变化，却总是怀念公园以前的样子。有一次他为了体验最初爬到山上的那种感觉，没有走铺着石头的上山路，而是走了一条野路子，可走到一半时就被铁丝网给挡住了，上不了山，只好原路返回。虽然他常去公园里走一走，却也并不能清楚地记得公园是哪一年修了柏油公路，是什么时候开辟了上山的通道，那些令他感到新鲜的奇花异草，又是什么时候移栽进来的。仿佛在不知不觉间公园里就有了漂亮的避雨亭廊，用于休息的座椅也多了起来，还有了几个停车场和游乐园。就拿公园山下空地上的那两个挺大的人工湖来说，那么大的一个工程，他竟然也不记得究竟是什么时候开始动工的了。他的记性确实差，不过感受力还可以。也可以说，他不是一个太爱用脑子的人，而是一个善于用心去感受的人。例如他可以在人工湖边上待上很长的时间，看着湖水里的鱼游来游去，看着水面上的睡莲和水草产生些美妙的联想。他那样默默地、忘我地看着那些美的事物时，心里是平静的、快乐的、美好的。那样的他又会有谁理解呢？没有的，即便是有，又有谁能对他表示说，他们是同一类的人，都是用心在认真生活的人呢？

何笑颜当年离开丁一烽不久，丁一烽看了《阿甘正传》这部电影，当时被感动得稀里哗啦的。他觉得阿甘的身上有着自己的影子，他就是那个有点儿傻的阿甘。为此他还学着阿甘去跑步，学着阿甘留了胡子。他跑了有相当长的一段时间，却也并没有谁跟着他跑，他也没有像阿甘那样跑在城市中，跑出城市，跑到世界上去，成为被人关注的人物。他只不过是在公园里跑一跑。在公园里围着山跑一圈，有三公里多一点。经过一段时间的锻炼后，他可以用一个下午不间断地慢跑十圈。那段每天坚持跑步的日子里，虽然很疲惫，心里却是享受的。他喜欢感受汗水从身体里冒出来，浸湿他的衣服，落到地面上去。他喜欢跑动时什么都不想，仿佛那样便可以超越什么，或者说是在迎接什么。有时他也会一口气跑到山上去，到山上看一看山下变小的楼群，和大街上的车水马龙。那时的他有些不理解城市中为什么有那么多的楼，那么多的人，那么多的人为什么非得聚到一个地方来。有一次他在山上默默地看着风景，天上突然间就刮过来一团乌云，很快就下起了雨。雨滴噼里啪啦地落下来打在身上，那种感觉很舒服。他没有像别人那样躲雨，他在雨中默默俯瞰着山下。那些平日里清晰可见的楼群变得模糊了、湿润了，仿佛也有了感情、有了诗意，不再是坚硬的、死板的楼了。很快雨过天晴，天边升起了一道神奇的彩虹。那时除了他，山上空无一人。那城市上空的彩虹太美了，让他忍不住对着苍翠的、湿淋淋林的山林大喊了两声——噢——噢——那样大声呼喊的感觉很棒，他将心里的一些原本想对谁说却没有办法说的话喊了出来，很舒畅。雨后新鲜的空气也无比清新，他闭上眼睛，忘情地大口大口地呼吸着，觉得自己也应该是一个快乐的、幸福的人。后来他怀着愉悦的心情走下了山，又回到了自己租来的房间。他脱下被淋湿的衣服，冲了个温水澡，赤条条地躺在了床上。他用眼睛盯着天花板，想要回味在雨中，在山上的那种美妙的感觉，可很快又有一股难以忍受的孤独感袭来。

　　公园有三个门，后来公园撤掉了围墙，便有了更多的可以进入公园的入口，但正式的大门还是三个。公园的东门对着的灰白色的工业区里有着五六层楼高的厂房，厂房里有着各种型号、各种功能的机器。成千上万穿着灰色的、蓝色的或者粉红色工装的人操动着机器，制造或加工着各种产品。那些产品销向全国，有的还漂洋过海被运到世界各地去。他有二十多年的时间就工作在那个工业区里。公园的南门往前走上三四百米就是个菜市场，菜市场附近是个挺大的城中村。城中村里有着七八层高没有电梯的楼，也有着十来层高甚至二十多层高的有电梯的楼。一栋楼紧挨着另一栋，挨得近的从一栋楼里伸出手便可以牵住从另一栋楼里伸出来的手，挨得特别近的透过窗子两栋楼里的人甚至可以亲上嘴。城中村住着形形色色的人，多半是在工厂里或公司里打工的人。有的人单身，有的人成双入对，有的是老老少少一家子。房间一室的居多，也有一室一厅，二室一厅的，房间里有厕所，也有做饭的地方。楼下街上有着各种店铺，日用品店、服装店、理发店、水果店、五金店、小饭店、咖啡馆、麻将馆，生活起来也很方便。街面上有着汽车、摩托车、三轮车，后来还有了共享单车和共享汽车，来来往往的人和各种车辆发出混杂的、模糊的、偶尔嘹亮刺耳的声响，各种声响夹杂着食物的香味、垃圾堆的腐臭味道，从黎明时分会一直蔓延至夜深人静。丁一烽过去住在那儿，现在仍然住在那儿。公园的西门、南门斜对着的是商业街，街上有大型的商场和超市，也有着高档的酒店和豪华宾馆。那条街上也有几个绿化相当不错的居民小区，丁一烽和马钰琪在那儿还有过一套房子。

　　沉默寡言的，看上去也挺普通的丁一烽也是有人喜欢过的。工厂里的女工多男工少，男女比例严重失调，当时二十出头的他看上去平头正脸的，自然也会被一些女工喜欢，也会有不少胆大的女工和他开开玩笑，向他示好。那时的他却是木讷的、不解风情的。马钰琪也喜欢他，不过她很快却发现他喜欢的是自己的朋友何笑颜。何笑颜个头不高，身材娇小玲珑，平时喜欢扎着马尾辫儿，皮肤白净光滑，小鼻子，大眼睛，一举一动有种让人心生怜爱的劲儿。她的话不多，说话声音也小，小得让人得竖起耳朵听，人也谈不上有多漂亮，至少在马钰琪看来，要个头有个头，要身材有身材的自己就比她好看一些，可她没有想到自己喜欢的人却偏偏就喜欢上了别人。笨嘴拙舌，也特别害羞的丁一烽喜欢何笑颜却也一直没有勇气向她表白，那时的马钰琪喜欢时不时地看一眼他，结果看到的是他的目光在何笑颜身上转来转去。既然自己喜欢的人不喜欢自己，性格爽快的她倒也愿意成人之美，于是她就告诉何笑颜说有人喜欢她。有一次下了班，马钰琪故意和丁一烽走到了一起，笑着问他是不是喜欢何笑颜。丁一烽一下子脸就红了，看着别处不说话。她就笑着说，如果你愿意请吃饭的话，我可以考虑为你们牵线搭桥。丁一烽没想到马钰琪那么直接、那么热心肠，虽然一时有些不适，还是点头答应了。那一次马钰琪吃到一半借口有事走了，把何笑颜留给了丁一烽。两个人第一次面对面地坐在饭桌上，你有情我有意，却又都不知道怎么表达，多少有些尴尬。后来何笑颜说吃好了，想让他陪自己去逛街。丁一烽点点头，起身付了钱，和她一起去逛街。在一个时装店里，丁一烽主动为何笑颜看中的一件连衣裙付了钱。何笑颜客气了一下却也接受了。再后来又有挺长的一段时间，下班后的丁一烽带着何笑颜和马钰琪去公园散步，三个人在一起有说有笑，就像是好朋友。何笑颜和马钰琪在一起总有说不完的话，丁一烽则默默地跟在她们身边，是个很好的听众。从她们聊天的话语中，他知道她们并不满足于在工厂里一直做工，她们渴望有更好的发展，过上更好的生活。他也赞同他们的想法，没有谁愿意永远只在工厂里做工，只是怎么样才能有更好的发展呢？这是一个让他头痛的问题。

有一次马钰琪出去会老乡，丁一烽与何笑颜两个人去爬山。在一个陡坡上，他第一次拉住了何笑颜向他伸出来的手。他拉着她的手时感到心像受惊的小鸟，呼地一下从他身体的树枝上飞了起来。一种他期待已久的幸福感电流一般传遍了全身。尽管他想一直牵着她的手，却还是很快地松开了。他不好意思那样一直拉着，也不好意思和她走得太近，仿佛身体不经意间的碰触会让别人感到自己是有意的，是对别人的不尊重。当时的他就是那样的，他害羞、保守、不开窍。不过两个人并排坐在山上看风景时，何笑颜却把头主动偏到了他的肩膀上。何笑颜望着山下说，你看，这么多的楼，这么多的房子，将来我真希望也能有一套自己的房子。你想吗？他点点头，嗯了一声。何笑颜说，你能告诉我你喜欢我什么吗？他摇摇头，想了想又鼓起勇气说，我见到你第一眼时，就有了一种奇怪的感觉。何笑颜说，哦，什么感觉呢？他想了半天说，是爱一个人的感觉吧。何笑颜说，嗯，你知道我喜欢你什么吗？丁一烽摇摇头。何笑颜坐直身子，侧脸看着他说，我喜欢你的笑，其实你笑起来挺好看的，牙很白。他哦了一声，有些惭愧地说，我，我那是傻笑吧？何笑颜说，不是傻笑，是你人善良、老实，才会有那样的笑。他又对她笑了一下，不好意思地说，是吗？太老实了也不好吧？何笑颜说，是啊，你的优点和问题一样突出，你可能就是太老实了，将来也不太好。他认同地点点头说，是啊，是啊，也不太好。何笑颜说，老实说，你是不是还没有谈过恋爱？他说，是啊，没谈过。何笑颜笑着说，你真的有些笨哟，不过我挺喜欢你笨笨的样子的，你和我在一起开心吗？他说，开心，很开心啊。

　　有一年的时间，丁一烽和何笑颜也不过是在一起走走公园，吃吃饭，逛逛街，除了偶尔牵一牵手，就再也没有进一步的发展了。那个年代的人还没有太开放，很多人在思想上还比较保守，在行动上也不是太能放得开。丁一烽除了恋爱这件事，他在工作上，与别人的交往上也不会太主动，或者说是不好意思主动。虽然他也很想拥抱和亲吻何笑颜，但所有的想法也会被一种无形的观念给限制住了。例如他会觉得拥抱和亲吻一个女孩的想法不纯粹，有可能破坏两个人之间的关系。直到 2003 年的那场"非典"疫情的发生，两个人的关系才有了突破。那一年春天不少工厂、公司、学校都放了假，城市的各个片区的管理部门组织了大批人员，背着药桶四处喷洒消毒药水，用来防治感冒的板蓝根等药物也被惶恐不安的人们抢购一空。人们外出时戴着口罩，回家时又反复用香皂把手洗得通红。恰是在那个非常时期何笑颜感冒了，发烧、咳嗽、胸口发闷，很像是得了非典型肺炎的样子，却又不敢去医院看，怕去了就被隔离了。玩具厂的女工宿舍里住着的另外几个女工，怕被传染，都想着让何笑颜搬出去住。何笑颜当时有种被抛弃的感觉，心里特别难过。丁一烽知道情况以后在公园南门对着的城中村租了房，把她接了出来。他日夜守护着她，从饭店里弄来了冰块为她降温，从很远的地方买来她爱吃的小笼包，鼓励她，安慰她。那时的何笑颜爱着沉默寡言的他，被他细心的陪护感动得热泪盈眶。有一次她还动情地对他说，如果能平安无事她就嫁给他，永远和他在一起。永远在一起，那话从她嘴里说出来，丁一烽也几乎被感动得要哭了。

"非典"过后，人们很快又恢复到原来的工作和生活，丁一烽也从男工宿舍正式搬了出来，与何笑颜在一起了。那时的丁一烽感到何笑颜就是他的生命、他的一切，如果上天允许的话，他愿意永远永远都对她好，都爱着她。那时的他们亲密无间，一起手牵着手上班下班，一起穿过公园的南门去菜市场买菜，然后又回到出租屋一起做饭。丁一烽爱着何笑颜，总想着要为她多做一些。他对着书本学会了各种炒菜的方法，还学会了煲南方人煲的靓汤。那时他心甘情愿做一切家务活，把原来有些瘦弱的何笑颜养得白白胖胖，脸色红润。那时也存了一些钱的他还计划了和她结婚的事，可何笑颜却觉得他们在城市里还没有一个真正的住处，想要再等一等。

深圳一天一个样地在变化，很多看起来原本平常的人突然就获得了某种成功，成了人上人，拥有了别人所没有的东西。丁一烽仍然是丁一烽，他满足于自己的工作和生活，从他身上也看不到将来会获得什么成功的可能性。何笑颜一直在渴望着变化，不想一直在工厂的流水线上做工。她是个初中毕业生，因为家里重男轻女，也因为穷，她考上了高中也没能继续求学。来到深圳以后，不甘平庸的她也没有忘记继续学习。她报名学了计算机，学了销售和管理，想要积极地融入深圳，改变自己的命运。后来她成功地从玩具厂，跳到了一家模具厂，由流水线工人变成了销售人员，有了更多的时间和自由，却又赚到了比以前更多的钱。走出去见了世面的她不想被丁一烽所牵绊，在她看来，他们风花雪月、柴米油盐的爱情生活，在急骤变化的大都市里根本算不了什么。为了寻找一种新的可能性，也为了逃避丁一烽，她借口工作的地方远，从他们住的地方搬了出去。对于何笑颜离开玩具厂，为着她上班方便，丁一烽当时也谈不上有异议。当时他倒也提出过愿意和她一起搬到离她工作近的地方，他每天坐公交车上下班，可这个提议却被否决了。丁一烽不愿意向坏处想，可他还是隐约感到有什么地方不对劲儿了。何笑颜当时租住在罗湖区的一个单元房里，自从丁一烽把她送到那儿之后她就没有再让他去过。打她的手机，有很多时候也是不接的，接的时候总是说自己在忙，或者说自己没有听到。她的话不再像以前那样是有感情、有温度的，而是一种有些冷的、陌生的语气。可以说，马钰琪当了丁一烽与何笑颜的红娘，也见证了他们的爱情。他们住在一起后，她还经常跑到他们租的房子里来蹭吃蹭喝。她羡慕何笑颜找了一个会做饭、又肯做家务的好男人。聊天的时候她曾说过，将来要我找男朋友，就找丁一烽这样的。丁一烽长得虽说不是太帅，可人老实可靠，不用担心被别人挖墙脚。何笑颜就笑着说要把丁一烽转让给她。她说，好啊，好啊，你要是舍得，我立马接收。谁都没想到，后来马钰琪还真接收了丁一烽，和他结了婚。

何笑颜搬走之后，马钰琪仍然会跑到丁一烽那儿。她喜欢吃他做的饭，喜欢和他待在一起。丁一烽早已把她当成了朋友，也不好拒绝。晚上一个人睡在房间，他想象着皮肤白净、单眼皮，有着一双明净的眼睛，嘴角上有颗小黑痣的，嘴唇红润的马钰琪，觉得当初选择她也是不错的。当然那也只是他想一想，那时的他虽说隐约感到何笑颜变了心，可仍然在爱着她，不愿意相信她变了心。对于他来说，爱一个人不容易，爱是不能轻易忘记的，因此他虽然知道马钰琪喜欢着自己，却也不愿意多想。马钰琪高中毕业，比何笑颜大一岁，她曾怀着美丽的憧憬，期待着高中时的恋人大学毕业后会来找她结婚，可没想到男友上了大学不久就给她写了一封分手信。哭过一场，不开心了几天之后她很快调整了心态。她喜欢老实可靠的丁一烽，可他却喜欢何笑颜，何笑颜的变心给了她机会，让她又重新燃起了对丁一烽的感觉。何笑颜决定要搬走之前，马钰琪还劝过她，让她珍惜丁一烽，说她以后可能再也找不到一个爱她胜过爱自己，可以为他做饭、做家务，任劳任怨，老实可靠的男人了。何笑颜也坦诚过自己的想法，她说，不是她不想继续爱着他了，而是他太没上进心，与整个城市快速发展的步调太不一致了，她想暂时搬走冷静一下，看看能不能有更好的选择。在何笑颜搬走后不久的一个周末，马钰琪约丁一烽去公园走一走，两个人聊了很多。马钰琪想让他明白，何笑颜搬走的行为即意味着和他分手了，他没必要再对她怀有期待，可以考虑重新开始一场新的感情了。心情不佳的丁一烽不愿意说话。马钰琪接着又问了他一些问题，在问到他感觉何笑颜对他有没有不满意的地方时，他想了想说，可能是嫌我不求上进吧。马钰琪说，我要恭喜你，你答对了。没有哪个女人不希望自己的男人有出息的，她何笑颜也一样。不过在我看来，你能做好本职工作，又能把她照顾得好好的，让她不断学习、追求上进，做得已经很好了。我就不要求我的男人非要有出息，非要功成名就。丁一烽说，她要是像你这样想就好了。马钰琪说，我就是这么想的，我觉得追求事业的女人能找到像你这样的男人是莫大的福气。马钰琪的话让丁一烽感到温暖，让他觉得马钰琪挺不错的。两个人聊着天走到山上，坐在石头上看着山下，丁一烽一时有些感慨，对马钰琪说了不少心里话。他谈到何笑颜是第一次，他也是第一次，甚至谈到两个人在一起时自己爱一个人的感觉。例如他心里总觉得男女之间的欢爱虽然美好，却也是一种肉体的堕落，会让他的心里产生一种羞耻感。可能那种事也影响了他对何笑颜精神层面的爱恋，觉得两个人的爱并不那么纯粹了。尽管如此，他仍然爱着她，希望两个人永远相爱下去。因为爱，那种心里有一个人的感觉、被人爱着的感觉实在是太美好了。他也承认自己是可笑的、矛盾的，清楚自己身上存在着一些问题。那样推心置腹的聊天让马钰琪觉得丁一烽是个保守而又真实，内心鲜活，也挺有深度的男人，这更加激起了她想要深入了解他的想法。丁一烽说在何笑颜搬走之后的夜晚，他一个人胡思乱想时，甚至可笑地想否认与她曾经在一起的事实。他觉得爱一个人与其保持距离也挺好的，那种爱似乎变得更加纯粹和宽广。他有些相信并喜欢着精神上的爱，仿佛那样可以让人变得更简单、更自由。马钰琪说自己渴望那种爱，仿佛那样就可以爱着一个人的全部，而不是有局限性的、具体的某一个人。那样有了些深度的对话使他们的心走得更近，最后，马钰琪站起身，伸出手来说，我们的观念是那么一致，为此应该拥抱一下。在山顶上，他们拥抱了，两个温热的身体起了化学反应一般，紧接着两个人不受控制地接吻了。

丁一烽平时总是沉默着的，他微笑着面对一切所需要面对的人和事，只有回到出租房里一个人时才会感到有那种孤独的美好。他感激何笑颜对他曾经的爱与陪伴，那让他终于有了为了某个人而活着、而美好的感受。对于她的离开，他有时又会产生一种莫名的难过与怨愤，似乎她背叛了自己对她的爱与点点滴滴的付出，否定了他们相亲相爱的过去，这是不应该的。在和马钰琪发生了山上的一吻之后，他发现本来并不爱的人竟然也可以激起他的爱，让他的生命里涌动着一股令他忘我的、暧昧的、幸福的电流。爱一个人的感觉真是美好，他渴望那种美好。马钰琪在厂里的工位离丁一烽不远，他每天都能见到她。她穿着工装的样子是那样朴实，她投入做工的神情是那样可爱。他喜欢她穿着工装做工的样子，仿佛那样的她才配得上同样穿着工装的、做工的自己。合适的才是最好的，身份上有了变化的、已经不再流水线上做工的何笑颜已经不再合适他了，尽管他的心里仍然爱着她、想着她，可她已经离开了，他不想放手也没有用了。下班后马钰琪仍然和他一起走，想和他一起去菜市场买菜，去和他一起做饭吃。他想拒绝，怕他们好得太快的事通过别的人传到何笑颜那儿去，可最终还是不忍拒绝。他是被动的，似乎也在享受那种被动的感觉。他是没有出息的，一直以来他奇怪自己为什么不想要成为一个有出息的、成功的男人。他不知道自己为什么在众人之中，哪怕是在何笑颜一个人面前，也表现得不自然，好像怕谁看透了自己的心事一样。为此他有些看不起自己，觉得自己骨子里是虚伪的，却还自以为是地相信自己是真诚的。例如他看到漂亮的女孩子总是会低下头来，想得丰富一点儿时还会脸红心跳。例如他不敢在别人面前说话，更不会去没话找话，仿佛自己一说话就暴露了灵魂，变得赤裸裸的，像是在光天化日之下破坏了什么，让他难堪，无所适从。对于他来说，他一直在做着想要成为的自己。他普通，甘于平凡。他不求上进，相信平淡是真。问题是在日新月异的、追求发展变化的大都市中怎么可能允许他那样与世无争的人一帆风顺呢？在何笑颜离开后，马钰琪来了，他隐约担心马钰琪有一天也会离开自己，因此他起初有些刻意地回避她。不过两个人一起买菜、一起做饭、一起聊天的时候是愉快的，他似乎也并没有理由与她断了往来。

马钰琪仍然与何笑颜保持着联系，在打电话时她希望何笑颜给丁一烽一个明确的话，不要再老吊着他。何笑颜说，你说这话是什么意思啊，你是不是真的对他上了心啊？马钰琪承认说，我的意思很明显啊，要知道我一直喜欢他，只是当初他爱上了你，我也愿意有情人终成眷属，谁想到你不想和他在一起了啊。既然你不爱他了，我还是要厚着脸皮努力争取一下啊。何笑颜自然不太乐意自己的好朋友和自己好过的男人好上，她面对快言快语、胸无城府的马钰琪也不好当面拒绝，想了想她说，他丁一烽确实是个不错的人，善良、老实、可靠、顾家、会照顾人，但他最大的问题是甘于过小日子，没有上进心，你相信我，如果你真正和他走在一起的话肯定会后悔的，因为他的不思进取、他的顽固不化会让你受不了的。马钰琪说，后悔的时候再说后悔的事吧，现在的我只希望你能明确告诉他你不再爱他了。何笑颜犹豫了一下说，我不是不爱他了，是我觉得爱他会耽误了我的前途。既然你那么喜欢他，你可以照着自己的心意去做，我们还是好姐妹。马钰琪说，是啊，我们的姐妹情是永远不会变的。我也是站在你的角度上想啊，如果他真的能爱上我，对于你来说也是一件好事啊，是不是？何笑颜说，也是吧，要我对他说分手，我还真开了不那个口。丁一烽和马钰琪一起做了饭，一起吃。吃饭时马钰琪对丁一烽说，你难道还觉得何笑颜会回来，还会爱着你吗？不是我在这儿说她坏话，你真该好好地考虑一下这个问题了。你想深圳有多大啊，机会有多多啊，她现在换了单位，换了工作，收入多了，接触的人也多了，你信不信很快就会有另外一个和她更匹配的男人走进她的生活？丁一烽不高兴地说，你这么说是什么意思？马钰琪笑着说，我什么意思？老实说，我给她打过电话了，因为你过去对她太好了，她也不好意思直接提出要和你分手，但是你们现在已经不是一条路上的人了，她也不得不和你分开，去追求她想要的生活，这就是事实。丁一烽低下头吃菜，不说话。马钰琪又说，你能抬起头来看着我吗？你看着我，我，我是认真的。我很喜欢吃你做的菜，喜欢你这个人，喜欢和你在一起。我对你的喜欢，很可能就像当初你喜欢何笑颜一样，你能明白吗？在山上我们接吻的时候我感到全身都通上了电，我不相信你对我没有感觉。丁一烽抬头看着她的眼睛，看了一会儿说，是，我对你是有感觉，但我不确定那种感觉会不会变。有人喜欢变化，可我不喜欢，我喜欢做一样事，就一直做下去。我喜欢爱着一个人，就一直爱下去。马钰琪说，是啊，这么说你是挺特别的，可是我也想告诉你，这个世界上就没有不变的，变才是唯一的真理。我们不能因为将来会发生变化就举棋不定，止步不前了吧？丁一烽还是低头吃饭，表现得有些不想理她。马钰琪有些生气地说，你再这样我就走了。见丁一烽没应声，她站起身来装成要走的样子，可丁一烽没理她。她出了门，在门口等了一会儿，丁一烽没有走出来。她走到楼下，又等了一会儿，也没见丁一烽追下来。她并不想真走，她还想继续做丁一烽的工作。看到楼下的商店，她想到了酒。当她提着一箱啤酒，重新回来敲门时，丁一烽为她打开了门。马钰琪说，我想喝酒，你得陪着我喝。丁一烽也想喝点，他只有喝多了的时候话才多一些，他也有一肚子话想借着酒说一说。那天晚上他喝多了，说了很多，说到后来把自己说哭了。马钰琪也喝了不少，红着脸，吐着酒气安慰他，最后把他扶到了床上，和他躺在了一起。马钰琪心里仍然是清楚的，尽管如此，她还是想要了他，想打破他们之间的关系。在酒的刺激下，她的胆子也大了一些。她往丁一烽的耳朵里哈气，哈得丁一烽转过身去。她爬起来，抱着丁一烽，又在他的另一个耳边哈气。丁一烽终于有了反应，一把抱住了她。马钰琪如痴如醉地抱着他说，她不爱你了，我爱你。她不要你了，我要你。丁一烽看着她凌乱的发、红红的脸、迷离的眼，带着复杂而难过、难过而兴奋的心情和她在一起了。在一起时他放弃了过去的那个与何笑颜在床上会害羞的、小心翼翼的自己，把自己想象成一只狼、一头雄狮去占有她、融化她。他与何笑颜在一起的那几年，从来没有过那样淋漓尽致的体验，那场酒后的体验让他感到自己是爱着马钰琪的。他以背叛了何笑颜、背叛了自己的方式和马钰琪纵情地合二为一，她给了他新的体验，他甚至觉得她让自己变得和以前不一样了。

马钰琪对丁一烽也相当满意，带着一种忍不住的兴奋感告诉何笑颜，说他们在一起了。她想获得丁一烽全部的爱，完全拥有他，觉得有必要给何笑颜一个交代。何笑颜有点不愿意相信，又觉得马钰琪不会骗自己。她不相信，是觉得老实巴交的丁一烽不太可能那么快就与她的好朋友在一起了，她相信是因为马钰琪喜欢他，有勾引他的能力。那时她的心情是复杂的，她想起与丁一烽在一起的点点滴滴，他们之间确实发生过的、仍然没有完全断掉的爱。那种爱让她幸福过、开心过、感动过、难过过。如果丁一烽是个追求上进的男人，能够为她在城市中提供一套房子、一辆车子，让她过上不说大富大贵，但却有保障、有希望的生活，她是不愿意放弃他的。对于马钰琪，何笑颜也谈不上怨恨，自己放弃了的男人又怎么能怨恨别人去爱呢？她应该感谢她的接手，祝他们幸福。在电话里，她也是那么对她说的。她说，马钰琪，既然你选择了他就好好待他吧，我祝你们幸福，希望你将来不会像我那样离开他。马钰琪又忍不住对丁一烽转达了何笑颜的话，丁一烽听了，叹了口气。他知道，他与何笑颜之间，再也没有可能在一起了。那时的他大约也能感受到，自己的普通与整个快速发展的时代不相称了，何笑颜离开他也是可以理解的。自己那么普通，很难想象将来有什么发展，根本给不了她想要的，倒不如放手，让她自由地去追求她想要的。他也有些恨自己，恨自己为什么不能站到何笑颜的立场上去想问题，为什么不能为了她，为了自己最爱的女人去改变一下自己。他可以想象得到，何笑颜为了自己有更好的发展，为了达成一些商业目的，在离开他之后便可以更自由地、没有心理障碍地和生意场上的男人喝喝酒，暧昧一下了。她想赚钱，想成功，除了靠自己的能力，也要学会付出、妥协。他不得不承认，成功和金钱可以满足人的一些欲望和野心，让人在一种自以为是的光环中感觉良好，让人在很多人面前有着一种优越感。但他，他确实不太想要那些，甚至会觉得那些有可能会损害一个人原有的纯粹与善良，让人变得虚荣与无知。

当何笑颜再次见到丁一烽，要把属于自己的一些东西彻底搬走时，她装着冷脸，话语里也夹着些冰霜，正式提出与他分手，表现得好像很后悔认识他、和他相爱一场似的。既然他已经与马钰琪发生了亲密关系，背叛了她，她对他也没有什么好说的了。看着何笑颜，丁一烽的心里感到一阵阵的难过。因为他眼前的那个女人，是他一见钟情的、深深爱着的，曾经愿意与她同生共死的人，现在这个人就要离开他，和他断绝往来了，那是他所不愿意接受的。另一方面，似乎他也愿意相信，是她的离开才造成了马钰琪的乘虚而入，他和马钰琪之间就像何笑颜导演的一场好戏。他不想看到何笑颜那样冰冷无情的模样，另外那时的他也渴望充满想象力的，全力以赴地和她演一场床上戏，他甚至可笑地想要以此来挽留她，让她觉得自己错了。不过他很快又在内心嘲笑了自己，觉得自己像孩子一样，有着一个成人的躯壳心却是幼稚的，显得特别可笑。何笑颜收拾完东西，坐在房间的沙发上。丁一烽看着她，一时不知道说些什么。过了好久，直到何笑颜站起身准备离开时，他才说，你准备走了吗？其实，我想对你说的是，我是爱你的，不管你还爱不爱我，我是爱你的，也不管你在哪里，爱一个人的感觉对于我来说真糟糕，因为我感到自己会永远永远都爱着。他那样说爱的时候好似受了天大的委屈，又好像是彻底把自己给打动了，因此忍不住流下了泪水，泪水划过脸庞，大滴大滴地落在身上。他在说爱的时候也的确感到爱正在他的心里、他的生命里生长着，哪怕在何笑颜离开后，他那棵爱的树仍然会在他的生命中、灵魂里独自长大，甚至那棵爱的树在想象中也会变得遮天蔽日，硕果累累。而他所深爱的何笑颜，那时却会离他越来越远，无法与他分享那在他生命中继续生长的、爱之树的果实了。何笑颜看着丁一烽的泪水哗哗地落下来，一时有些吓住了，她有些不明白他为什么会哭得那样悲恸。想着他过去对自己的种种好，她终于有些原谅了他。她觉得自己在他面前没有必要再装着什么了，她开始安慰他，让他不要再哭了。丁一烽抹开了眼泪，看着她明亮有神的眼睛，似乎眼睛里有东西在闪烁，是某种他所他熟悉却又说不清的东西。或许何笑颜自己懵懂不觉，但他似乎知道那正是她潮湿可爱的灵魂——它有着人活在这个多彩的世界上所具有的鲜明欲望，又有着善良纯洁但却会被扭曲和改变的情感。他被那种他说不出的东西所吸引，忍不住去拥抱和亲吻了即将离开的她。她终于原谅了他似的，说，丁一烽，你这个不争气的傻瓜，我也是爱你的，想爱着你的，现在来说，我至少曾经爱过你，我祝你们幸福。说完，她就要走了。丁一烽帮她拎着包，送她下楼去坐车。他看着娇小的她上了出租车，消失在人潮人海中。那一刻他觉得她虽然越走越远，却也正走向他的内心深处、灵魂深处。他觉得他们终有一天还会见面、还会相爱、还会在一起。他又觉得那就是一次生死别离，从此他们将天各一方，老死不相往来。回想起刚才自己的失声痛哭，以及后来两个人之间不该再上演的"剧情"，他有些理解不了自己。他会觉得爱是可笑的，自己也是可笑的，仿佛人与人之间的关系也都是可笑的。回到房间之后他躺了一会儿，仿佛为了掩饰可笑的自己，他打通了马钰琪的电话。他告诉她说，何笑颜来了，又走了。口气是淡淡的，漫不经心的。电话那边的马钰琪哦了一声，像是有心灵感应似的，很快就挂了电话。丁一烽望着天花板想，为什么要和何笑颜最后一次在一起？为了向她证明什么呢？那短暂的欢爱又能真正说明什么呢？他究竟是想要什么呢？她走了之后自己为什么又给马钰琪打了电话呢？现在好了，他心里有了两个人，他的爱不再是完整的，而是分裂的，以后他该怎么看待自己？怎么面对刚刚走进他生活的马钰琪？那时的他似乎对马钰琪还有着说不出的怨气，就像是她的出现才破坏了他与何笑颜的关系，破坏了他心中对爱的，也可以说是他所想象的坚定与执着。他想过了，他无法逃避马钰琪，那个带给她新鲜感的女孩。他长长地叹了口气想，还是与她相爱吧，既然她爱自己，自己也需要一个人爱。很快，他正式与马钰琪建立了关系。有相当长的一段时间，他总是能从马钰琪的身上感触到何笑颜的存在，他觉得她们都是自己所爱的女人，无论如何自己也将永远爱着她们。只是，在那段时间里他开始跑步，开始留胡须，也开始变得和以前不太一样了。

不过，他仍然是他。在开年终总结大会时，玩具厂的张老板也许是觉得丁一烽是老员工了，又觉得留着胡子的他挺好玩，临时点名让他上台发表感言。丁一烽被推上台之后张口结舌的，半天也说不出话来，最后他摸着自己的胡子，也不知说了几句什么，就灰溜溜地走下来了。台下稀稀拉拉的有几个掌声，有一片笑声，那让他觉得特别丢脸。在晚上回家的路上，马钰琪对他的表现也特别不满，因此说，你那么大的一个人，高中毕业还不如一个连小学也没有读完的人会说。你还留着胡子，看上去仙风道骨的样子，你大大方方地发个言能有什么啊，胆子也太小了吧？他生着自己的气，不想说话。马钰琪在他耳边嗡嗡的像只苍蝇说个不停。后来他生气站在原地不走了，马钰琪回过头来，他有些气愤地说，我就是狗肉上不了宴席，就是这么没出息的，你就不该喜欢我。马钰琪却笑了，她说，你终于开口了，我还以为你不会说话呢。我就是喜欢你这盘狗肉，就是喜欢笨嘴拙舌的你，怎么办吧？丁一烽掉头走，不想和她一个方向。马钰琪赶上来说，我喜欢你是我的错，好了吧，你这是想到哪里去啊？丁一烽说，我去公园里跑步。马钰琪说，你走那么快干吗？你等等我，我不是想让你开口说话吗，是故意说让你不爱听的话气你的，你别生气了好不好？丁一烽嫌烦，说，谁生你的气了，我是生自己的气好不好。马钰琪说，你也别生自己的气了，人哪有十全十美的，你也有你的优点啊。丁一烽没再理她，跑动起来。在跑步的时候，他想着与何笑颜在一起的时候，何笑颜的话不多，两个人倒是挺默契。与话多的马钰琪在一起，他多少有一些烦。不过，对于他们两个人的关系来说，谁的话多一点，谁的话少一点，倒也不是多大的问题。问题是丁一烽在与马钰琪在一起的时候，总忘不了何笑颜，似乎何笑颜才是自己真正爱的人，马钰琪不过是鸠占鹊巢，破坏了他对爱的感觉。不过，真正跑开了，跑出了一身汗水，丁一烽就不再思考了，不再思考，似乎什么事也就不算是事儿了。像跑步一样，一切都是向前去的，即便是人想回到过去，那也是不可能的事儿了。

马钰琪对丁一烽基本上还是满意的，也特别想一心一意地和他过日子。不管怎么样，他是自己喜欢的、想要爱的人，尽管她也发现，自己从他那儿享受的待遇和以前她看到、感受到过的，何笑颜从他那儿得到的不太一样。在与何笑颜在一起时，他几乎包揽了家里所有的活，连碗都不让何笑颜碰一下。平时有个什么事要做，何笑颜还没开口呢，他就知道是什么事，很快就办好了。有一次马钰琪没事找事儿，问丁一烽是不是还爱着何笑颜，是不是自己不如何笑颜长得好看。丁一烽不搭理她，她就变着法子想让他说话。丁一烽有些烦，两个人就会吵一吵。两个人常常白天吵了架晚上又好回去，好回去以后为着一点鸡毛蒜皮的小事又会吵。丁一烽平时对马钰琪的好也有点像朋友式的那种好，虽然他们已建立了亲密关系，可他仍然不习惯与马钰琪在外面手牵手，更不敢在有人的地方和她有亲密的举动。只有在晚上两个人亲热时他才像是变了一个人似的。马钰琪问他与何笑颜在一起时是什么样子的。丁一烽想了想说，没有和你在一起的时候好。她说，我们怎么个好，你们又怎么个不好啊，你说说？丁一烽叹息了一声又不说了。她笑着说，我来说吧，你们在一起的那种好才是真好，我们在一起的好是假好。丁一烽说，你瞎说什么啊。她说，我这不是没话找话，逼着你说话吗？哎，我这么爱说，你这么不爱说，我们在一起也太不搭了，真是命苦啊。丁一烽说，和你在一起以后，我已经比较能说了好不好。她看着丁一烽说，我感到你这人有些奇怪。丁一烽看她一眼，没说话。她笑着说，你晚上的时候如狼似虎，白天的时候装得像个坐怀不乱的正人君子，是不是也太分裂了？丁一烽就笑，她也笑。丁一烽说，你的意思是，我要表里如一，晚上也要对你坐怀不乱？她笑着说，你像白天那样装点，今晚我们就试一试看看是什么感觉。丁一烽也笑着说，好，我们试一试。渐渐地，那样爱说爱笑的马钰琪也走进了丁一烽的心里、生命里，让他觉得自己在爱着她了。他平时不忙的时候爱看书，在一群不怎么看书的人中间他多少显得有点像个知识分子。他在人群里显得有些不合群，有些清高。似乎别人都生活在现实中，他却生活在想象的、内心的现实中，那多少会使他与别人的关系变得不那么和谐。他和马钰琪相处时也一样，这是他需要克服的问题。例如马钰琪的话特别多，他不想听也得听。例如马钰琪会对他提出一些要求，他不想做也得去硬着头皮做。后来他想一直留着的胡子，就是马钰琪强拉着他去理发店里剃掉了。没有了留起来的胡子，他渐渐地也放弃了跑步，似乎认命一般和马钰琪过起了小日子。马钰琪是个爱交往的人，她的同事和朋友挺多，有时大家聚会丁一烽不想去，可马钰琪非得让他去。他与马钰琪，与很多人之间有着层说不出的隔阂，就像他是个不怎么愿意过现实生活的人，外界总是强加给他，让他改变，让他随波逐流。与何笑颜在一起时，他也会有那种被安排、被改变、被动地在生活的感觉。好在每个人都要面对扑面而来的工作和生活，那些一件件、一桩桩的具体的事会占用着人的时间和精力，让人不必想太多，也来不及想太多。

　　有些事想不想也终归是要发生的。马钰琪凭着自己的聪明伶俐，能说会道，后来从生产车间被调到了办公室，成了张老板的贴身秘书，经常要早出晚归陪着去应酬。丁一烽有些难以接受这种变化，也有些不放心她。与其说不放心她，不如说对自己缺少自信。有些事实就摆在那儿，他只不过是个流水线上的普通工人，他的张老板却是个著名的企业家；他住简陋的出租房，人家住着豪华的大别墅；他连车都没有，人家有几辆名车。自己几乎一无所有，人家家大业大。有了对比之后，人与人之间除了有着现实的差距，还有了精神层面的差距。在马钰琪成了张老板的秘书以后，他有了低人一等的感觉。他总觉得自己的女朋友在那样事业有成的人身边是个错误。马钰琪在跟着张老板见了许多大场面、认识了一些成功人士以后，确实也与何笑颜一样有了野心。那时的她不再满足于现状，而是认为应该趁着年轻做一番事业，事业成功了，有了更多的钱才有可能过上更体面的、更好的生活。马钰琪把自己的想法说给丁一烽，丁一烽却提出要与她结婚。当时他还抱着试探的心态，想看她是不是真心与自己在一起，会不会也像何笑颜当初那样。那时马钰琪的变化已经让他的心里兵荒马乱，他也做好了最坏的打算，可没想到的是，马钰琪却同意了和他结婚。当时玩具厂发展得相当不错，张老板赚了不少钱，对员工也挺不错，每个季度，每一年都会发些奖金。丁一烽和马钰琪那时也各自有了一些积蓄，他们决定要结婚之后，在宝安公园西门斜对着的一个居民小区买了一套两室一厅的房子。房子是二手的，简单装修后他们就从出租房搬了进去，接着请来各自的父母和朋友，在深圳举办了婚礼。两个人结了婚，有了房子，本来丁一烽打算和马钰琪把日子平平淡淡地过下去了，可后来他不断地从工友那儿听到一些闲言碎语，便疑心马钰琪与老板之间不清不白的真有什么事。他无法不在意别人的财富与成功，无法回避整个时代的巨大变化对他产生的无形压力，他看到过马钰琪笑容满面地坐上老板的大奔，或者喝得醉醺醺地从老板的车上下来。每一次马钰琪喝多了回到家里，她总是斜躺在沙发上，口齿不清地说着她跟老板在外面的一些事情，什么他们去了高档会所，见了什么身价几十个亿的大老板啊。什么她变得越来越能喝，为老板挡了多少酒啊。什么他们又谈成了一笔大生意，老板说要给她一大笔奖励啊。听着她的话，丁一烽感到如同吞下了一只只苍蝇。他劝过她换一个工作，可马钰琪不同意。他忍不住说出自己的担心，没想到马钰琪却生气地说，你怀疑得对啊，我是和张总有事了好吧，你爱怎么想就怎么想。见丁一烽真的生了气，她又说，你瞧你整天疑神疑鬼的样子，还真让我瞧不起你，你能不能像个男人啊？别人不了解张老板，你作为他最老的员工还不了解吗？他那么爱他的老婆孩子，那么爱他的家庭，怎么可能和我有一腿？再说了他那么有钱，有大把的美女想往他身上扑，人家怎么会看上我啊？我不过就是一个给他挡酒的人罢了，我喝得那么难受为了谁？你还好意思怀疑这、怀疑那的，真让我难过。丁一烽了解张老板是个不错的人，因此也相信马钰琪的话，但他还是希望她换个工作，省得别人乱猜想。马钰琪说，我换个工作有我现在的收入高吗？我现在每个月的收入少说也是你的两三倍吧？我们买的房子不需要还银行的贷款吗？就靠你那点工资吗？丁一烽说不过口齿伶俐的马钰琪，每一次吵架，也不管谁是谁非，差不多都是马钰琪占了上风。丁一烽也恨自己为什么不能变个活法。例如离开那个玩具厂，眼不见心不烦。例如他也像别人一样白手起家，去做一番自己的事业。想到种种现实，想到那些总是在积极进取的、生龙活虎的、怀着理想和干劲的人，他便觉得自己太普通、太失败了，根本没有办法拴住马钰琪的心。尤其是在他想要让马钰琪怀上孩子，想以此来告慰自己，自甘平庸时，马钰琪却以工作忙，又经常喝酒对孩子不利为借口，果断拒绝了他的提议，那让他对他们的婚姻更加没信心了。

　　两个人恩恩爱爱也吵吵闹闹地在一起生活了三年多，最终还是离了。那一次他们为一件小事吵过之后，冷战了将近一个月。马钰琪见丁一烽软硬不吃，忍不住提出了要与他离婚。那时丁一烽也越来越感到自己与马钰琪无法谈到一起去，也无法生活到一起去，因此也同意了离婚。马钰琪见他同意得那样爽快，想象着他们过去亲密的时光，又用缓和的语气说，你难道对我一点儿也不留恋？丁一烽知道马钰琪还爱着自己，并不见得真心想和他离婚，可他那时面对着整个在他看来盲目进取的城市，却有着一股破罐子破摔的冲动。因此他坚定地说，没有。马钰琪叹了口气，摇着头说，我像个男人那样在外面拼命做事，是因为你不能像别的男人那样愿意为了我们这个家去改变自己。你知道吗，你和别人的不同之处在于别人勇于追求成功，你却甘于平凡。好，我尊重你，这我也能接受，可你不该限制我对成功的渴望啊。其实我老早就想过，即使你不成功，我也会爱着你，因为成功也不是那么容易的，也不是每个人都可以成功。我真没想到我们还是走到头了，因为你无法接受现在的我了。丁一烽说，是啊，我是无法接受现在的你了，因为我太普通，太不思进取，太自以为是，我也不想挡着你的路，影响你追求成功。马钰琪说，你真是个为别人着想的好人，好吧，我明天和你去办离婚。两个人第二天就去办了离婚，房子户主当时写的是马钰琪的名字，三年多的时间房价翻了一倍，如果照市价把房子卖掉，还上房贷能剩下一百万左右。马钰琪说，房子既然在我的名下，我也需要一套房子，暂时就不要卖了，我给你写一张四十万的欠条，多点少点的你也别在意，等我有钱了再还给你吧。丁一烽没说什么，点点头算是同意了。从民政局出来以后，手里拿着离婚证的马钰琪站在马路上对丁一烽说，尽管我们离婚了，我还是想说，我有些舍不得你。

我想告诉你的是，人在现实中很难不被裹挟着前行，很难不妥协、不让步，也几乎不可能完全照着自己的想法去活。我希望你能明白这一点，明白这一点你就会理解我和何笑颜，我们和很多人的选择。丁一烽看着她说，我明白，我尊重你们的选择，也请你原谅我无法是你想象中的男人。有时我也知道，时代发展得太快了，城市日新月异，是我自己跟不上，落后了。别人都在赶着时代的潮流向前奔跑，我却在原地踏步，甚至在倒退。没有办法，我不愿为了得着一个好处给人赔笑脸，也不愿意为了所谓的成功做自己并不喜欢甚至是反感的事。马钰琪说，我也能理解你。好了，不说了，我们抱一个，好聚好散吧。丁一烽抱着马钰琪时，觉得她真是一个很不错的女人，只是自己没有能力去把握和她的婚姻罢了。

　　离婚后有挺长一段时间，丁一烽经常性失眠。后来他通过跑步才缓解了失眠的症状，睡眠才渐渐又正常了。在后来的时间里，他变得更加沉默了，几乎不与任何人打交道。他只是在原来的玩具厂做着工，每天去公园里走一走，自己买菜、自己做饭、自己吃，晚上在家里看看电视，过着机械而单调的生活。而马钰琪在离婚后不久就辞职，与何笑颜一起去创业了。因为需要钱，她把房子卖了，在还清银行的房贷后还剩下一百多万。卖了房子时马钰琪告诉了丁一烽，丁一烽以为她会把钱还给他，没想到她却用那些钱与何笑颜开了家手机配件加工厂。她们买下了机器，租了厂房，安装了生产线，进了材料，招来工人，拉来订单，投入生产。马钰琪风风火火负责生产加工和出货，何笑颜马不停蹄地东奔西走联系订单和收账，整个过程充满了创业的艰辛。前前后后的，她们用了十年，一步步把厂子发展壮大，获得了成功，也赚到了不少钱。她们一起买了大房子，买了好车。她们忙里偷闲，也谈过几次并不成功的恋爱，可最终还是单身。她们在一起喝茶，也会偶尔聊起丁一烽。谈过也就谈过了，她们知道，丁一烽仍然在玩具厂上班，仍然是不求上进的，没有出息的。她们是成功者，他是失败者。她们与他早已不是一个阶层，也不在一个层次上了。如果她们不是都爱过他，也被他爱过，或许她们早就把他给忘在脑后了。当然，对于马钰琪来说，她还欠着丁一烽的一笔钱。那么多年下来，丁一烽像是忘记了一样，竟然也从来没有向她要过。她对何笑颜说起过这件事，何笑颜说，他是那种只要能有地方睡，有口饭吃根本不在意什么的人，你欠他的那些钱，说不定他早忘记了。马钰琪说，他会忘了吗？就是他忘记了，我还一直记得呢。说真的，这些年我挺盼着他主动联系我，主动要我还钱的，可他从来没有过。老实说，我知道他这个人没有什么想法，我是帮他把那笔钱当成了投资成本的，算一下的话，他那四十万，现在少说也有一千万了。你说，我要是给他一千万，他又会有什么样的反应呢？何笑颜笑着说，你真的愿意给他一千万，而不是四十万吗？马钰琪说，当然啊，那本来就是他的钱啊。有时我也会想啊，我们赚那么多钱做什么呢？你看我们现在虽然算是成功了，有钱了，可都还单着呢，高不成低不就的，究竟是图个什么呢？何笑颜说，至少我们成功了，有钱了，可以让家人、让自己生活得更体面了。马钰琪说，事实上钱多一点少一点，日子还不是一样过？我们今天的成功，放在另一个层面讲，也不见得比得上别人有个家，有爱人和孩子在一起其乐融融吧？何笑颜说，丁一烽不也单着吗，他又有什么了？马钰琪说，我想把丁一烽约出来，和他聊聊，顺便把该是他的钱给了他。何笑颜说，我们开着豪车去见他，向他证明我们有多么成功吗？马钰琪说，事实上他有了一千万，不也是一样算是成功的吗？他是男人，他有了这一千万，结婚成家根本不是难题。何笑颜说，是啊，如果你不舍得这一千万，还可以考虑和他复婚。马钰琪说，你还愿意和他好回去吗，如果你愿意，我这一千万就当送给你们了。何笑颜说，我还是受不了他的，我身上的血已经换过几次了，他还是他，能生活到一起去吗？马钰琪说，这不就结了？我和他也没有可能了，我们都变了，他没变。

丁一烽接到电话，从公园里走出来，三个人在公园附近的一家饭店见了面。他没有想到何笑颜会和马钰琪一起来见他。当他看着两位衣着光鲜，自己曾经爱过，也曾经非常熟悉的，仍然不太显老的女人时忍不住微微地笑了。确实，那似乎是他曾经期待过的一个场面，他挺希望面对面地和她们在一起聊聊。马钰琪问他，你笑什么啊？他摇摇头，笑着说，我也不知道笑什么，也许是笑我自己吧，我怎么感觉像是做梦一样啊。马钰琪说，你没有做梦，你有什么好笑的，为什么要笑自己啊？他说，有时候吧，我觉得一切都挺可笑的，好像一切都是一场游戏，一场梦。马钰琪也笑着说，这些年你没多大变化啊，还是你们男人好，老了也不太显老。丁一烽说，我老了，主要是心老了。马钰琪说，这些年我们也没联系，你过得还好吧？丁一烽说，也还好吧，我们那家玩具厂搬走了。马钰琪点点头说，也听说了，以后你有什么打算？他说，还能有什么打算，过一段时间再找一份工作啊。马钰琪又点点头说，我想问一下，我欠着你的钱你是不是忘了？怎么从来不说跟我要啊？丁一烽笑着说，你不主动给我，我为什么要跟你要呢？如果跟你要，万一你没有钱为难呢？马钰琪笑着说，头几年为了扩大生意，资金确实紧张，不过现在可以还你钱了。你要做好思想准备，因为我要还你的钱不是四十万，而是一个很可能让你吃惊的数目。给，全在这个卡上了，这是属于你的，一千万。丁一烽看了看桌子上的那张卡，有点儿不敢相信。何笑颜忍不住说，这是真的，你一下子就有了一千万，会不会有一点儿小兴奋？丁一烽看了她一眼，若有所思地摇了摇头。马钰琪也说，是真的，收下吧。丁一烽却说，我配不上拥有这么多钱。如果你愿意，只还给我原来的四十万就可以了。何笑颜和马钰琪对望了一眼，又都望着丁一烽。她们不理解眼前的这个男人为什么要那样说，为什么不要唾手可得的一千万。后来马钰琪忍不住说，这个卡上真有一千万啊，你傻啊，为什么不要呢？丁一烽说，那些钱是你的，不是我的。马钰琪说，我当初是拿着你的那四十万入的股，照今天算下来你是该得这么多啊。丁一烽说，问题是，我当初同意借给你那些钱并没有说要用来投资，所以这么多的钱我不能要。何笑颜说，一千万啊，这些钱可以让你变成一个成功的、体面的男人了啊，你真的不想要吗？丁一烽笑着，摇了摇头。

丁一烽的决定让两个女人感到吃惊，她们无论如何都没有想到自己爱过的，也曾深深爱过她们的男人是那么傻的，傻到令她们失去了原本还有一些成功者的优越感，傻到令她们感到自己从来没有真正认识和理解过这个男人。这个男人已经不再年轻，他已四十出头，不成功，几乎一无所有，但他却并不想要成功，也并不想要拥有什么。她们决定好好与他敞开心地聊一聊。那个下午，三个人在一起确实聊了很多。她们对他说起自己创业的艰难，成功的喜悦。他向他们说起自己简单的生活，平淡的感受。她们一直试图说服丁一烽接受那一千万，好像他接受了才能证明她们当初放弃他，多年来努力赚钱、努力创业的选择是正确和值得的。问题是丁一烽坚决不要那一千万。后来，彼此拉近了距离的她们感受到他心里仍然有着她们，他心里的她们是过去的、现在的，也是将来的她们。不管她们变成什么样子，是不是成功，他都愿意装着她们，仿佛那样的他才是在真正地在活着，活得有情有义、有血有肉、有始有终。她们似乎也终于理解了他，马钰琪给了他四十万之后，与何笑颜一起离开了。

喝了一点儿酒的丁一烽送走她们之后，又一个人去了公园。他想再到公园的山顶上看一看深圳。在山上，他觉得自己有些傻，但也傻得有点儿可爱。当他望着那山下的楼群时，他觉得傻不傻都不重要了，重要的是他确实喜欢做出那样选择的自己，那个不太现实的、不成功的，也谈不上有出息的自己。似乎他也终于理解和接受了他曾爱过，也仍然在意着的那两个女人，觉得她们有权利选择她们想要的人生。接下来他也想要做点什么了，他有了那四十万，可以用来开一家小饭店。二十多年来他一直觉得城中村中没有一家让他满意的、干净卫生的、饭菜也好吃的饭店，他在想着要不要用心开家让自己也让顾客满意的饭店，那个想法让他觉得自己变了，他十分乐意迎接自己将来的变化。

数　牙

　　在北方平原上的一个小小的村子里，父亲几十年来一直守在商店里，从来没有出过远门。

　　三个孩子一天天长大，也都上了大学，分别在大城市里安了家。在他们结婚需要父亲参加时，父亲也拒绝了，只有母亲一人前往。

　　有条清澈透明的河从村前流过，河里有荷花与芦苇。孩子们小时候曾经在河里游泳、捉鱼，非常快活。四季分明的村庄，有着很多乐趣，也给孩子们留下了美好的回忆。但在繁华的都市里，他们也只有在深夜时才会忆起。有时回忆会由一场蒙蒙细雨开始，那会使他们产生忧愁，他们喜欢那种感觉。他们感到过去并不遥远，父亲还在，而母亲也在他们的身体中、意识里。当他们用左手握住右手时，就能隐约感觉到这一点。

　　母亲比父亲大了十多岁。她身材高大，又黑又壮，总有使不完的力气，因此家里和外头的活全由她一个人干了。商店里的事她不过问，由瘦小多病的父亲打理。不过，母亲在她六十六岁那年精神突然失常，离家出走了。得知这个消息，孩子们匆忙赶回家中。他们看到父亲依然坐在店内的那张椅子上，几十年来似乎保持着一种姿势，也不感到累。孩子们对父亲那样的存在感到失望。一直以来，他们觉得父亲不劳而获，便对他缺乏好感。不过在母亲出走几年后，由于一直没打听到她的任何消息，他们对母亲的感情也渐渐转移到父亲身上了。那是一种想象式的理解，那使他们对父亲莫名地产生了一种亲近感。

父亲从不给孩子们打电话。母亲还在时打给孩子，父亲也从不对孩子说什么。孩子们为此都有些难过，也不乐意给家里打。母亲走失后，孩子们内心里甚至希望父亲最好也能消失。如果父亲走出去，也许会遇到走失的母亲。更重要的是，如果父亲不在了，他们会感到轻松。不过，有时存在需要证明自身的源头时，在一种莫名情绪的支配下，孩子们也会忍不住给父亲打个电话，与父亲说上几句。

父亲的声音总是干巴巴的、冷冰冰的，仿佛他是个陌生人，而不是他们的父亲。

从父亲的声音里，孩子们感到母亲越走越远，再也没有回来的可能了。

父亲越来越孤独。

父亲从来都是孤独的，母亲在时也一样。

有些人虽说免不了给父亲打交道，可去商店也只不过为了买需要的东西。在必要说起父亲时，他们甚至想不起该如何评价他。

孩子们对父亲有诸多不满，却越来越不想克制对他的感情，也不再想装成本来的样子。因为他们发现自己也像父亲那样孤独。他们很少笑，不爱讲话，如果不是出于某种需要，对别人总也提不起什么交往的兴趣。

有一次孩子打电话让父亲到城里来。他们都有多余的房间，可以轮流照顾他。当父亲拒绝时他们才感到，父亲明白他们并不真心希望他到城里去。父亲愿意孤独地生活着，对于他来说，除了待在原地，一切都不重要。

有一天，有位孩子回到老家。他在家门口看到店铺的门开着，父亲坐在一片灰暗的光中，手里拿着一面镜子在照。孩子走近时，父亲也看到了，却没有说话，他正在用拇指与食指撬开嘴巴，看口中的牙齿。

儿子默默地看着父亲，后来父亲用手指着桌子上的那颗刚落下来的牙，轻描淡写地说，刚又掉了一颗。我想知道还剩几颗，你帮我数一数？

儿子默声不响地帮着父亲数牙。

人真是一种奇妙的动物，不可理解，然而谁也不能说自己看到的、想到的、和感受到的就是全部。

大　雨

二十年前，我从县中学回到家里时，父亲赶集还没有回到家里来。

吃午饭时，乌云密布的天空中突然下起了雨，天地间被大雨连起来，灰蒙蒙的一片。

母亲担心父亲被大雨隔在半路上，回不了家，没有心思吃饭。我和妹妹看着忧愁的母亲也都放下了碗筷，希望那瓢泼大雨不要再下了。

可是雨没有一点停下来的意思。

我忍不住说，娘，让我去接一接爹吧！

母亲犹豫了一会儿，又用力地点了点头。

我带上雨衣，跑着出了屋门，冲进雨里。

那时村里的路还是有黏性的泥路，走在上面，硬的地方打滑，软的地方黏脚。路上有坑洼的地方填满了水，豆粒大的雨点急促地落在水坑里，溅起了水花。想着淋在雨水中的父亲，我在雨中快跑起来。

雨水噼里啪啦地从四面八方落向我，打湿了我的眼睛，也打湿了我那颗少年的心——长那么大我还从来没有为父亲做过一件像样儿的事，我想要给父亲一个惊喜。

从村子到大堤有3里多路，我一口气跑到大堤前。透过密集的雨水，我模糊地看到有个人弯着腰，在大堤下坡路的中间，正试图扶起侧倒在地上的自行车。

那被大雨淋着的人正是我的父亲。

父亲的自行车上的驮筐装满了土豆，大约有300斤重，他推着车下长长的陡坡时，脚下打滑，车子倒在了地上，装土豆的麻袋也斜出了驮筐。

我冲过去，大声说，爹，我来了！

父亲抬起头，喜出望外地看着我说，你怎么来了？

我来接你回家啊！

好！

我帮父亲把斜出来的麻袋从驮筐上放下来，扶正了车子，一起推到堤下平坦的地方，我和父亲又上坡抬回了那袋土豆，放到了驮筐上。

父亲撑着车把，腰部紧靠着车座和驮筐，我在自行车后面，用力地推着。

接下来还有3里多的泥泞路要走，而大雨仍在紧锣密鼓地下着。沉重的自行车在坑洼不平的路面上穿行，不时改变着方向。自行车的胶皮轱辘上黏满了泥，我们的鞋底上也黏满了泥，用坑洼里的雨水泡也泡不掉，越走越沉，不得不停下来，用手抠掉车轮上和鞋子上的泥巴。

没走多远，父亲那双穿破了的布鞋也开了线，没法穿了，父亲只好丢了鞋子，打赤脚继续向前推车。

虽然三里多的路并不算长，我们却在瓢泼大雨中走了很久。

回到家里时，父亲的脚被玻璃划伤了。

母亲心疼地抱怨说，流了那么多血，你也不说停下来包一下，你真以为你是铁打的吗？

父亲看了我们一眼说，我还真没有感觉到疼，我心里一高兴，忘记了疼。

二十年后的今天，回想起来，仿佛那大雨仍然在下着，在我的记忆中，在我的生命里。

梦中的晚会

我来到晚会现场。

现场有许多人，也有不少警察和军人。

有人在暗中指挥晚会的进程，可我觉得有人在阴谋策划一场悲剧。

有人发现有一位疫病携带者，向有关的人汇报。

军人立马控制了现场。

指挥者说："绝不能让一个人离开晚会，我们所有的人都可以死去，但不能给会场外的人们带去任何死亡的危险！"

很多人同我一样，不愿意死于晚会现场。

我们一起聚集在出口处，请求把关的军人让我们通过。

我们需要呼吸外面的空气，需要走向空漠而广阔的地方，改变突如其来的厄运。

有人说:"请让我们出去!"

军人说:"不行,上面有命令!"

有人说:"请让我们出去吧……带病的只有一个,可我们有那么多人。"

军官跑过来解释说:"虽然只有一个,可是这种疫病传染力很强,你们出去了有可能传染给健康的人们……如果不能活着,就让我们死去好了,但我们绝不能再让别的人也活不下去。"

为了整个人类的健康和安全,我们必须做出牺牲,这是硬性的规定,这是不可以违背的命令。

我同意这样的决定,但我仍然渴望活着。

大家议论纷纷,吵吵嚷嚷,后来不甘被困的人起哄闹事。

军官命令士兵们严阵以待,谁要是闹事就开枪。

有人不顾警告,被开枪打死了。

我看到倒在地上的人,一动不动。

大家处在紧张和恐慌中,我暗暗期待着奇迹发生。

这时,有位军官走向舞台上,他向两个士兵送上了两颗药丸。

军官自己先吃下了药丸,死了。

接着士兵也吃下药丸死了。

他们在表演死亡,为的是让所有人知道,死亡并不可怕,必要的情况下,人人都应该有为整个人类献身的精神。

那样的表演并不能给我以真正的鼓舞和勇气,令我视死如归。我仍然希望好好地活着。

可我越来越绝望,因为越来越多的人吞下了药丸,倒在地上。

在我接到药丸,犹豫着要不要吃时,晚会现场的门开了,从外面走进了几位身穿白色衣服的医生。

其中有一个带头的女医生高声宣布："死神已经离去，你们所有的人都是健康的，不会传染疫病，现在大家可以离开了——非常感谢大家，我们都是这场晚会的演员，观众是我们自己，谢谢大家的参与！"

我看到躺在地上"死去"的人纷纷站了起来，有些后悔没有尝一尝那种药丸的味道。

我多年前做了这个梦，现在仍然记得，就像是亲身经历过一样。

你和谁去过世界之窗

　　我的工作平时挺忙的，很少能顾得上家里。妻子一个人带着两个孩子很辛苦，得了轻度的抑郁症，需要好心情。周末，我开车带她和孩子去另一个城市游玩散心。在游乐场，妻子说，孩子们还从来没有见识过雪，希望和我一起去"冰雪世界"玩一玩。我一看门票价格不菲，想着省点钱，让她带着大孩子去玩，我抱着小的在外面等着，没想到妻子突然就不高兴了。

　　为了安慰妻子，我赔着笑说，也没有什么好玩的，我以前不是和你去过世界之窗吗？

　　妻子说，什么时候啊，我怎么一点都不记得了？

　　好多年前了吧，我也记不太清楚了。

　　你是说去的阿尔卑斯冰雪大世界吗？

　　是吧。

我肯定从来没有和你去过，老实交代吧，你和谁去过世界之窗？

我一时愣住了，心想如果不是和妻子，一定是和另一位女孩去过了。十年前我和不少女孩子相过亲，但我一时也记不太清楚究竟和谁去过了。

妻子却认真了，一个劲儿地追问我是和谁去过了。

我反感她那种不依不饶、没事找事的态度，对她就没有好气。她流下了委屈的泪水，我看着一个三岁，另一个不到一岁的孩子，心情也坏透了。

我感到很绝望，我经常会有绝望的情绪。如果不是两个孩子，真说不定会自杀。但如果没有两个孩子，也许我和妻子不会生活得那样艰难，说不定我们在一起会相当幸福和快乐。有了孩子之后，妻子辞职了，家庭开支增大了，而我的收入没有提高，还欠了朋友的一些钱，都没敢让妻子知道。我想过卖掉在深圳的房子，那样就会有一大笔钱，可以选个小县城，买上五六套房子，一套自己往，余下的可以出租，完全没有生活压力。可妻子坚决不同意，因为他就是从小县城里走到大城市里来的，觉得在小县城里生活没有意思。

没有谁能够控制时代的变化节奏和大都市发展的呈螺旋状上升的规律，尤其面对着深圳这个正在崛起的新兴大都市，每个人不知不觉地被卷进去了，渐渐变得身不由己，随波逐流。我和妻子也是如此。尤其是妻子在没好气地抱怨我时，我觉得自己就是被关在生活这个无形的笼子里的一条狗，只能徒劳地朝着外面汪汪地叫着。

那天我们都没有心情再继续玩了，便开车回到了家里。

回家之后我们相互不说话，妻子后来向我提出了离婚。

我们有很多次谈过离婚，不是因为感情真的不好了，过不下去了，主要是因为我们骨子里都渴望自由，不想受困于生活。

我同意离婚，还表示可以净身出户，并且保证把赚的所有的钱都交给她，自己只要有个住的地方，有口饭吃就好。

妻子也表示可以什么都不要，条件是我能带着两个孩子。

我们都知道那不现实。

妻子难过得眼泪"哗哗"地流，看着她那样，我叹了口气，主动走过去拥抱了她，向她赔了不是。

第二天醒来，我对妻子说，老婆，我想起和谁去过世界之窗了，你想知道吗？

妻子说，算了，我现在好了，没兴趣了。

我说，想了一夜，不能白想，我得告诉你。

干吗非得告诉我呢？

因为和我一起去世界之窗的那个女孩家里相当有钱，人也长得挺漂亮，而且是独生女，她非常喜欢我，只要我同意就可以娶她！

一大早你就想让我生气是不是？

不是，绝对不是，我的意思是，你知道我为什么没有选她而选了你吗？

你说，为什么？

虽然她各方面都很不错，可我却觉得和她没有将来，因为她的家庭条件太好了，我觉得过不到一起去。你不一样，我一见你就觉得你可以成为我的妻子，我们可以同甘共苦，可以永远在一起。

我看你是傻透了！人家又漂亮又有钱，这是多少人求之不得的事啊！

是啊，现在我后悔了！

我也后悔了，当时也有个非常富有的男人追求我，嫁给他的话可以说什么都不用愁了，可我也没有选择他，却偏偏选择了你，你知道我当初看上你什么了吗？

什么？

还不是看上你的傻了呗！

我笑了，妻子也笑着，我们都笑着，那笑里仿佛有光芒，瞬间温暖和照亮了彼此。

陌生人的欠条

那时我刚来深圳不久，租住在劳动村，有份赚钱不太多的工作。每天早上我去同一个早点摊吃早餐。摊主是个中年男人，卖些肠粉、汤粉之类的早餐。

有天早上我在路边的桌子上吃肠粉，有位 20 岁出头的年轻人走过来，伸着一只手，不好意思地对摊主说："我就这一块钱了，可以给我一份吗？"

一份肠粉当时需要三块钱。摊主看了一眼那个落魄的年轻人，拒绝了他。摊主不确定那个年轻人是不是故意想要占他的便宜，他那么忙，没有时间多想。

我看着那位被拒绝的年轻人失意地走开，便飞快地吃掉余下的肠粉跟了过去。我本应该去相反的方向，当我故意走过去并回头看他时，我看到一张苍白无助的脸。大约因为忽然有个人回过头来看他，他吃了一惊，身体微微地向后顿了一下。

我向他点点头，不好意思地说："你……需要帮助吗？"

他犹豫着，点了点头。

我说："你是从什么地方来的呢？"

他有些语无伦次地说："兰州。我到了深圳的蛇口，手机、银行卡、钱包都丢了……我上过大学，在找工作，可现在特别不顺利，找不到工作……我也可以干体力活儿，我想好了，总得让自己生存下去！"

他很瘦，胳膊上还有一块擦伤。可能因为没有钱，也没有住处，他身上的衣服有些脏。

我说："你需要钱吗？"

他看了我一眼说："你……"

我说："你需要多少？"

他想了想，说："10 块，5 块也可以……"

我笑了一下，说："为什么不多要一些呢？"

他也笑了一下，说："我不知道什么时候能找到工作，也不知道将来该怎么还……"

我说："没关系，就当我送你了——你觉得需要多少？"

他说："谢谢你！我想我要 10 块钱就好了——我两天没怎么吃上东西了，如果能吃上一顿饭，我就可以走路去找工作了。"

我说："你也不一定今天就能找到工作啊！"

他说："可是，我觉得不该向一个陌生人开口要太多的钱——除非你愿意留下你的联系方式，将来我有了钱可以还给你。"

那时我刚发了工资不久，钱包里还有一千多块钱。我想着要不要给他 500 元或者 300 元，但最后还是按照他的要求，给了他 10

块钱。

他接过钱的时候，感激地看着我。

我说："祝你一切顺利。"

他点点头，给我鞠了一躬，说："谢谢，谢谢你！"

我看着他那样有礼貌，想了想又拿出200块钱，说："拿着吧，不用考虑还了。"

他犹豫着从背包里掏出纸和笔，说："请留下您的联系方式吧，等我赚到了钱给您寄过去。"

我说："不用了。"

他说："如果您不方便留联系方式，我不能接受您这么多。"

我说："为什么呢？"

他说："我也说不好——我只是觉得200块钱不是个小数目，我不该平白无故地接受这么多。"

我想了想又从钱包里掏出300块钱，说："好吧，我给你留个地址，等你有钱了再还我。"

他笑着接受了，非要给我写个欠条：

> 本人来深圳找工作，举目无亲，因不小心丢失了钱包，遇到困难，有幸遇到××先生，他好意借我500元（伍佰元整），本人承诺找到工作、领到工资后第一时间还清欠款。
>
> ×××
>
> 2007年10月5日

12年后的一天，我又见着了他。

　　我早忘记了他的模样，或者他的变化太大，让我想不起曾经的那个年轻人。

　　他微笑着说："当年我写给您的欠条还在吗？"

　　我说："早就丢了。"

　　他说："我还能认得您。当时我给您寄了欠您的钱，还写了一封感谢信，但后来退回来了。那时我刚找到工作，很快就被派到外地去了，等我再次回到深圳时，再去您地址上留的——您原来的单位问，可您的单位也不知搬到什么地方了。"

　　我说："你是怎么找到我的呢？"

　　他说："我在网上搜您的名字，又与发表您小说的编辑取得联系，这才找到您的联系方式。我真没想到您是位作家。如果您愿意，我想给您 50 万——对于现在的我来说，50 万并不算一个大数目。"

　　我想了想说："我不能接受，因为一直没有得到你的消息，我在心里早就把你当成了一个骗子，早就把你忘了。"

　　他笑笑说："您是个好人，实在人。现在我想给您 100 万，如果您可以接受的话，我会十分开心的，因为我一直想要感谢您。"

　　我说："如果现在我再遇到像你当初的情况，可能不会再那样做了。"

　　他说："人都是会变化的，这个我理解。这十多年来，我也经过多次蜕变才有了今天。"

　　我说："虽然我变得现实了许多，但仍然很难接受你那么多钱——虽然我仍然租住在别人的房子里，很需要 100 万付个首付，买一套自己的房子。"

　　他有些吃惊地说："您这样的好人竟然还没有自己的房子？这样吧，我是真诚的，我给您 500 万，去买上一套吧。我想和您成为朋友——如果您不嫌弃的话。"

看着他真诚的目光，我仍然觉得他是陌生的，因此我说："对不起，我无法接受。"

他急了，有些生气地说："您必须接受——因为当初我都快饿死了，没有您就没有我的今天——您一定要给我一个报答您的机会。"

我说："可是我觉得不该接受，因为我的生活还过得去，和你当初不一样。"

他说："您可以这样想，您就当买了一张彩票，不小心中了。"

我摇摇头说："我当初对你的好意，或者说好心，不应该用金钱来衡量，不是吗？"

他说："那我该怎么样报答您呢？"

我说："不需要——如果你想要报答的话，请今后遇到需要帮助的人，去力所能及地帮助一下吧！再说，您今天的出现，已经算是报答我了。"

他郑重地点了点头，留下了500块钱，走了。

回到家，我对着镜子看，觉得镜子里的自己多少有些冒充高尚，没有出息，不由得有些痛恨自己，觉得自己这一辈子，再也没有什么飞黄腾达的机会了。

由于丢掉了那个人的欠条，我至今不知道他叫什么名字。

我觉得这样也好，省得我总是记起×××曾经欠我一份人情。

在大街上哭泣的女人

女人背着背包，左手拉着旅行箱，右手抱着女儿打算去火车站。那时她还没有决定要不要回家。三个月前，她正是从家里走出来的，父母要她嫁给一个她无法接受的男人。不管回不回，火车站是个歇脚的地方。

女人从家里出来后还是选择了去深圳。她本想看一看大女儿，来到深圳后方才知道，男人和另一个女人结了婚，大女儿被男人的母亲带到乡下去了。男人看着她和她的小女儿，表示如果她愿意与自己继续保持情人关系，可以考虑养着她和女儿，毕竟，那是他们共同的女儿。女人厌恶地看着那个自己曾经爱过的男人，冷冷地拒绝了。女人想在深圳留下来，可租了房子身上就没有多少钱了。她想找份可以带着孩子上班的工作，却没找到。

女人抱着女儿出去时，女儿见到商店花花绿绿的东西就拉着女人要买。有时是吃的，有时是玩的，女人不同意，女儿就哭闹个不休。有时女人狠下心来，让女儿哭闹，可女儿能持续地哭上很久，哭得女人担心她的嗓子会坏掉。女人也怕外人的眼光，那眼光会让她痛恨自己的无能，痛恨全世界对她的不公——那么多高楼大厦，那么多的机会，那么多幸福快乐的人，为什么偏偏让她那样艰难？

女人没能找到工作，租的房子到期了，只好搬了出来。她想再一次到劳务市场试试运气，实在不行的话也只能回老家了。老家再不好也有个住的地方，有口饭吃，有帮她带孩子的人。如果她不愿意，父母也不能绑着她嫁给别人。

早上女人和女儿合吃了一份三块钱的肠粉，中午时她给孩子买了块蛋糕。由于盼着工作，她喝着用矿泉水瓶子灌的自来水，也没怎么觉得饿。等了一天，她终于没能找到工作。在去车站的路上，拖着行李，抱着孩子的她心情实在坏透了。女儿还小，不能体会妈妈的心情，看到路旁的商店，挣扎着要下来。

这个，这个，妈妈，我要吃。女儿指着商店门口的一个烤箱，烤箱里正滚动着香气诱人的香肠。

女人把女儿放了下来，摸了摸口袋，口袋里除了车票钱就只剩十多块钱了。回家的路上得一天时间，也得吃饭。她有些舍不得，犹豫间，女儿又哭了起来。

女人叹了口气，最后还是花了两块钱，给女儿买了一根。

女人把香肠给了女儿，女儿拿着咬了一口，因为烫，很快吐了出来，把香肠丢到地上，"哇"的一声，又哭开了。

香肠滚落在地上变脏了，女人看着心疼，觉得浪费了本就不多的钱，女儿太不懂事了，因此很生气，命令女儿不要哭了。

女儿不听，还是哭着，声音很大。

路过的人有些停了下来，看着女人和孩子。

看到有人围观，女儿哭得更起劲儿了，女人却也更加生气了，忍不住推了女儿一把。

女儿倒在地上，打着滚哭。

女人蹲在地上看着女儿，没办法管住，索性不管了。女人坐在行李箱上，面无表情地看着在地上哭闹的女儿。

围观的人指手画脚，七嘴八舌地谴责着女人。

女人心里憋着一股火。

女人看到有位好心的中年男人弯下腰，试图劝一劝女孩，女人却像豹子似的冲过去，猛地推开了他，接着又在女儿的背上踏了一脚。

女儿的哭声更加尖厉了，围观的人也更加气愤地说女人的不是了。

女人坐回到箱子上，过了片刻，她用手指着围观的人群说，你们懂什么？你们这些人充什么善良啊？你们知道我有多难吗，有什么资格说三道四？没一个好人……你们真想把我往死里逼吗，我都快疯了，你们根本什么都不了解……

那时太阳已经落山了，天色有些暗了下来，再过一会儿，城市将会燃起万家灯火，街道上将会成为一条光的河流，但女人还不确定要去什么地方。

女人累了，抬头看了看天，像要从天空中看出一条路来。终于，她忍不住放声大哭起来。她的哭声像骤落的暴雨，透着绝望和悲伤，歇斯底里，完全压过了女儿的哭声。

女儿听到妈妈的哭声，惊诧地从地上爬了起来，怯生生地走到妈妈身边，用恐慌的眼睛看着妈妈，又看着路人。

不过人们很快看到，女人不再哭了。

女人抹了抹眼泪，把抽泣的女儿拥在了怀里，对女儿说，宝贝对不起，妈妈不哭，妈妈没用……

搞笑的房子

老李赚了将近400万，却来找我诉苦。

老李买过一套二手房，当时8000块一平方米。那套房子花了八十多万，首付了二十多万，贷了六十多万。当时他的爱人没有工作，只他一人赚钱，每个月除了生活开支还要交房贷，压力山大。没想到他爱人又意外怀孕，违反了计划生育政策，被单位辞退。失去稳定收入的他便想把房子卖掉，开个饭店。房子在房产中介挂出去，很顺利地卖了。他们还清了银行贷款，赚了将近40万。卖了房子的他们非常高兴，在钱还没有到账之前生怕买主后悔了，当买房子的人把钱打到他们账上之后，才长出了口气。现在看来，老李的房子当然是卖亏了，提起那件事，他恨不得用头撞墙。

为了安慰老李，我说，你还记得老杨吧。老杨比我们来深圳的时间都要早，至今还没有在深圳买房子。比起他你，还算是好的了，毕竟当初在房子上赚到过钱。现在老杨成了我们报社的笑料，因为他总觉得房价高。一平方米 3000 块时嫌高，10000 块时还嫌高，30000 块时更是嫌高得离谱。让他没有想到的是，房价一直"噌噌"往上长，同样的房子后来每平方米长到了七八万块。他和他的爱人收入都不差，多年来省吃俭用，存了不下 200 万。照现在的房价，200 万也不过是一套不大的、位置也不会太好的房子的首付款，而且还得欠银行几百万，两个人的工资加起来，也不过刚够还月供的，而且得还一辈子，你说搞不搞笑？

老李点了点头，又摇了摇头说，我还真笑不起来。说到这儿，我是真心佩服老唐。老唐和老杨同时进报社的，我刚进报社时他还带过我一阵子。那时他天天带我去看房子，说这儿的房子可以买，那儿的也可以买，可我当时根本没有听进去。老唐和老杨不一样，他认定了房子会升值。3000 块一平方米时他买，10000 块一平方米时他买，30000 块一平方米时他也买。前几天我刚见过他，他准备买前海十多万一平方米的房子，说那儿的房子将来升值空间大。他现在少说也有 30 套房子，10 个商铺，还在想着买房子，真是上了瘾。他曾亲口对我说过，现在去外地他都不大敢坐飞机，怕飞机失事，家里人搞不清他在什么地方买了房子，收不到租，你说搞不搞笑？

我笑着说，确实搞笑。不过，我们当初跟着老唐的思路走的话，现在都成了亿万富翁。你看老唐那么多房子，现在还在报社老老实实上着班，多低调啊。他也不见得比我们的工资多，今天能有那么多套房产，也不是他比我们原来就更有钱，而是懂得如何用银行的钱。当他有了第一套房子，可以用房子贷款买第二套。有了第二套房子，他可以出租，用贷款买第三套。早先也没有限购这个概念，个别楼盘甚至不需要付首付，只要你有份正式工作，还得起贷款就可以了。

老李拍了一下自己的大腿说，你说我当初我开饭店怎么就没有用房子抵押贷款呢？我们用卖房子的钱开了饭店，起早贪黑地干，每天累得和狗一样，回到出租房里倒头就睡，孩子的教育也没顾得上。我们也算干得有成绩，每年除去开支能落个三四十万块，10年下来赚了将近400万。这些年房租一年一个价，我们也一直想着买房子，可房价一年又比一年高，我们手头的那点钱也就越来越不算钱。上个月我老婆在网上查，结果查到了我们当年卖出去的那套房子，标价620万，每平方米6万多了。你知道这意味着什么吗？这意味着我和我爱人这十年来不光是白干了，还赔大了。那套房子还是同小区最便宜的一套，我老婆和原来的买主、现在的卖主见了面，对方还记得我们，说如果我们买，愿意实收615万，便宜5万块钱卖给我们。加上各种税费，我们那套10年前以120万卖出去的房子，现在得花六百四十多万才能买回来，你说搞不搞笑？

我忍不住笑着说，这也太搞笑、太不正常了——你们不会真买了以前的那套房子吧？

老李叹了口气说，房价现在那么高，我确实是不想买了，可我爱人觉得钱放在手里即使不贬值，说不定哪天就花完了，还不如买房保险。我也觉得有道理，因此还是买下了那套房。上周30万的订金已经交上去了，估计再过一段时间我们就可以搬回原来的房子里去了。我们是第一套房，可以贷七成，七成相当于四百多万。我爱人精打细算，主张将来房子过户后就租出去，我们继续住在便宜的出租房里，这样每个月能赚个两千多块，你说搞笑不搞笑？

我说，这也太搞笑了，不过这不只是你老李搞笑了。

老李说，你说还有谁在搞笑呢？

我说，我也说不好什么搞笑，让我们每个人都变得那么搞笑了。

别让好人吃亏

丁国歌在一些人眼里，是个好人，例如在我眼里。

我在一些人眼里，可能也会是个好人，例如在我曾经帮助过的一些人眼里。

我的另一位朋友宁华北是位名利双收的作家，他在我眼里也是位好人。他乐于助人，也知恩图报，而且比我会做人，比我混得好多了，这些年来，他一直是我学习的榜样。

有一天我们一起喝茶聊天，我向他聊起我曾经的好朋友丁国歌。

二十年前，我和丁国歌都二十出头，在西安一家杂志社当编辑。后来我去了北京，在一家纯文学杂志当编辑。不久他也来到了北京，在一家时尚杂志做编辑。我当时每个月工资只有 1200 块，他每个月有三千多块。我住在地下室里写赚不了多少稿费也不太好发表的小说，他住单位宿舍专门写赚钱的文章。他是个务实的人，生活过得比我滋润。我是个追求理想的人，生活起来总是捉襟见肘。我曾向他借过许多次钱，只要我张口，他总借给我。那时我们不在一个区，离得挺远的，可每个月也都会见上一两次。总是他来找我，每一次见面，吃饭时往往也总是他主动买的单。他曾写过几个短篇小说给我，希望我能帮他发表，如果降低选稿标准，编发一下也是没有问题，可我并没有帮他发出来。他呢，也没有向我表示过什么不满，我们还是好朋友。

　　十五年前，我离开北京来到了深圳。有一段时间我还不现实地放弃了工作，可很快发现写作养活不了自己，因此只能再去工作。后来我结了婚，有了孩子，渐渐地也由一个理想主义者变成一个务实的人。我变了，却并不喜欢自己的变化。我觉得自己是被丰富而沉重的都市生活，被快速发展的大时代所裹挟着不断发生着变化，在变化中渐渐失去了自己，变成了另外一种我不喜欢的人。例如我也会去写一些赚钱的，没有什么真情实感的文章；也会编发一些难以推辞的人情稿；也会像别人那样与有可能对我有帮助的人搞好关系。总之一些聪明人办的事，我也学着去做了。

　　上个月，丁国歌出版了一本据说十分畅销的书，他在微信上给我留言，要求我在微信上帮他转发宣传一下。由于宣传的内容和格调并不是我所喜欢的，当时我也没有多想便拒绝了。那时我和他已经有二十多年不见面了，我们最近两年才加的微信，平时各忙各的，也没有联系。虽然我在心里仍然把他当好朋友，可事实上我们的关系和以前相比已经很淡漠了。我的拒绝让他在微信上说起过去他对我的种种好，而我基本上没有回报过他什么。我立马意识到自己错了，给他道歉，表示可以帮他转发宣传一下他的书。结果我发出的信息他收不到了，他拉黑了我。

　　我想了想，觉得该给他打个电话。结果我打了几个他都不接。后来我发了一条短信，他回复了，他气愤地在短信里说——你这种自私自利、清高自傲的人早就不配做我的朋友了。你这种不懂得感恩的人只会让对你好的人、帮助过你的人感到不值得。你以为你写小说有多么了不起吗？我写的也是文学作品，而且那本书印了十万册，最近还被一家影视公司以高价买了版权。既然你连帮我宣传一下都不愿意，我明确告诉你，今后我们朋友也没得做了。

　　我回顾了我和他的过去，觉得自己确实有些地方做得不好，但也不知道该怎么样去弥补了。

　　宁华北看了丁国歌发给我的短信说，这件事显然是你做错了。就拿我来说吧，我过年过节时，总会跟一些帮助过我的人联系一下，有些还会寄些礼物表示一下，哪怕那个人也并不是我很喜欢的人。我想，我不能让好人，让过去帮助过我们的人觉得不值得。通过你刚才的话我才知道，他曾经是对你挺重要的朋友，也确实帮助过你。有些人帮助别人可能并不求回报，可有些人付出了如果没有得到相应的回报会特别不舒服，说不定还会四处说你的坏话。

　　我说，在这些方面我确实做得不如你。就拿他来说吧，过去他对我那么好，我却一直没能为他做些什么，实在是不应该。问题是，因为那件事情，他不再认我了，我该怎么办呢？

　　宁华北说，不能让好人吃亏。你不是负责联系一些名家来深圳办讲座吗，下个月你可以请他来深圳讲一下。他来了以后，你好好招待他、陪着他，估计他也就不那么生你的气了。有时候人与人的关系很微妙，需要常联系一下，常走动走动。

　　我想了想，觉得有道理，就编了条短信给丁国歌。我在短信中说，他是我心目中的好人，我不该让好人吃亏。我想请他来深圳办场讲座，报销来回路费，安排食宿，讲课费照名家标准发放……

过了一会儿，丁国歌回复了。他表示我的话他非常认同，也期待来深圳推广一下他的新书。我们是好朋友，过去是不能忘记的，打断骨头连着筋，到时见面再细聊……

我心里松了一口气，笑着对宁华北说，还是你这个主意好，他同意来了。他来了，估计我们的关系也就缓和了。不要让好人吃亏，你这句话说得好，提醒了我。不过，这些年来我已经变了，我不再是一个讲求公平公正的人了，我不喜欢世俗的、随波逐流的自己。

宁华北说，你这么说，证明你还是没有真活明白。我告诉你一个道理，用心活着的人干不过用脑子活着的人，你就是那种用心活着的人，有时会显得特别傻。我呢，老实说我就是那种用脑子活着的人，有时我会讨厌自己的小聪明，但我也没有办法，你不聪明起来，那些比你聪明的人一点机会都不会给你留下，你怎么生存和发展呢？

我说，你说得太好了。现在我期待着与我的老朋友丁国歌冰释前嫌。不过，我也鄙视自己做一个所谓的知恩感恩的人，因为似乎只有这样，我才有可能在众人之中混得春风得意、如鱼得水。

宁华北笑着说，你这么说，就好像是我强迫了你一样，真是好心没好报。

我说，不是你，是我强迫着我自己在改变、在适应，在做一个众人眼里的所谓的好人。

读 者

在我越来越感觉到写小说没有什么意思，小说的读者越来越少，准备彻底放弃写作时，有位个头不高、眼圈发黑、面黄肌瘦、四十出头的读者开着豪车来我单位找我。

一见面，他便紧紧握住我的双手说，徐老师，终于见到你本人了。老实说，我足足有一个月没能睡个好觉了，请您一定要帮帮我！

我吃惊地抽出我的手说，为什么这么说，这究竟是怎么一回事啊？

那位读者说，是这样的，几年前的一个下午，失业的我去图书馆看书，偶然看到一本文学杂志，上面有一篇你的文章，小说名字叫《毒药》。我一连读了几遍，你的那篇小说改变了我现在的命运。

我说，一篇小说怎么可能就改变了你的命运呢？

他说，您在那个短篇中写了一位真诚善良却不受人欢迎的好人，由于得不到别人的理解和尊重，甚至还被别人排挤和嘲笑，那个好人决意改变自己。他去图书馆研读成功学方面的书籍，还虚心拜访了一些名人。最后有个人送了他一瓶药水，让他变成了一个有毒的人。他批判和怒斥一切，把古今中外的一些哲学家、思想家、科学家的观点改头换面后据为己有，结果却获得了巨大的成功。他是个有毒的人，也让越来越多的人变得有毒，大家相互毒害，却乐此不疲。那篇小说充满了寓意，耐人寻味，可以说是专门为我写的。

我说，我真没想到会是这样。

他说，是啊，当时我身无分文，走投无路，却又野心勃勃地想要做一番事业，因此我决定照着您小说中的人物去重新设计我的人生，规划我的生活，彻底地改变自己。我用了短短几年，却取得了令世人瞩目的成就——只要经常看电视和报纸的人几乎没有人不知道我是谁，你难道对我一点都不了解吗？

我不好意思地说，对不起，这几年我几乎不看报纸和电视了，就连手机也很少看。

他点点头说，难怪，那么我们现在正式认识一下吧，徐老师，我叫李更，这是我的笔名，也是你小说中人物的名字。我的本名不重要，也没有意义，就不说了。

我说，你好，李更，幸会。

李更说，这几年我出版了十部畅销书，每一部的发行量不少于三十万册，可以说我成了公认的文化名流。现在我出席一场活动，收费不少于十万块，可很多地方还是争着、抢着请我去。我越来越有名，越来越成功。我住了别墅，开上了名车，有了大把大把的钞票，还娶了一位相当漂亮的女演员当妻子。由于我这几年一直在否定和批判一切，身上的毒性也越来越大，结果无法再像以前那样安然入睡了。失眠症越来越严重地困扰着我，让我生不如死。徐老师，一点也不夸张地说，现在的我正处在疯掉的边缘。我这次来拜见您，是想向您请教，我该怎么样才能睡个好觉。

我看着他红红的眼睛、焦虑的神情说，一时也不知道该怎么帮他。

李更说，真人面前不说假话，徐老师，我不否认自己是个冒充公知、假装大师、变相抄袭的文化骗子，可老实说，正是您的小说骗了我，让我中了毒。我相信您一定有办法帮我解毒。如果您能让我睡个安稳觉，我愿意给您一百万。

我想了想说，虽然我很需要一百万，可我认为您还是应该去看医生。

李更抓着自己的头皮说，我看过不少医生了，吃药、打针、催眠，可这些对我全都没用。后来我想，您小说的结尾是让主人公放弃了他所有的财富、地位、名声，也放弃了他的老婆，这些我确实没有照办，你说我的失眠会不会与此有关？

我点点头说，也许吧。

李更说，可是我经历过没钱、没地位、不被关注，甚至被人欺负，想要放弃现在所拥有的一切实在是太难了。如果你能让我睡个好觉的话，我真的愿意为此出一大笔钱，我也不说一百万了，我给您一千万吧。

我摇摇头说，对不起，虽然我很想要这一千万，可我实在没有办法让你不失眠。不过，我可以为你试着写一篇《良药》，也许你看了那篇小说会暂时缓解失眠的症状。

李更说，如果是这样，那就太好了。如果您不介意的话，我可以预付您一笔丰厚的稿酬。

我说，谢谢你的好意，虽然我也很需要钱，但不该我得的我一分也不会要。我之所以愿意写，是因为你是我的读者。

我用了一个周末的时间，又完成了一个短篇。

李更拿着我打印出来的小说看，一会儿哈哈大笑，一会儿泪流满面，读完之后他决定放弃所有的财产去做一个流浪汉。

我为他的变化感到意外，我从来没想过我的小说会有这样神奇的作用。这是千真万确的事，因为不久前我见到风尘仆仆从外地回来见我的他，我的感觉是，他心里充满了阳光，像一股春风迎面向我吹来。

二十年后再见面

我的大学同学苏文举来深圳玩，问我有没有时间见他一面，好好聊聊。我们大学毕业后各奔东西，各忙各的，平时也很少联系。不过大学时我们都是文学社的活跃分子，只是毕业以后他便不再写东西了。

虽然二十年没有怎么联系，得知他来深圳，我还是非常高兴，开车去他下榻的五星级酒店见了他。四十出头的他肥头大耳，有了高高凸起的肚子，眼神混浊，一脸的假笑，基本上和以前的那个清秀儒雅的他对不上号了。

他客气地请我落座以后，为我端上早就准备好的茶，看着我说，真没想到你还是那么高，那么瘦，好像没有多大变化。你瞧瞧我，是不是变了一个人？

我看着他，点点头说，确实，瞧你这一身名牌，脖子上还挂着那么粗的一条金链子，差一点就认不出你来了。你这次来深圳是出差，还是来玩？

他咳了一声，挺认真地看着我的眼睛说，都不是，我是专程来和你聊聊的，说不定我们还可以合作一下。

我说，合作？我们能合什么作啊？

他说，自从大学毕业以后，我工作了一年就辞职做生意去了，把写作完全放下了。十多年下来，房子、车子、票子，该有的什么也都有了，可我总觉得还缺点什么。我以前的理想是成为一名作家，现在想一想，成为作家还是我的念想。我知道你一直在写作，出过好几本书了，也算是实现了你的理想，功成名就了。你说我现在再去写的话，还有没有可能写出来？

我说，这二十年来你放下了写作，现在再想去写，当成爱好还可以，想要写出来估计有一定的难度。你平时还有没有兴趣看书？

他说，也一直在看，生意忙，看得也不是太多。不过你出版的那几本我都看了，看得我挺感慨的。当初我们文学社喜欢文学的那十多个人，据我了解，也只有你成了作家。不容易啊，我是打心里佩服你。

我说，你们都很成功啊，有的当了官，有的发了财，有的出了国，我算什么啊！

他说，你有名，千金难买好名誉。虽说我也发了点小财，但有谁会真正知道我，尊重我？你不一样，你大小是个名人，全国各地都有你的读者。你的孩子将来可以骄傲地说，我老爸是一位著名作家。我就不一样了，我的孩子可能就不好意思对别人说，我老爸是一个土财主，暴发户。这就是咱们之间的差别啊。

我说，你能这么想，还是因为你爱过文学，那些从来不曾爱过文学的人，可能就不这么想。我想问你，如果人生可以重来，你会愿意做一个清贫的作家，而不是去做一位成功的商人吗？

他想了想，摇摇头说，不会，当然不会啊，我还是会选择做一位成功的商人。因为我想让我的家人生活得更好一些，也想让自己生活得更好一些。

我说，你这样的想法没错。这些年来，我确实也因为写作而忽略了家人，没能让他们生活得更优越，自己的生活过得也不是太好。不过让我重新选择的话，估计我还是会选择写作，而不是去做生意。

他笑着说，和你相比，我不得不说，我是个在社会上摸爬滚打过来的，挺俗了的人。我现在不差钱，就想要出点名，混个作家的名头。最近两年我确实也试着写了写，可一点感觉也没有，一篇像样的文章也写不出来。这一次来见你，我还真有点想法。我们是老同学、老朋友了，我也就有话直说了，好不好？

我说，好，你说。

他说，我准备出一笔钱，请你帮我写一部小说，出版的时候署我的名——在钱上你放心，我不会亏待你，你看怎么样？

我有些吃惊他竟然说出那样的话，我看着他，笑着说，你是认真的？

他点点头说，当然，是认真的啊。

我笑着说，你准备出多少钱？

他说，我也不太懂得行情，你觉得多少好呢？

我说，我以前也没干过这种事，要不你出个价我考虑一下？

他说，你看五十万可以吗？

我笑着，摇摇头。

他说，八十万吧，你认真写一部有点分量的，到时我再花点钱，运作一个文学奖。

我还是摇摇头。

他说，一百万，凑个整数。你就照着现在的水平写，肯定不差。就是差点也没关系，有钱能使鬼推磨，我们到时请些评论家来评一评，获个奖还是很容易的。实在不行，我自己联合个出版社什么的，找个名目设个奖项也不是难事。说真的，我要找外面的人写，估计三十万就可以了。我们是老同学，这叫肥水不流外人田。如果你要同意，我先给你三十万的订金，我们就这么定下来好不好？

我有些哭笑不得地说，我很难理解你现在为什么这么做。即使我答应了你，给你写了，但是你自己应该是知道的，那将来出版的书不是你写的啊？一本写着你名字，却不是你写的书，你真的可以接受吗？

他笑着说，有什么不可以吗？我打个比方说，书就像一个孩子，虽然自己亲生的和不是自己亲生的不一样，但你收养的孩子，在你名下，也是属于你的啊！只要你不说，别人谁会知道？

我说，让我考虑考虑再回复你吧。

他说，好，不急，你想好了联系我。

回到家之后，我忍不住把那件事告诉了我的爱人。

我爱人说，十多年前你不是写过一个失败的，但出版也没有什么问题的长篇小说吗，你修改一下，可以换来一百万啊。

我说，我不想。

爱人说，当然要想啊，你不想可就真傻了。你赶紧和他签这个合同去，我们的房子还欠着银行一百多万呢，有了这一百万我们就轻松一些了啊。

我叹了口气，摇摇头说，我真后悔见了他。二十年没有见面，见了面给了我一个赚钱的机会，却是让我出卖自己。

爱人说，什么意思？你会拒绝这样的好事？

我说，没意思，我决定了，不卖。

狼

我从来没有梦见过狼。

我梦见过别的动物，例如狗、马、猪之类的动物。

我特别想梦到狼，想在梦中与狼相遇，最好是有一番生动有趣的对话。

我如愿以偿，在一个也不比平时特别的夜晚，梦见了狼。

梦中的狼也没有什么特别，和我在动物园里看到的没什么两样。

狼挡住了我的去路，我感到不只是那一只。向四周一看，果然是这样。我弄不清有多少只狼，但对于我来说，眼前的那一只是众多狼的代表，我们得聊一下。

我说，狼先生，你是想吃掉我吗？

狼说，你为什么偏偏要这样想呢？难道狼一定要吃人吗？

我说，可是你挡住了我的路，而且你们的出现对于我来说是危险的，会让我心里发毛。如果我不清楚是在梦中的话，说不定会浑身发抖。

狼说，其实，我也怕你，我们也怕你们人类——你们太强大了，瞧瞧那么多城市，那么多的人，每个人都想把我们赶尽杀绝，我们简直怕得要死呢。

我说，你们可以躲着我们啊。

狼说，自古以来就如此，我们想要改变这种情况，但这毕竟不是我们主宰的世界，我们只能在夹缝中生存。你要去哪里呢？如果你愿意，我也可以让开路让你过去。

我想了想说，我还真不太清楚，也许我是想去一个陌生的地方——因为我待在一个地方太久了，有点儿厌倦。

有时厌倦得想死吗？

你怎么知道？

狼笑了一声说，如果你真的想死，我可以帮助你，我有锋利的牙齿——而我咬向你时你也不用害怕——人总有一死，怎么死也没有太大差别。

你为什么这样好心呢？说真的，有时我真的很想成为你们中的一员。

我们狼的世界可不讲什么好心和恶意，实在饿得没办法我们可以吃掉自己的伴侣或孩子——尽管你们人类曾经也有人这样做过——但你不一样，你是文明人，没有资格成为我们中的一员。

我点点头，沉思着说，我想梦见你果然就梦见了你，我知道你不会在梦里吃掉我——但是，想一想我的肉体能被你和你的伙伴吃掉，这确实也是一件好事——我并不是太注重沉重的肉身，如果我的灵魂能够脱离肉身存在的话。

狼说，不管你说得再怎样天花乱坠，在我们眼里你们人类全都是虚伪的、冠冕堂皇的骗子，你们活在纠结与矛盾中，如同被污染的有毒的食物——如果有别的东西可以充饥，我并不愿意吃掉你们人类中的任何人。

为什么你和你的伙伴出现在我的梦境中呢，这意味着什么？

并不是你让我们出现我们才出现在你的梦里，是我们恰好路过你的梦境，我们要去远方，也许是另一个星球。

哦，远方？我是在和你对话，还是在和我自己对话？

随你怎么想好了，对于我来说无关紧要——再见吧，先生。我，还有我的伙伴们已经在你身上浪费了不少时间了。

狼消失了，在弥漫的、灰白的雾气中静悄悄地走了，像是实有其事。

帽　子

　　因为不知从哪里看到的一句话——戴上帽子有助于留住生命中闪现的灵感，于是我开始戴帽子。

　　我把这句话说给一位诗人朋友，他也开始戴起了帽子。

　　现在他仍然戴着，我却不再戴了。当然，这与我留起了长发有关。留长发也可以戴帽子，我却觉得多余了。

　　不过，我的心里一直有顶帽子。

　　前几天一位相当有才华的朋友说丢了一顶千挑万选的帽子，是金丝绒的，没有图案，才戴了一回。

　　我对她说，为丢失的帽子写一首诗吧。

　　她说，好。

　　她很快写了一首关于帽子的诗。

　　有一位画家朋友看了那首诗，根据她的诗画了一幅画，并告诉大家他的灵感来自于那首诗。

画家朋友还是一位作家，写小说，也写诗。我们许多写作者在同一个城市里，都是朋友。我们经常聚一聚，聊一聊。

前不久，我们就聚过一次，我去看了画家朋友的那些画。他画了很多油画，每一幅画中至少画着一顶帽子。三年前我就曾经对他说过，我挺喜欢他画中的帽子，也愿意出钱买上一幅，这样我就能在房间里天天看到那幅画了。

当时，他认真地说，不行，真的不行，我画的是一个系列，缺少任何一幅我都会感到有了个缺口，而我也没办法为你复制一张。

我说，我理解。

不过，后来有一位相当有钱又非常漂亮的女士不能理解。她非要买下他的一幅画，价钱高到有些离谱。对于还没有在城市中买房子的朋友来说，那些钱足够他买下一套漂亮的房子。

不过，画家朋友还是拒绝了。

他说，虽然我缺少您能给我的那笔巨款，但艺术是无价的——也许我的这些画，是画给将来有可能出现的，我能爱上的人。

她说，我看上的那幅画，如同是让我一见钟情的某个人。但我是个已婚的女人，我先生也非常爱我——尽管我真正想爱的那个人还没出现。既然您画出了那样让我心动的画作，也许您就是那个人。

他摇摇头说，谢谢您能这样坦诚，也请让我坦诚地说出自己的感受，我不是您说的那个人。

好吧，那位女士伤感地说，再见。

在不久前的那次聚会上，我问及那位女士。

画家朋友说，后来我和她就没有任何联系了，不过当时我看着她转身离去，觉得自己如同生活在梦中那样不真实。

我说，我理解。

他说，你总是说你理解，你理解——确实，我相信你能理解。

我笑了笑说，你画了那么多帽子，为什么自己从来不戴帽子呢？

他说，最近我也在想着要不要戴一顶帽子。问题是，我想戴一顶红色的帽子，别人看了一定会觉得奇怪。我不想让别人有那种感受。

我说，你这么说，我非常理解——因为我的心里一直也有顶帽子。

他问，是什么颜色，什么款式的呢？

我若有所思地想了一会儿说，这么说吧，我想戴的是云做的，会飞的帽子——我这样说你能理解吗？

他说，我能理解——我决定为你画一顶那样的帽子了，不过，我对你有个请求。

请说吧。

你收到我的画以后，请你每一年向我说说对那幅画的感受。

为什么呢？

我也是突然有了这个想法，说不上为什么。你也可以拒绝，但我仍然会为你画上一幅你想要的画。

我说，好吧，那就让我们每年见一次面，谈谈帽子。

现在，我那位朋友正在为我创作那幅画作，我的心里满怀着期待，就如少年钟情于某位有可能出现的少女。

狗

我经过一个地方，有条狗朝我汪汪叫。

我进也不是，退也不是。

我只是路过，与它也没有什么恩怨，它为什么冲着我叫？

如果我急匆匆地走过，它一声不吭的话，我很有可能会忽视它，那对它，还有它的主人来说是不是一种不尊重呢？

狗叫得有理。

我的身体里也有一条狗，也会无端地、莫名地朝着别人汪汪地叫。

当我沉默时，我感到那条狗离我越来越远；当我说话时，我感到自己也在汪汪地朝着谁在叫了。

我不是狗，不知道主人是谁，该忠诚于谁——也许是我自己，但那样多无趣啊。为了让自己变得更有趣些，我时常也有一种对着空气，对着谁汪汪叫的冲动。可我得克制着。

面对着那条狗，我在想着要不要像以前那样弯下腰，装成捡石头砸向它的样子。通常看到我那样，狗便有些惊慌失措地逃开了。我那样做似乎也没有什么过错，但事后我总觉得与狗一般见识是我的不对，我为此感到惭愧，甚至我的恶也因此被一点点激发出来了。

不过，我还从来没有过真正把石头投向狗，狗也从来没有真正咬过我。我的生活过得平平淡淡，太过平平淡淡了，以至于活得缺少了值得回忆的事。我当然不想让狗咬着我，也懒得与一条狗过不去，问题是我该怎么样绕过那条狗，到我想去的地方呢？

为了快刀斩乱麻地解决问题，我盯着那条狗，像狗一样汪汪叫了起来，叫得比狗的声音还大，甚至还做出向前扑的动作。

狗有些惊诧，有些害怕，也许觉得我疯了，便夹着尾巴走了。

我有些得意地想，有时疯狂一些，反常一些也是好的，不然人生多么无趣啊。

鼠

我把那只偷吃我东西、咬坏我书籍的老鼠关进了笼子。

我怒气冲冲地想把那只老鼠给打死，丢到垃圾堆里，但看着它惊惧的圆溜溜的眼睛和四处乱窜的样子，又下不了手。我甚至开始同情它的遭遇，可是我如果把它放掉等于是放虎归山，也失去了捉它的本意。于是我想，可不可以把这只老鼠养起来，和它成为朋友呢？这样的想法也让我为难，因为我从来不喜欢老鼠，也很难想象以后可以喜欢上。不过我还是把想法化为行动，给那只老鼠送上了一块面包，为了安抚它的情绪，还为它播放了平时有助于我放松心情的舒缓乐曲。

我看着那只老鼠，希望它能愉快地进食。我暗想，如果它能从容吃下食物，我就把它放掉。因为那无形中也表示它接受了我的好意，我们就建立了一种相互信任的关系。如果它不能，说不定我会叫来一位朋友帮忙——我下不了手，朋友可以没有任何心理负担地消灭它。

接着，我又为自己有那种想法感到可笑而又可耻，我怎么能期望老鼠照着我的意思去做呢？既然我不忍对一个小生命痛下杀手，凭什么让别人帮我呢？

我无心做其他事，坐在椅子上看着那只被关在笼子里的老鼠。它着急地寻找着逃生的出口，我倒希望它可以逃出去。

一个钟头过去了，两个钟头过去了，老鼠折腾累了，缩在笼子的一角，紧张地喘息着。我走过去时它又开始四处跑动，逃避我，仿佛我是它难以逾越的现实——无论它痛恨我，还是痛恨自己都没意义。

我说，喂，请安静一会儿，咱们聊聊吧。

吱吱吱，吱吱吱。

你是不是想求我把你放掉？我还不能那么做，因为我好不容易才把你捉到。昨天，你的一位兄弟在横过马路时被汽车轧死了，就在这栋楼对面的街上。我下班回来的路上不小心踩着了它，差一点滑倒在地上。当时我在心里还默念了一句"阿弥陀佛"，希望它能解脱痛苦，往生极乐。告诉你这件事，你也不必难过，因为这种事几乎天天发生，不仅发生在你们身上，也会发生在人类身上。照我说，我们人类就不该发明汽车这种玩意儿——说不定开车的那个人还不知道轧死了一只老鼠。比起我们人类，你们老鼠太不起眼、太渺小了。真希望我以后也不要开车了，不过这有点儿不现实，我已经习惯了开车，享受有车的便利……

吱吱吱，吱吱吱。

我相信"众生平等"，因此很难违背自己的意志去结束你的生命。再说，偷吃人类的东西，以及搞些破坏对于你们来说是正常的，我只不过是在愤恨不已的情绪下想方设法捉到了你，现在想来，还真不如不去管你。问题是，现在我捉到了你，放你出去也无形中损害了我的，甚至是我们人类的某种利益，因为你出去之后仍然会偷吃东西，会搞破坏。如果你会说话，能否告诉我，我该怎么样对待你吗？

吱吱吱，吱吱吱。

我完全也可以放弃我所代表的人类意志，放弃对你的恨意，放你出去，让你和家人朋友团聚……好吧，我现在就这么做，因为我不喜欢看到你，也不愿意你处在惊惧与焦虑之中，把我当成一个魔鬼。

吱吱吱，吱吱吱。

我把笼子提到了街上，打开笼子。

老鼠从笼子中钻出来，顺着墙角溜走，并消失在某个令它狂喜且感到安全的洞中。我也长舒了一口气，仿佛做了件好事，会得到无形的福报。

牛

　　如果让我选一种要做的动物，我大概不会选择做牛。可为了感谢别人的大恩大德，我也想做牛做马来回报别人。

　　我对一位救了我的人说，真是太感谢了，请让我变成一种动物来报答您吧！

　　那人想了想说，好，本来帮别人是我自愿的，并不希求什么回报，既然你这样说了，你就变成牛吧。牛是任劳任怨的，它在大地上耕作，迈着沉重的步子，是种受人敬重的动物。

　　我变成了牛，一头高大健壮的黄牛。头上生着弯月一样的角，眼睛大大的像铜铃铛，潮湿的鼻子喷出草香味的白色气息。我迈动沉重的步履，低着头，使劲儿在拉犁。一眼望不到边的田野，主人想早些完工，因此总是嫌我走得慢，便把手里拿着的鞭子狠狠抽在我身上。

我停下脚步，扭头对主人"哞哞"叫了两声。

主人说，你一定不理解，既然牛是种受人敬重的动物，我为什么还要一次次地抽打你，并不在意让那种肉体的疼痛感一点点注入你全部的生命呢？

是啊，请你说说为什么？

主人笑了一下，蹲在田间的一块石头，卷了根烟抽着说，我的祖上在明朝还做过大官的呢，他锦衣玉食，拥有三妻四妾，儿女成群，用人无数，可到了我这一辈子，却只能做一个面朝黄土背朝天，过着苦哈哈日子的农民——我对现实也有不满，难免会把怨气发泄到你身上，你就多担待着点吧。

我流着泪说，我后悔说自己做牛做马也要报答你了，我现在过的是什么日子啊，这种日子什么时候是头啊！

主人说，我也可以把你卖给屠宰场，你死了，肉被人吃了，皮被人穿在身上，这样你才算是报答了我对你的恩情，你愿意这样吗？

我说，我不愿意——我宁愿一生为你工作，为你流尽最后一滴血汗。

主人抽着烟说，只有这样，你才有可能托生为人。能够做人，生活在人间，便犹如生活在天堂。虽然我现在是位农民，过着苦日子，可我有妻子儿女，他们会令我有着一种作为丈夫与父亲的快乐与幸福。听我一句劝，熬吧，苦与累，会有尽头的。

我叹息一声，低下了沉重的头。

晚上，身心俱疲的我用那双充满温情与爱的大眼，透过敞开的牛棚望向夜空深处，星星们亮晶晶的，让我流下了几滴莫名的热泪。

杀 人

1942 年的初秋，当时部队驻地离我家乡并不太远。听人说，我母亲生病了。

我得回到家看我母亲，但当时，我们那儿还在日伪军的势力范围中。

我脱了军装，换了一身便装，盒子枪别在腰后面，便出发了。

天傍黑时，我摸进家门，看到母亲。母亲的身体并无大碍，她老人家只是想我了，做梦梦见我战斗死了，不放心，托人给我捎话，以病了为借口，让我回家。

我出来，还带着任务，得去县城办件事。

见母亲没有事，就说连夜要去县城。

我母亲说，兵荒马乱的，哪儿也不如家好。何况又要走夜路，你从小就怕黑，就留在家里过上一夜，等明儿个起早再去县城吧！

我笑了，说，我现在成了革命战士了，早就不怕天黑了。

母亲想了想又问，你现在是八路军的人，你去县城里，县城里全是鬼子和披着黄皮的假鬼子，能有个好吗？我不让你去！

我知道说不过母亲，便只好答应在家里过夜。

那时天还有些热，青蛙在水里"咕咕呱呱"地叫着，小昆虫在墙根草丛里"吱吱唧唧"地唱着。约莫到三更时分，我刚刚躺倒睡下不久，就听得一阵叩门声。

母亲还没有睡，起身问，黑灯瞎火的，是谁呀？

门外没有人应，我感到不妙，从枕头底下摸出盒子枪，悄悄走出门去，藏到大门后面。

我母亲穿衣去开门，又在门旁问，是谁？说句话！

门外有个男人的声音说，老嫂子，是我啊，韩三龙，我呢从城里给您老人家捎了点好东西！

一听说是韩三龙，是自己村的，我母亲倒也没有多想，就打开了门问，这孩子，天那么黑的，你给俺捎的是什么东西啊？

天黑看不见，咱进屋去说，金铎呢？

在屋里睡着啦！

母亲的话声音未落，大门外就闪进两个手握短枪的人。

母亲正要问是谁，结果被一个人一把推倒在地上。

母亲大声喊，这是咋的啦？你们，你们这是……儿啊，赶紧的，坏人来了！

三个人往我睡的房子里奔去，接着门被人用脚踢开了。

我的门开着，他们反身出来时，我已经出了大门。

一个声说，跑了，追！

不料想出大门的时侯，我母亲扑上去抱住了韩三龙的脚说，三龙啊，你的良心让狗吃了，你为啥与金铎过不去？

不是我和他过不去，是皇军和他过不去，你快松手。

你什么时候也当狗了，我真是看走了眼！

你松手！

你忘了你的媳妇秀芹还是我给你说的媒！

嗨，别人看见金铎回家了——我们抓不到他，自己得倒霉，你松开，我保证不朝他开枪行不？

你做事得往以后想一想，你当了狗，以后八路军打过来，你怎么办？

韩三龙说，老嫂子，你赶紧松开，不然别人抓到他就晚了。咱们乡里乡亲的，我不能害了他，又不能不来抓他！赶紧的，快松手吧！

我母亲不松手，韩三龙把我母亲的手给扯开了。

我就躲在大门口对面一个墙垛子后面，看着两个人跑出去，跑远了。

韩三龙刚出大门，我从侧面迎上来缴了他的枪。

我用枪顶着他的腰，又回到我们家屋子里。

韩三龙双膝一软，给我跪下了。

金铎啊，咱们从小玩到大的，我是被他们逼着来拿你，这真是没办法的事，上头有人盯上你了！

我没有想到韩三龙也成了汉奸，更没想到他带着人来拿我，心里头的火上来了，狠狠踹了他一脚。

你什么时候成了鬼子的走狗？

没办法啊，我被叫去谈话，不当狗就没法活着出来了！

万一我被你们捉住了，你打算怎么办？

我也不知道该怎么办，这世道这么个乱法！

现在我给你指条道，你愿不愿意走？

你说，你说，赶紧说，说不定他们一会儿又杀回来了！

有机会的话，和我们八路军合作！

中，我听你的，全听你的，可眼下怎么办？

那两个是什么人？

有一个是张庄的，是鬼子的走狗，叫张剩，上个月他来咱们村看上了我媳妇，把我当八路，送到县里去，趁机把我媳妇给毁了。另一个是钱楼的，叫钱三，这个人倒没那么坏，他只是喜欢喝点酒，又没有钱，这才做了狗！

我想了想说，今天晚上，咱就把那个姓张的给弄了，给你报仇。事成了，你回去以后怎么说？

我——问题是能那么顺利吗？

这么办吧，你出去把他们引到村子的小树林里。你控制住那个钱三，别让他开枪，到时我出现时你就搂住他，别让他乱动，剩下的事情由我来办！

韩三龙的枪被我收了，我当时还是对他不太放心，不得不提防他。我们两个人前后出了大门，出门后，我去了村子前面的那片树林。

那天晚上有些阴天，一弯银色的月亮，在云里时隐时现。

张剩和钱三一前一后跑出村口，没有见到人影，村子里的狗汪汪直叫。后来他们见韩三龙没跟上来，便又走回来找。看到韩三龙，韩三龙见到他们，就照我说的说了。张剩有点立功心切，拿着枪就朝着村前小树林的方向跑。

钱三和韩三龙在后面跟着。等他们走近，我已经把张剩的枪给下了，解了他的腰带，把他捆了起来。

韩三龙和钱三走近时，就着朦胧的月光，还没有弄明白是什么情况。

钱三有些紧张，回头望望韩三龙。

韩三龙小声对他说，完了，完了，队长被缴了枪，咱们很有可能被八路军给包围了，赶紧投降吧，说不定还有个活路！

韩三龙举起了手。钱三看着我时，我的枪正指着他，他也举起了手。

我让韩三龙把钱三的手给绑了，然后我又把韩三龙的手给绑了。三个人的腰带都被抽掉了，只能用被绑了的手臂夹着裤子，不然裤子就落下来了。

我当时也没有想好怎么处置他们，那不像是在战场上。

后来我想了想，觉得该让他们认罪，我得审判一下他们。

于是我说，你们知道当汉奸是什么下场吗？

没有人吭声。

我又说，你们身为一个从小吃娘的奶长大、说着中国话的中国人，为什么要去给鬼子卖命，去祸害咱们自家的人？

还是没人吭声。

我有点气恼，又说，你们还想不想要活着？给我说！

韩三龙配合似的说，我想，想活！

钱三带着哭腔说，八路爷啊，饶命，饶命啊爷，我家里还有七十岁的老母亲没有人赡养啊，我死了她老人家可怎么活啊！

张剩没有说话，其实我主要针对的是他。

我对着张剩说，你呢？你欺男霸女，杀害无辜，死心塌地为鬼子卖命，你不说话，是不是觉得自己作恶太多，没有活路了？

　　张剩还是不说话，韩三龙想到自己的媳妇，突然装不下去了，忍不住说，打死他！张剩，你这条狗，你不是人！

　　张剩扭头看了韩三龙一眼，有些吃惊。

　　我上去解开韩三龙的手，把枪拿给他。韩三龙虽说心里恨张剩，可他拿着枪的手还是有些哆嗦，半天也开不了枪。

　　张剩倒是怕了，他知道韩三龙有些恨他，一直在心里防着他，甚至想过在暗地里解决了他。张剩一下跪到韩三龙的面前说，三龙兄弟，我错了，我不该看上你媳妇，不该说你是八路……我，我不是人！

　　韩三龙还是开不了枪，他还没有杀过人，怕。

　　钱三的手被绑着，夜晚的小树林有风吹过，树叶沙沙响着有些瘆人，他心里有些怕，见韩三龙迟迟不动手，就主动说，我，我来将功补过行不行？八路爷，你饶了我吧，都是张剩这个狗 × 的不是个人，不是他逼着我，我也不会给日本人当狗啊！

　　我想了想，也想看看钱三敢不敢开枪。于是我把钱三的手也解开了，让他系上腰带，又让三龙把枪拿给他。钱三把枪放到张剩的太阳穴上，他自己可能也没想到，手也在哆嗦，半天开不了枪。

　　时间一分一秒过去，我想，这事还得我来。

　　我准备把枪从钱三的手里拿过来时，钱三一时有些怕我，不愿意把枪还给我。后来他用枪指向了我。

　　钱三说，八路爷，你，你别逼我！

　　我说，你别犯错误，我没打算要你的命，把枪给我！

　　韩三龙也说，你别犯傻，外面可全是八路军，咱们跑不了！

　　钱三想了想，又哆哆嗦嗦地把枪还给了我。这当儿，张剩站起身来，想跑，结果掉下来的裤子又绊了他一下。他站起来，又想跑，我对着他打了一枪。

在静夜里，枪声显得特别脆亮。

我知道子弹出膛，会要了一个人的命。我知道自己不打那一枪，那个叫张剩的，逃走后还会继续为鬼子卖命，还会祸害百姓！我恨日本鬼子，可更恨张剩那样的没有人性和良知的汉奸！

张剩死了，我放了韩三龙和钱三，与他们约好了：一、不准祸害百姓；二、不准为鬼子卖命；三、适当的时机要与八路军合作。不然，下次再碰到他们，就是他们的死期！

半年后，八路军的部队开始攻打县城。韩三龙和钱三，发动伪军弃械投降，立了功。

韩三龙和钱三被编入革命队伍。在后来的解放战争中，韩三龙为了救一位战友，光荣地牺牲了。钱三在一次战斗中腿部被子弹射中，人瘸了，不能继续留在部队，回了乡下。

活成一棵树的样子

　　我在公园里遇到了一位有些奇怪的男人。他四十出头，生得相貌堂堂，却面无表情。一年前他觉得赚下的钱足够以后生活用的了，便辞去了工作。他是个节俭的人，没有买房子和车子，至今还住在出租房里。出门时如果不是太远的话，也不喜欢坐公交车或地铁。他没有任何崇拜的人，对任何人都一视同仁，他希望别人能那样对待自己，事实上他也能清醒地认识到，那只不过是种奢望。有人的地方就有江湖，就有比较、有是非，因此喜欢简单的他不太喜欢和人打交道。

　　他是我认识的成年人当中唯一不用手机的，我好奇地问他，现在人人都有手机，你为什么不用呢？

　　他说，我并没有想要联系的人，手机对于我来说没有什么用处。

　　如果你的家人、你以前的同事或朋友要找你，却联系不上你怎么办呢？

他说，以前没有发明手机的时候人不是一样可以取得联系吗？

他习惯早起晚睡，一日三餐也很准时，在别人出门工作时，他也会走下楼来，四处走走看看。他没有什么值得一提的兴趣爱好，似乎也没有什么理想和追求，在我看来他实在是个有些乏味无趣的人，但他的身上有种说不出的东西在吸引着我，让我觉得，他在活着，是为着经历必须要经历的过程才活着，如果世界立马毁灭，他也可以坦然接受——人怎么有权利活成那个样子呢？

虽然他不讨人喜欢，我还是想多了解一些他，因此去公园散步时遇到他，就会主动和他聊上一聊。他租住的地方在公园边上，有次遇上下雨天，我试着提出去他的家里坐一坐，他答应了。我在他那个不大的出租房里只看到了一张单人床、一张小桌子，除此之外没有别的家具。他的衣服也不多，整齐地叠放在一个纸箱上。在他的家里，坐也没个坐处，喝水也没有多余的杯子，不久雨停了我便离开了。

有一天下午，我又在公园里见到了他，他正坐在一个台阶上，呆呆地看一棵棕榈树，宽大的树叶上方，是蓝天和白云。

我走到他身边说，你好啊。

他扭头看了我一眼。

我没话找话地说，上次去过你的家里之后，我就在想，人真的可以在繁华的大都市中与世无争地活着吗？你是否可以告诉我，究竟是什么原因促使你选择了这种生活？你看上去还那么年轻，至少还算不上老，许多人在你这个年龄，正在承担着各种生存和发展的压力，虽然有时累得疲惫不堪，却也过得有滋有味。我觉得你可以考虑重新去找一份工作，谈一场恋爱，甚至建立一个家庭，要个孩子……

他点了点头说，在你的眼里我可能是个不正常的人，但这个世界上有各种各样的人，我也不过是其中的一种。我不太喜欢和人打交道，只愿意自己待着。我也想过你说的这些问题，那对于我来说，太麻烦了。我不想去承担组建一个家庭的责任和义务，再说已经有很多人结婚成家了，我为什么一定要像别人一样呢？

你是不是认为自由对于你来说很重要？

我喜欢孤独，这让我纯粹。我喜欢纯粹的感觉，那会让我愉悦。我不知道你能不能理解，我非常羡慕树的生活，我想活成一棵树的样子。

我抬头看了一眼树，又看了看他，说，人毕竟不是树，从古至今，人们发明创造的东西是越来越多了，人们的生活也越来越丰富多彩了，当你看着我们这个大都市的发展和变化时，你一点都不为所动吗？

他认真地说，无论如何，我也身在时代中，以前也像别人那样活过，只是我后来感觉到，如果我无法把握发展变化的一切，便有可能和别人一样随波逐流。我不愿意过那种过去我曾过过的生活了，我现在的理想是活成一棵树的样子。

哦，这也是一种理想？

不是吗？

我还是第一次听人这么说……

他又开始盯着那棵高大的棕榈树，不再想和我继续聊下去了。

我有点尴尬地坐了一会儿，只好和他告别，去公园继续走。

我喜欢公园里的绿色植物，四季常开的花儿，以及清新的空气，但我知道，如果能去远离城市的地方，那儿将会有更加清新的空气，更好看的风景。不过，被工作和琐碎的生活所困的我也只能抽空儿在公园里走一走。

他是个让我难以理解的人，不过在我身心疲惫、烦躁不安时常会想起他，想起他脑海中便会浮现出一棵会行走、会发呆，也会说话的树。

确实，一个人在另一个人的生命里，也可以变成一棵树的样子。

好运到来时

我在一根电线杆子上发现了一则特别的招租广告。

一个男人要找个愿意陪他说话的人，条件是对方可以免费住他的房子。不过愿意这样做的人要和他签合同，合同要求：最少要在那儿免费住上半年，如果提前搬走的话，要付一笔钱来补交租金。

我抱着试一试的态度见到了那个男人。

男人四十多岁，单身，他同样单身且富有的妹妹为他请了位保姆，照顾他的生活起居。男人很高、很胖，两腮的肉高过了鼻子，眼睛小得几乎看不到有眼球在滚动，手臂比一般人的大腿还要粗。他不爱说话，但并不是从来不说话，只是习惯了用点头、眨眼来表达。他喜欢倾听，激动时喉咙里会发出呜呜噜噜的声音，在黑暗中让人感到他是头怪兽。

一开始，我不习惯与对不怎么说话、只愿意倾听的人滔滔不绝

231

地说话，可是很快我就发现，我正需要那样一位倾听者来讲一讲我
东奔西跑的经历，以及我对整个世界和人类的看法。看得出，男人
对我的话题十分感兴趣，因为他喉咙里发出的声音更响亮了。

谁都无法想象，一个瘦小的男人，在一个高大肥胖的男人面前
不断地说话是种什么样的情形。我感觉是，我在利用说话这种方式
给一只气球不断地充气，一点也不夸张，我在梦中看到那个肥胖的
男人飞了起来，整个人飘到了房屋的天花板上，如果不是窗子太小，
他很可能飞到天上去。

还不到两个月时间，我就说尽了所有想要说的话，而且我的身
上也有了惊人的改变——我胖了许多，而这几乎是从来没有过的事。
那个男人却瘦了一些，并且给人的感觉他会继续瘦下去。他不再贪
吃——似乎他把我说过的话当成了食物，而这有利于他减肥。

我觉得越来越无法面对一个无话可说的人了。在我试过几种想
让男人开口对我说话的方法之后，对他失去了信心，不得不向他提
出要离开的想法。

我没有交押金，行李收拾起来也简单，只要悄悄走开的话，
我肯定男人不会追到我家里，讨要合同规定的违约金。不过向来
正大光明的我还是希望能获得对方的谅解。我编了要离开的理由，
说和他相处的日子虽然短暂，却是此生难以忘记的经历，可是我
准备到另一个城市去发展了，必须要离开北京。我需要赚钱买属
于自己的房子，找个我爱的人，在一个地方住下来，再也不想东
奔西跑了。

我没有想到他说，只要你同意，从今天起，这房子就是你的了。
我搬出去住。如果你不接受，那就请依照合同的规定，拿出毁约的
费用。

以前我说对他说过自己若干次租房和搬家的经历，并戏说人生的意义在于折腾，老在一个地方生活没有意思，想必是对他起到了某种作用。他也曾表示，想放弃自己拥有的东西，到外面广阔的天地里闯一闯。

我根本不相信他的话，可从他的表情上看，他是认真的。不过，我觉得自己不应该得到那些本不属于我的东西，因此我用眼睛看着他，真诚地说，虽然我需要房子，可我无法接受您的这种馈赠。

男人叫来他的妹妹，没有想到他的妹妹竟然也同意他的决定。

当我面对那对兄妹时，简直感到自己是在做梦。因为只要我同意，我立马就可以去办理产权手续了。那件事儿让我认为，即使有梦想可以实现，也不见得是一件好事情，因为我感到自己正在矛盾和纠结中失去原来的那个我。

最终，我还是拒绝了。

拒绝的代价是，我必须要付出数目不菲的违约金。

直到我跟朋友借了钱，把违约金交到那个男人手中时，他的妹妹仍然说，你真正想好了吗？我说，我想好了。她说，能告诉我你为什么不要唾手可得的房子吗？我摇了摇头说，我也说不清楚。

我把那件事讲给朋友们听，可是没有一个人愿意相信那是件真实发生过的事情。有好几个朋友认为，如果真的是那样，我应该接受那个男人的房子，为什么不呢？可是，我早说过了，我也不知道我为什么不能接受——像这类的好事我遇到过很多，只要我愿意做出让步，听从别人的安排，愿意像别人那样生活，我就可以得到一切。

就在今天，男人的妹妹还给我打来电话，约我再谈一谈。

见面后我得知，那个男人已经离开了家，不知去哪里了。

　　当我面对那位十分美丽的、和我年龄也相当的女人时，我觉得
她是真诚的——如果我愿意，她可以嫁给我。

　　在这件事上，我又犹豫了。

无处不在的女孩

许多年前有位女孩曾经喜欢过我。

她曾经走近，又离我远去。离开我，仿佛是为了无处不在。

最初，她远远地看着我，有时又故意与我擦肩而过。她渴望得到我的消息，又不想让我知道她的心思。我相信爱是人生命中重要的事，然而在现实中爱却具有功利性的倾向。我虽说有点小名气，却没有更多的资本来支撑两个人的现实生活。

在一个下雨天，我们相遇了。

合打一把伞时，她问我，你有女朋友吗？

那个时刻，她像风一样激动，像雨滴一样湿润，她渴望自己的爱与存在被我感知，仿佛不是那样的话就会死去，而被我感知，又无法预知下一步该如何处理我们之间的关系。

我也一样，可我深知自己是不配享有爱情的人。

我更适合当诗人，爱着更多，爱着所有。可我也清楚，具体地爱上一位姑娘，那是件比想象还要美好的事，那种幸福的感受可能会超越一切。问题是那将是短暂的，人不大可能一直处在热恋中，一直对一个人保持着强烈的爱。

她是从事舞蹈表演的，她的表达爱的方式也奇特，因为她说，希望有一天她能单独为我跳上一支舞。我想，也许她想在我面前盛开，像朵纯洁的火焰，证明生命并不虚幻。

终于有一天，面对那位女孩时，我的表情是装出来的冷漠，那冷漠的表情恰似寒风吹拂着一面旗帜。女孩的脸上也透着预知的绝望，面无表情得如同一只正在天空中孤飞的天鹅。她说，我一直在飞，在那个过程中，我想为你，为某个人停留，只要片刻，便可以享有永恒……

她开始为我跳舞。

跳舞时，人在天地间的存在就是一首诗。我感到身体的温度在上升，不是血液，似乎是灵魂让我烧成了一团火。我闭上了眼睛，甚至不敢再看着她。直到她在我面前消失，我生命中黑成一片，却仍然有一个舞动的身影在闪亮。

我爱她，并在想象中为她开启了一扇门。我们相互以自己的方式看见了对方，感受到对方。两个拥有灵魂的人相互吸引，却无法靠近、融合。我们都需要保持孤独的自己，保持我们灵魂相对的纯粹。

我想不顾一切走进她的现实。

我试过了，打她的手机，但她总是关机。我走向大街，想在人群中遇到她，但从未如愿。大街上那么多美丽如春天的女孩，似乎她就隐身在她们之中，却偏偏不能再独立出现在我的面前。我在夜晚与空气说话，并想象那女孩能够听得到。我在想象中"看"到她从我面前经过，且越走越远。我越来越绝望，恼怒地让自己相信那就是一场梦，却又不甘心。我闭上眼睛冥想，让灵魂出窍，让灵魂在感受中飞翔，那灵魂的飞翔如天空中的一只鸟儿飞远，带着我的情感与意志，仿佛整个美丽的世界就是那位我爱着的女孩的化身。

我失声痛哭。

我戴着不同的面具一次次走进人群，仿佛为了让她不能够认出我——我在寻找她，却不愿意她认出我。我相信，在我生命中的世界里，那女孩就在其中。

如今，爱使我焦虑不安，又使我心如止水。

暗　恋

又瘦又黑的微生，常穿着灰黑色西服，眼神执着。

我们做同事有一年时间，在他换了工作、暂时没有租到房子时，曾在我租来的房子里住。

在一起时，我了解到他喜欢着一个女孩，他言辞闪烁中的"她"，是他暗恋的琴。

琴是他的大学同学。

十年前的一个下雨天，微生把伞送给站在饭堂走廊里的琴说，给你……

琴诧异间，微生冲进了雨里。

琴微笑着把雨具还给他时，对他说了声谢谢。

微生想要说点什么，却紧张地低下了头。

四年的大学生活，微生总是远远地看着琴，为她写了许多封信，却一直没有勇气向她表白。

琴毕业后去了北京，微生却不知道琴在北京的什么地方，做着什么工作。他放弃了分在别的城市的工作，去了北京，在出版社做编辑。

他想得到琴的消息，又怕得到，因为就算得到了消息，他仍然不敢向她表白。

他一直在想象着她，仿佛除了她之外的任何一个女孩都无法再走进他的心里。

时光匆匆，9年过去了，他一直单身，期待着在北京与琴的不期而遇。

微生说，如果在大街上我们走着走着遇到了，那该多么好啊！我想我会感动得热泪盈眶，热泪盈眶，那种幸福的感觉你能懂吗？

我说，算了吧，遇到了又能怎么样呢？说不定人家早就有了男朋友，或者嫁人了。既然你喜欢她，也不是没有办法找到她，为什么不向她说明呢？即使对方拒绝也没关系啊，人没必要在一棵树上吊死啊！

微生张了张嘴，想辩解，最终还是选择了沉默。

在初秋的一天，微生搬到石景山去了，他在那边找了份新工作。

他写小说，也发表过，或许是出于共同的对文学的热爱，我们在分开后的一年多的时间里，几乎每周通一次电话，每个月聚上一次。

相聚时，微生和我一起走在路上，总是左顾右盼，像是要从茫茫人海中发现琴的踪影。

我笑他说，北京那么多人的，你从来没有遇到过琴吧？

微生委屈地说，有几次遇到了和她身高和模样相似的——或许就是她呢，只是我不敢去认罢了。

一天，微生打来电话突然说，我在新的单位做得不顺心，准备去深圳发展了。那儿可以赚到更多的钱……我不想继续在北京待下去了。

你不想再遇到你的琴了吗？

我听说，她，去了深圳……

微生决定要去深圳发展的前一天，收拾好要送给我的几本书，吃过晚饭便从石景山他住的地方出发了。

他在电话里说，他想沿着地铁线路慢慢朝着我住的方向走，因为那或许是他最后一次在北京的大街小巷走了。

我不能理解他，却也没有多说。

微生在走向我时，有许多次想坐车，却没有坐，他一直走，一直走着。

黎明时分，他终于来到了我门前，敲响我的门。

我打开门，看着他。

他朝我一笑，说，我走了整整一夜，北京真大啊。

我点点头。

他说，从西到东，有那么多那么多的楼，我不知道她曾经住在哪个楼上……

看着那样的他，我说，为了一个永远都不敢表白的人，何苦呢？

他说，是啊，我也不清楚为什么。

他的脸是那样伤感，又是那样明净。

请让我再想一想

从西安到北京，从北京到南京，从南京又到深圳，二十年来我去过很多个城市，做过很多种工作。在这个过程中，我也曾和不少女人恋爱过，每一次也都称得上真心实意、倾情投入，可是最终都没有修成正果。分手的原因我也说不大清楚，大约是因为穷。

并不见得每个女人都那么嫌贫爱富，有的女孩家境相当不错，自己赚得也不少，根本不用考虑我的收入问题，可最终还是与我分手了。后来我想到，分手可能是因为我把大量的时间和精力交给了写作，不能够更好地陪伴别人。我想到卡夫卡三次订婚、三次退婚，想到萨特和波伏娃互为情人一生未婚，认为一位真正把写作当成事业、当成生命的人或许是不应该去结婚的，因为婚姻就意味着责任和义务。我从结婚生了孩子的朋友那儿知道，自己不适合结婚，更不适合要孩子，可就在我决心单身过一辈子的时候，最初的恋人小丽和我联系上了。

小丽在电话里说，她要养着我写作。想到稿费总是让我入不敷出，而工作又让我不胜其烦，父母年纪越来越大，在城市里还没有自己的车子和房子，我有些动心了。

我问小丽，你现在是个什么情况啊？

小丽说，我半年前离了婚，分得了一笔财产，唯一的孩子也上了大学，基本上不用我操心了，可以说，我现在完全自由了。

我试探性地问，都这么多年了，你的心里真的还有我吗？

小丽在电话那头伤心地哭了起来，哭了一会儿说，如果心里没有你，我会给你打这个电话吗？

小丽是我的大学同学，也是我的初恋，我的心里一直忘不了她，但一想到当年她为了一个家里非常有钱的男人放弃了我，我心里还是隐隐地有些难过。

我对小丽说，你有什么打算？

小丽说，我想换个生活环境，不想在西安待了。我去深圳找你吧，到时你陪我看看房子，我想在靠近大海的地方买一套大大的房子。

我说，你知道深圳的房子有多贵吗？尤其是海边的房子，听说每平方米得有十多万了！

小丽说，现在钱对于我来说还真不是个事，我可以来找你吗？

我沉默了一会儿说，请让我再想一想！

小丽说，你还想什么呢？我知道自己结过婚，还有了一个长大了的孩子，配不上你了。可是我也清楚，你是一个清贫的作家，把写作当成生命，而且不想再和谁结婚了——我像二十年前那样和你在一起，做你的情人还不行吗？

我说，你那么有钱，又何必委屈自己，离了婚你还是可以找其他人啊！

小丽说，是啊，我是可以，但我总觉得欠了你什么，我想弥补，不行吗？

我说，谢谢你这么说，真的不用了。

小丽说，就让我们再见个面吧。这么多年来我一直关注你写的文章，比你能想象的还要理解你，理解你的精神世界。我知道你身上有金钱买不了的东西，而且知道你的心里还有我。你需要我，一位像我一样的女人。

我说，请让我再想一想！

小丽说，别想了，有很多事情经不起细想，你越想离幸福和快乐就越远。我知道这二十年来你和不少女人恋爱过，我真的不在乎，我甚至认为她们都在代替我来爱你、陪伴你。

我心里不由一动，感叹地说，小丽，真没有想到你会这样想……

小丽说，我是真心爱你的，心里一直在爱你。我后悔离开了你，但也没有资格后悔，因为当时我的家庭、我的父母兄妹需要我嫁一个有钱人。

我说，我理解，真的理解你当时的选择。再说当时我也没有娶你的钱，给不了你好日子，我们结婚在一起的话，说不定现在也早离了。

小丽说，是啊，也许会那样。可现在不一样了，我有了这一辈子用不完的钱，我可以养着你写作，再也不用让你为钱的事发愁了。你还记得吗，当初我们一起去一个地方，身上只余下够一个人坐车的钱了，你让我坐了车，自己却一步步走了回来。

我说，我记得，我永远都记得，你当时上车后头也没有回！

　　小丽说，你是生我的气了吗？我告诉你吧，我上车之后就哭了，坐在车上埋头哭了，怕人看见。你知道我心里有多难过吗？我本来想陪着你，和你一起走回去，可我穿着你为我买的那双便宜的高跟鞋，磨破了脚，每走一步都像针扎一样痛。

　　我说，哦，原来是这样啊，你为什么不告诉我呢？

　　小丽说，告诉了你又能怎么样呢，你有钱再给我买一双新鞋吗？

　　我说，对不起，真的，我当时就不配和你谈恋爱。

　　小丽说，我已经买了飞往深圳的机票，你可以和我见上一面吗？

　　我犹豫着说，请让我再想一想！

　　小丽说，既然我们心里还有对方，而且有了我你再也不用为钱的事发愁，可以潜心创作了，你还想什么呢？

　　我仍然坚持着说，请让我再想一想。

请帮我拿个主意

小君是我的大学同学，曾经为了一位叫小丽的女生喝醉过，把一个橘子连皮吃下去。毕业后我们天各一方，为着各自的生存和发展少有联系，前不久他突然要来深圳和我见上一面，说有重要的事请我帮他拿个主意。

再次见面小君已不是十多年前我印象中的他了。他变胖了，有了凸起的啤酒肚，眼神也不像以前那样清亮，不过眼神里流露出来的光还是柔和善良的。我们在一起喝酒，聊在大学时的事，渐渐都有了醉意。

小君说，深圳的一家咨询公司要把我从北京挖过来，年薪是我现在的一倍还多。老总答应条件成熟之后给我开个分公司，但他要我先去啃一个不太可能啃下来的项目。前面已经有两批人败下阵来，我也没有三头六臂。那个老总是个固执的人，相信只要去努力争取一切都有可能。我不去他就没办法考验我工作的能力，让我看着办。我想过了，办法是有的，但等于白忙活一场，花的时间精力不说，甚至还得倒贴钱。

我说，这确实考验人。这几年我一直在做点小生意，做得也不太好。有一次，一位负责采购的朋友说，他们公司要一种电子配件，二十万支，一支二十块钱，我刚好有这方面的资源，进价才四块钱。我对朋友说，这事如果成了利润对半分。我以为这很公平了，结果这事没成。另一个朋友告诉我说，你错了，朋友归朋友，你该把所有的利润都让给他，然后你再磨一磨厂家，让厂家每支再减个三毛五毛的，那样你有的赚，还可以和他长期合作。

小君苦笑着说，我现在做的是企业管理咨询，天天给一些老总和高管上课，为的是让他们在残酷的商业竞争面前如何立于不败之地，取得更大的成功，还真没想到有这样的案例。看来我们是一样的人，做人办事还是过于讲规则，太老实，这样很是吃亏啊。

我叹了口气说，说白了我们没有做大事、成为大老板的头脑和气魄。你照照镜子看看，你那善良得像绵羊一般的眼神，哪有什么竞争力？你根本不是那些像狼一样、眼睛里执拗地闪烁着对金钱、权力、女人，对一切都有着攫取之光的人，所以，还是踏踏实实做点自己能做的事吧。

小君赞同地点点头，沉默了一会儿，他说，我还有一件非常重要的事要对你说。我们大学同学小丽，你还记得吧？当年我很爱她。她也很爱我，但当年还是跟了一位大老板，真是伤透了我的心。

我说，你现在对她还念念不忘吗？

小君说，是这样的，半年前小丽的男人喝酒喝多了，脑血管破裂，最后没能抢救过来。小丽给他生了个儿子，照他的遗嘱，分得了一个大型公司，几套房产。光公司就价值数亿，需要有个可靠的人来管理。我在小丽的心目中是个老实可靠的人，最近几年我又在做企业咨询，对公司管理有一套，所以她又联系到了我。我也想让老婆孩子过上好日子了，可如果我真的去了，得和老婆离婚，和小丽结婚。这是她提出来的条件，因为只有和我结婚，她才放心把公司交给我。另外我也有些感动，她那样说，说明她心里还有我。老实说，我做咨询每年的收入也就十来万块，我在老家县城买了套房子，生活还过得去，可我的孩子身体不争气，肾出了毛病，需要换肾，手术成功的话也得需要三四十万块，我拿不出这么多钱来。

我说，你下不了决心，所以才来问我？

小君认真地说，对，请你帮我出个主意，我听你的。

我说，你动摇了，是想要让我说服你，理由是你在这个现实世界里有了困境，小丽对你还有些感情。

小君说，没错，我确实也很想换一个活法了，像当年小丽那样去选择——这不是一个物质的世界吗，有了钱还有什么事不能搞定呢？

我摇了摇头说，不，你终究是你。即使你混得不是那么如意，将来一事无成，也不要出卖灵魂，做出错误的选择。对于你的妻子和孩子来说，你爱他们，在他们身边，这比什么都重要。再说了，几十万块钱也不是不可以弄得到，只不过是将来生活得艰难一些罢了。一句话，在这个强大的、越来越膨胀的世界上，在充满欲望的、活得越来越畸形的人群里，我们活着，还是要对得起自己的良心。

小君把厚嘴唇抿成了一条弯曲的线，眼镜片后那双发黄充血的眼睛，不错眼珠地盯着我，像是最终下了决心地说，好，我记下了。

看着小君，我却有些怀疑给他的答案。我知道在现实生活中，每个安守本分、老实善良的好人都活得相当不容易。想到这儿，我突然给了小君一个拥抱。

　　小君抱着我时却突然哭了。

　　我有些意外，也有些难过。

接盘侠

一个周末的下午，老王约老张和老李去爬山。

爬到山顶上，看着密密麻麻的楼群，老王指着山下说："你们看，那栋带大型商场的楼，十年前我在那儿住过，当时不到五十平方米的房子卖四十八万，我嫌贵没有买，现在都卖到三百多万了。你们再向右边看，那个比周边小区大许多的楼盘四年前我们还一起去看过，当时每平方米不到三万块，现在地铁还没通呢，价格就飙上七万了，地铁开通以后肯定还会再涨。"

老李说："是啊，要是四年前我们买了，现在卖出去可是几百万的赚啊，比干什么都强——当时并不是我不想买，是我老婆死活不让买，她总想把欠银行的那点房贷还掉。她不明白有钱人基本上都是靠银行的钱来赚钱的，也不明白房子价格越高我们手上的钱也就越来越不算钱，只有房子才是最能保值的硬通货，比黄金都强。"

　　老张说："八年前我来的深圳。六年前我们卖掉了在长春市中心最好的房子，在这儿买了一套一百二十平方米的房子，花了二百五十多万。当时我们那位房主收了定金说，我都没想到这么高的价能把房子卖出去，我得谢谢你们成了我的接盘侠。我问他，你的房子当年多少钱买的啊？他说，当时每平方米三千块不到，我住了十多年，这房子还给我赚了二百多万。看他那得意的嘴脸，我恨不得踹他两脚。说来也巧，上个月我在一个新开的楼盘看到了他。他卖了房子后一直想再买一套住的，可房价却越升越高，越高他就越买不起，现在还租住在别人的房子里。我和他看过的那个新开的楼盘，折后每平方米要七万多。见面后我由衷地对他表达了感谢，他气得脸都变色了，恨不得找面墙一头撞死。"

　　老李笑着说："早年没买房子的、卖掉房子的都有理由一头撞死。"

　　老王苦笑着说："不幸的是我最近也把房子给卖了，卖了我就后悔了。一百多平方米，卖了六百万，虽说我们买的时候总价不到一百万，是赚大了，可要想再买回一套学区房，我们手上的钱还远远不够。上周我们看上了老庄的房子，老庄原来是开工厂的，有几年他开工厂不赚钱，一气之下把工厂给卖了，在同一个小区买了十套房。两万多一平方米的学区房，不到五年的时间房价升到九万。老庄觉得房子的价格到头了，就把其中的九套房子放出去卖。为了能让孩子上个好学校，有大把的人疯了一样抢着要。更可笑的是，在房子上赚了钱的老庄去了澳门，全输光了不说，还欠了别人一千多万。他急着还钱，才打算把自住的那套房也出手的。老庄愿意便宜一些卖给我们，可少说也得一千一百多万。我算了一下，交一半的首期款，加上各种税费，我们还得向银行贷六百万。我老婆有点不现实，她说那可是学区房啊，买了就升值的啊，将来孩子上了大学我们再卖掉啊，还上房贷肯定还有几百万的赚头啊。我们意见不一，吵了一架，不过两天后我妥协了，给老庄打电话，可老庄却说，不好意思，房子已经卖掉了。"

老李说："我倒是非常同意你老婆的观点，那个地段的学区房确实抢手，只要买下来，将来如果再出手，还能赚一笔……"

老王说："我们肯定是需要再买一套房子住的，但我认为不一定是大的，也不一定是学区房的，甚至也不一定是在深圳——房价都高到天上去了，我们何必去当别人的接盘侠？可我老婆死活不同意，今天中午吃饭的时候我们又吵了一架。"

老张说："我劝你还是勇敢地去当别人的接盘侠，大不了交不起房贷将来让银行把房子收回去拍卖。我有个朋友生了场大病，交不起房贷了，法院把他们的房子挂出去之后，结果几十个人加价，最后还清了银行贷款，还赚了大几百万……"

老王觉得老李和老张的话有道理，因为他看到的和听到的接盘侠的故事，结局全都是赚了，而且还都赚大了。

回到家里，他正准备向老婆深刻检讨自己。

老婆却兴奋地迎上来对他说："老公，我刚才上网搜了，老庄那个小区又推出了一套房子，一百一十平方米，总价才一千万。我们赶紧去看房吧，说不定晚了又没有了。"

老王说："走吧，去看看，瞧你这样子，如果我再不同意，说不准你都打算给我们的孩子找个后爸了。"

时闻鸟声

在飞去见余言大师之前，高大牛来找我聊天。

高大牛隔三岔五地会抽空儿和我见面，两个人一起走走公园，喝喝茶，吃吃饭，有时也喝点儿小酒。我酒量一般，他是个能喝的人，也喜欢喝。那次见面是在我们常去的一个公园的旁边的茶楼包间里。当时天上还下着淅淅沥沥的小雨，雨从硕大的芭蕉叶子上滴滴答答地落下来。高大牛抽着烟，一边听着我有一搭没一搭地说话，一边盯着窗外湿漉漉的芭蕉叶子看。

当时我正谈着工作和生活上的烦恼，还有写作上的困境，那些车轱辘话我以前也和他说过的，说得自己都觉得烦了。

也许是觉得我的话没有意思，高大牛打断了我的话说，最近我在想，人是不是可以自由地选择想要的生活，我想听听你的看法。

看着从高大牛嘴边升起的一团团烟雾，我想了想说，在没有结婚之前，我身心自由，只要有口饭吃，有个睡觉的地方，就可以把写作进行下去。工作不喜欢了可以不做，想去什么地方就去了。在那种情况下，我还是写出了不少让自己满意的作品。后来我从北京来到了深圳，结了婚，有了孩子，就不能那么自由了。我必须做着一份不太喜欢的工作，因为我不像你写畅销书发了财可以不工作，可以把写作当成工作。除了工作我还得写稿子，因为光靠工资也养不了家。除了工作和写作，我还得做点别的事，两个孩子，老婆一个人看不过来，我也得负起当父亲的责任。在这种情况下，我的写作不能花费太多的时间去精心打磨，久而久之，我写得连以前也不如了。这几年我听不少人说过，说我江郎才尽了，我听着也很着急。有什么办法呢，人到中年，上有老下有小，我怎么可能否定我以前的选择，重新再选择单身、漂泊、自由自在？

高大牛点了点头，喝了口茶说，这就是你的现实。不过，对于一个写作上有追求、有前途，也想要出成绩的人来说，他必须突破这样的现实。生活如战场，如果你没有力量正面进攻取得胜利，只能选择突围保存实力以待东山再起。大多数人的家庭背景，个人的成长环境与学习环境等因素决定了他没有正面进攻的力量，只能选择突围，如果不能成功突围，结果也只能成为生活的俘虏。据我的了解，不少在写作上曾经带给人惊喜的作家，在四十岁以后就写不动了，即使写下去也是越写越差。

我无奈地说，是啊，我就属于写得越来越差的类型。现在我想，并不是每个写作的人都可以成为名家、大家，我能通过写作获得一些小名小利，也就可以知足了。

高大牛说，你不是真的知足，你是无能为力。不知不觉间，我们都活成了生活的俘虏、现实的囚徒。可实际上我们也是有机会可以获得成功并成功突围的，就看有没有决心和勇气。

我摇摇头说，我是有决心没勇气，我不可能为了写作放下老婆孩子不管。也可以说我的不幸在于我有个好老婆，虽然她理解不了写作也谈不上支持，却也不反对，不管我写不写。在我们的家里，她带着两个孩子，有时还做点网上的生意贴补家用，承担得并不比我少。我曾经羡慕那些为了写作，当然也可能真的是过不下去的那些作家，可以和老婆离婚。我更羡慕那些为了写作，当然也可能对婚姻看得比较透彻的人，选择单身。我也后悔过自己选择了结婚和要孩子，但是，这种后悔是建立在我要不管不顾地要成为一名大作家的基础上的。所以，看着活泼可爱的孩子时我便想，写什么大作品啊，孩子就是我最好的作品了。

高大牛摇摇头说，你这么想，没有救了，当然我也认同你的观点，并不是每个人都能成为大家，写作者也并不一定要成为大家。一年前我对天文产生了兴趣，用天文望远镜看星空时想过一个问题。宇宙太大了，大得令每一个思考它、正视它的人都心慌意乱，怀疑人生。地球算什么？相对于宇宙来说，也不过是大沙漠里的一粒小沙子。我们算什么？我们也不过是大海里的一滴水，大森林里的一片叶子。因此我想到了，不管你有名还是无名，不管你写出多伟大的作品，又有什么意义呢？我为此消沉了一段时间，整天喝酒，想用酒精麻醉自己。可后来我又想到一句非常有智慧的话：一沙一世界，一树一菩提。想到这句话，我有些明白了。我也可以有一个自己的小世界，不该那么消沉。我又有了野心，想通过写作创造一个世界，让将来千千万万的人阅读我、研究我、谈论我、敬佩我。这倒也不是说我爱慕虚荣，我是实实在在感觉到自己也是可以发光发热，大放异彩，成为一个传奇式的人物的。

我点点头说，没有野心，甘于过平常小老百姓的生活，可能是幸福和快乐的。有了野心，不甘庸常，非要成名家，可能会多了一些痛苦和烦恼。我现在的想法是，顺其自然，能写到哪儿算哪儿。我倒是认为，你是有能量的，你也曾大放异彩过的，也算得上是一个传奇——有几个人的书能卖到一千万册啊？那些名家大家也比不过你啊。

高大牛叹了口气说，在世俗的层面，我是曾经获得过成功，我还为过去的那种成功沾沾自喜过，但现在我宁肯不要那种成功。我想和你一样去写一写纯文学作品。什么是纯文学呢？我刚才看着窗外这几棵芭蕉，看着雨落在叶上，又从叶尖一滴滴地落下来——有诗情，有画意。当时我就想，这就是纯文学了吧。我们可能记不住任何一滴雨，无法真正抵达那滴从天而降又转瞬即逝的雨，在写时也很容易陷入为赋新词强说愁的圈套，可那样的写作，正是因为有挑战，有难度，也便有了意义。这也是纯文学的意义所在了。

我说，只是纯文学这条路太难走了，要想写出来就更难。有时我倒是想成为畅销书作家的，大多数人都喜欢看，出版商争着出，有名有利，多好啊。写畅销书也需要一种特别的能力的，要投其所好，要会编故事，会煽情，我不适合，也写不了。有时我想，写作也没有我认为的那么重要的，我只不过碰巧喜欢上了写作，也在写而已。将来我的作品是否能够成为经典，我的名字能否流芳百世也不是那么重要。照正常人的想法，重要的是当下，我们能吃得好、睡得好、玩得好，我们的家人朋友也都能顺风顺水，没病没灾，幸福快乐就好。

高大牛说，可那样的人生却不能让人不怀疑。尼采这么说过，他说人是什么呢，人是由兽而神的空中索道。你仔细想一想，这句话信息量很大的。我根据这句话想到的是，人类是个不可分割的整体，人类的整体性的难以言说就如上帝的难以言说。那种整体性意味着，在整个人类的存在背景下，每个人都是宇宙或上帝正在进行创作的作品。从这个意义上讲，写作即意味着与宇宙、与上帝对话。这是有意思的，真正的写作是有意思的，值得我为此付出一生。我们和宇宙、和上帝有了对话的资格，因此也可以说写作的我们是幸运的。也可以说，不是我们想要写作，想要成为天才或大师，是宇宙、是上帝选择了我们，我们义不容辞。当然，这话你听起来可能会觉得有点儿夸张了，我说这番话的意思是什么呢，是说我们也可以为了写作而选择放弃一些与写作无关的事，专心一意地去写。

我说，你要放弃什么呢？

高大牛说，虽然我是国内有名的畅销书作家，大小也算个名人，可我清楚自己有几斤几两。我不过是通过写作骗了一些虚名，发了一些横财，过着看上去风光体面的生活罢了。当我把自己的作品与世界上那些文学大家的作品做个对比，我会发现自己不过是个"有意无意"的骗子。我走了错路，不该哗众取宠地去写那些胡编乱造的东西，应该老老实实、扎扎实实地去写一些有深度、有广度的东西。我想放弃我过去的名，甚至放弃我得到的那些财富。在我看来，虽然你这些年越写越差，可你还是在一条正确的路上走着。虽然你在写作上既没有获得什么大的名声，也没有赚到更多的钱，可我尊敬你这样的写作者。我获得的名算什么啊，它是会过时的。我现在拥有的这些财富算什么啊，它们只能让我不思进取、安于享乐，没有出息。自从我买了那个别墅，有了老婆孩子，过上了奢华的生活，我就几乎就没有再写出过什么东西了。这些年我没事就约你出来聊，你知道为什么吗？和你见面，哪怕不聊天，只要看着你，想着你是写纯文学的，我都会觉得舒服。我这么说吧，你就像窗外的芭蕉树，能带给我一种绿油油的诗意。你是真正在写的人，让我喜欢的人。我甚至想过，要不要给你一笔钱，一百万、两百万都成，一段时间内让你不用为生存发愁，也可以让你放下工作，租个工作室，安心创作。可我又觉得你不会接受，因为我借给你钱你有压力，也怕自己将来还不起。我白送给你，又好像玷污了你独立的人格，显得我财大气粗、冒充好人……

我笑着打断了高大牛的话说，你想多了，我不是过去的那种穷酸文人，死要面子活受罪，没有你想的那么迂腐。你只要肯白送，我不好意思收等于是不尊重有钱人啊。你现在就可以给我两百万，我拿一百万给我老婆，让她安心在家里带孩子，然后我辞职，租个漂亮的工作室。以后你想聊天的时候，就来我工作室聊，我再备上一些好酒和好茶，来招待你。那样坚持写上三五年，说不定我还真能写出一部像样的作品。到时我在接受媒体采访时也可以郑重地告诉大家，高大牛先生为我提供了一笔丰厚的创作基金，没有他的慷慨资助就没有我这部小说的问世。我也可以违心地说几句赞美你的话，说你是青年作家的翘楚、未来的大师，你的作品必然能成为时代的经典。

高大牛用手摆了摆吐出的烟雾，笑着说，我给你一两百万这还真不是一个事儿，如果你真心想这么干，我也可以这么做。问题是我怀疑你并不是认真的，你只不过是在说笑而已。你还生活得下去，不会接受我的馈赠，这就是你的局限性。当然，我也有我的局限性。我深入思考过这个问题，像这样的局限性如果无法打破，我们注定只能当个普通人。普通人的特点是不自信，也很难相信别人，一切在他们的眼里都是笑话，往往到头来他们就成了一个笑话。那些做大事的人不一样，他们对事物有着深入的洞察力，能看到普通人看不到的东西，做出与普通人不一样的选择。在他们的眼里可笑的事不多，所有的事都值得认真对待的。根据我对你，以及你的作品的了解，你确实是个可造之才，我完全也可以给你两百万，你能接受是我莫大的荣幸。我再给你一次机会，请你认真告诉我，你可以接受吗？

我对高大牛说，给我一支烟吧，我戒了一个月烟了，被你这两百万诱惑得突然又想抽一支了。其实我不是不相信你的诚意，你刚才说的这些话还是真的让我对你另眼相看，你和过去的你相比有了变化。我不知道是什么促使了你有这种变化，但我很高兴你能这么推心置腹地对我说了那么多。我们都年过四十了，也可以说是年过半百了，确实在生活和写作方面，应该重新做一个合理的规划。正如你对过去写的东西不满，现在写不出来是个问题，我现在粗制滥造地写，质量不高也是个问题。你给我两百万，我确实不能要，也没必要要。问题不在于钱，还是在于人。曹雪芹和马尔克斯当年生活也很艰难，但他们都写出了经典作品，归根结底还是自己不够强大。

高大牛点点头说，对，还是我们不够强大。我们何以强大？在浩瀚的宇宙中，小小的人如同一粒微尘，在地球上，也不过是沧海一粟。古往今来，有那么多人曾经真实地活过、爱过，他们活得重于泰山也好，轻于鸿毛也好，对于我们来说又有什么意义呢？我们活着又想要什么样的意义呢？有一天，我在书上看到柏拉图两千多年前提出的问题——我是谁？我从哪里来？我到哪儿去？这问题问得太棒了，我该做出什么样的回答呢？在研究了一些伟大的作品之后我发现，虽然那些伟大作品也不见得能解答那样的问题，但却是朝着解答这些问题的方向去发展的。我之所以有了现在的转变，是因为我认真想过这些问题了。我要通过真正的文学创作来获得这些问题的答案。

我说，省省心，不想这些问题，不要这种答案不是也挺好的吗？

高大牛说，你要这么说，我就和你没有共同话语了。说真的，你现在就是在没有出息地活着，我真该去找那些高手聊聊。

我说，你认为谁是高手呢？

高大牛说，最近我又看了余言的小说，觉得他真的可以被称为大师了。十多年前，我出了第二部书之后，成了青年作家的代表性人物，当时一家大型网站举办了一个全国性文学颁奖会，在颁奖会上我和那时还不被人称为大师的他作为颁奖嘉宾，共同出席了那次盛会。刚一进场，就有一大群粉丝把我团团围住了，他们拿着我新出的书请我签名，余大师却独自一人，坐在主席台的角落，神情落寞地独自抽烟。据我观察，当时没有一位读者请他签名，也没有一个人跟他打招呼。那时的我也读过余大师的几篇小说，虽然我的书比他的书好卖多了，名气一时也盖过了他，但我却能感受到，他的作品才是有可能流传后世的作品。我当时风头正劲，整天乘飞机云里来雾里去的，像个明星那样全国各地到处签售，也还没有多想。六年前的一个秋天，我在北京举办的一次大腕云集的国际文学盛会上再次见到了他。那时的他获得了一个著名的国际文学奖项，又推出了相当重要的一部长篇小说，一时好评如潮，仿佛一夜之间成了当之无愧的文学大师。我想要走过去问候一下，和他聊几句，他却被一大群想和他合影交流的人紧紧围住了，我也只好好作罢。在那样的场合，老实说，真正认识我的没有几个，就是认识我的也没兴趣和我打招呼。我受到了冷落，回到宾馆以后认真反思了自己。一经反思，我无法再像过去那样胡编乱造下去了，接着我认真研读了以前不太喜欢也并没有耐心读下去的那些世界名著，渐渐读出了一点味道。对比之下，我明白了自己的无知无畏、哗众取宠，大师们的才华横溢、博大精深。我就像个良心发现的罪人，开始同情和愧对过去的那些读者，我认为，那些无知的读者成了我作品的受害者，成了一群嗡嗡叫着的、贪婪地扑向快餐文化的垃圾堆上的苍蝇。所以，如果能和余大师聊聊，那就再好不过了。

我笑着说，我和余大师是老乡，一个县城的，都还姓余。早几年余大师还不是太有名的时候我和他还经常通电话，他成为大师之后，我也不好意思再打扰他了。再说我现在写作相当于是在骗稿费，也没脸联系他了。

高大牛说，你们是老乡，你更应该加强和大师的联系了。你甘心永远这样没出息地写下去吗？我建议你现在就给大师打个电话，就说我们明天坐飞机去北京拜访他。当然，出于礼貌，我会带一些礼物过去。

我犹豫着说，他刚获奖那会儿，我给他打过一次电话，祝贺他。当时可能也忙吧，没说几句他就挂了。三年前他来深圳做活动，我也见过他一面，还陪他吃了顿饭，当时一桌子人乱哄哄的，也没能聊什么。后来我也忙于工作和生活，焦头烂额的，也没再联系他了。我现在打电话给他，冷不丁地说要去见他，这样会不会不太好啊？

高大牛说，有什么不好？大师不是爱喝酒吗？我可以带两箱茅台过去，看在酒的分上，他也不好意思拒绝。我觉得要想获得成功，除了自己努力，还要善于学习，要厚着脸皮，虚心向那些名家大家讨教。听君一席话，胜读十年书。这句话说得非常有道理，我们见大师一面，不说他可以彻底改变我们的命运，至少能让我们少走一些弯路，在写作上提升一下。你放心，我不会让你白折腾。来回飞机票以及一切开支我来出，另外我再给你封一个大红包，你就心安理得地拿着。听我的，现在就给余大师打电话。

看着高大牛咄咄逼人的眼神，想了一想还是给大师打通了电话。

接电话的是大师的秘书小王。

我说，你好，我是余大师的老乡，也是老朋友了，如果大师有空，我打算明天到北京看看他。大师还有位忠实的读者，也是位作家，叫高大牛，他收藏了一些茅台，想带两箱子给大师。

小王说，过一会儿您再打过来吧。

过了十分钟，我又打过去，小王表示，大师同意和我们见面。

第二天一大早，我们从草木葱茏的深圳，飞到雪花纷飞的北京。在五环内的一栋银装素裹、内部装修也相当有品位的欧式别墅里与小王见了面。小王是位身材小巧、皮肤微黑的女孩，她面带春天一般的微笑，热情洋溢地接待了我们。

我们放下手中的礼物，在宽大松软的沙发上落座。小王坐在我们对面，和我们聊着天气和茶，很快水烧开了，她泡了一壶三十年前的普洱，说那普洱一饼是一辆小汽车的钱，但喝着有一股子土腥味，也喝不出什么好来。她用滚热的茶浇了浇杯子，为我们沏了茶。

我端起茶杯，放在鼻尖上闻了闻，喝了一小口说，确实有一股子泥土味，当然我们也可以认为，那是尘封的岁月渐渐弥散开的味道。我禁不住说道，大师现在也太有品位了，喝那么贵的茶，这哪是一般人能喝得起的啊。

高大牛接过话头说，大师本来就不是一般人啊，这茶算什么啊，不久前我从网上看到，今年大师题字的价格提了上去，现在一个字都三万块了……

小王看着高大牛，笑着说，三万是两年前的价格了，现在大师写一个字六万块了，一个字相当于我一年的工资。即便是这样的一个价儿，求字的电话还是源源不断地打过来。有些人也不便当面拒绝，所以大师就让我接。

我说，大师用手写作，书出版了手稿也可以拍卖，不像我们现在都用电脑写作了。去年的拍卖会上，大师的那部获过国际文学大奖的长篇小说，光手稿就卖了将近两千万。想一想我都会为他发愁，赚这么多钱怎么花啊？

小王笑着说，是啊，我也为他发愁。不过，余老师根本对钱没有什么概念，也不会花钱，他的心思全都放在了文学上、书法上。上个星期他还对我说，写书法只不过是他的一个爱好，是想要通过写写书法来修身养性的，没想到那么多人喜欢，那么多人推崇。他知道自己是个半吊子书法家，在专业书法家面前充其量不过是个小学生，但别人诚心来求，也不好拒绝不是？当然他也不是什么人都给写，也不是什么字都写。如果是他欣赏的文化人求，他分文不取，如果是不熟的人、生意人或者是官场上的人求，他要起价来也不客气。不过，像"财源广进"啊、"步步高升"之类的字，就是人家出再高的价儿他也不写。余老师快七十岁了，对于他来说，金钱如粪土，情义值千金。时间最宝贵，开心最重要。就拿你们来这件事吧，为了见你们，他就推掉了一场出场费就有二三十万的大型艺术论坛——主办方一次次打电话来，后来都生气了，因为没有他那会开得就失去了意义。

我和高大牛不好意思地笑笑。

小王说，余老师虽然现在被外界叫成大师，可他从来不让人当面叫他大师，他谦和低调，没有一点大师的样子。不过大师毕竟是大师，想见他的人太多了，也不能谁想见都见啊。不过你们两位例外，你们一个是余老师的老乡，是旧相识。另一个我提起来大师也是知道的，高大牛老师，您可是大名人啊，后来我才明白，原来我初中那会儿还读过您的作品。昨天晚上，我在网上搜了您以前的大作，您写了不少畅销书，是当之无愧的文化名人。我重看您那部发行量据说上千万册的小说时，真被吸引着看了下去，有几处特别煽情的情节把我感动得眼泪稀里哗啦的，眼睛都快哭肿了。

高大牛不好意思地摆摆手，笑了笑说，小王老师您见笑了，我过去写的东西真是不值一提的，和余大师的作品简直是一个天上，一个地下，根本没办法同日而语。

小王却认真地说，余老师的作品也许太高深了，我总看不大懂，可李老师您的作品我是真心喜欢的。您称呼我小王老师就太客气了，在您面前我也只不过是一个高中都没有毕业的文学爱好者。我原本是来余老师家里应聘做清洁工的，他听说我也喜欢读书，还曾经想过要把我也培养成一位作家，可惜我还真不是那块料。不过我是陕西人，从小喜欢吃面，也会做各种面食，余老师吃了我的面赞不绝口，承蒙他看得起我，才让我当了他的秘书。

正说着，身高体阔、头发花白，还有些秃顶的大师从楼上缓步走了下来。我和高大牛连忙起身，面带笑容地迎候。

大师缓缓走到我们面前，用宽大温暖的手与我们一一握了握，红光满面地笑着说，不好意思，不好意思，有一位朋友催着我交字，说什么有位省领导着急要，我的一位中学校友要去他们的文化产业园参观，想提前装裱了挂出来充充门面，到时也好有话聊。我想了想也不大好拒绝，只好给他们写了。不好意思啊，让你们久等了。

小王，请你把桌面上的字用吹风机吹干，拿出去照手机上的地址寄出去吧，他们急着要。人在江湖，这些俗事是很难避免的，所以有句话挺有道理，不出名累，出名更累。

小王答应一声，把座位让给了大师，去忙了。

大师坐下来，用炯炯有神的眼睛看了看我，对我点了点头，笑哈哈地说，余宇一，和三年前相比你好像胖了一点。不过你还要再胖一些，写东西可是耗人的事，身上不储存一些肥肪，写不了长篇。你看巴尔扎克、大仲马这些人，他们可都是身上有肉的。

我笑着说，好，以后我争取把自己吃成个大胖子。

大师又望着高大牛说，大牛，牛这个名字好。我是知道你的名字的，大名鼎鼎、如雷贯耳的高大牛是一位了不起的畅销书作家。我记得当年我们还参加过一个网站举办的颁奖活动，那时你在全国拥有大量的读者，你的粉丝疯狂地围着你，请你签名，让我一度怀疑自己的写作没有意义。可以一点也不夸张地说，当时年纪轻轻的你比我还要出名，让我相当不服气。会后我跑到书店，买了你的小说，还认真研读了一下。读了你的书，我想那些读者为什么会喜欢你的小说，却不把我的作品当一回事儿呢？结果我至今也没有研究透。来，喝茶吧，这茶据说不错，是一位做生意的朋友送的，骗了我两幅字去，说什么是三十年的老茶，很值钱的，我也喝不出个子丑寅卯，好在我的字也是骗人的，扯平了。

高大牛不好意思地说，我对茶也不大懂得，但这茶喝起来确实口感不错，不像是骗人的。大师您的字当然也不是骗人的，我不懂书法，但看着就觉得有味道、舒服，和那些书法家的字不一样，如果能有幸得到你的墨宝，实在是一件大喜事。

大师说，你不嫌弃，当然没有问题。

高大牛双手合十说，谢谢，谢谢。说来惭愧，我那些小说倒真是骗人的。我那小说也就是早几年流行了一阵子，现在还有谁去看？大师的作品不一样啊，您的作品是长销书，会是经典中的经典，读者也会越来越多。现在我也想向大师学习，写一些真正有意义的作品。我知道余宇一是你的老乡，就厚着脸皮求他给您打电话，想见您一面，当面听您聊聊。知您爱喝酒，我还认真读过您写的那部长篇小说《酒乡》，因此特意带了两箱十年前的茅台，想陪您喝两杯。

大师点点头说，好哇，不知道你酒量怎么样，估计也不差。说起喝酒来，也不是我吹牛，外面的人说我是千杯不倒。有人说酒是个不好的东西，我看这也要分人来，不能一概而论。余宇一估计是不太能喝——上次在深圳就没见你怎么喝，今天你要敞开了喝，我想看看你能不能喝。你要想写好小说，不能喝不行。小说是什么呢？我们也可以理解为是人喝多了时说的酒话、醉话，其实那是真正进入状态了的、掏心掏肺的话，那些话写出来和平常人说的不一样，有味儿。当然，我这也是一家之言。我的那些小说，你们读的时候会不会读出了东倒西歪的感觉？会不会读到一些不一样的东西？

我和高大牛笑着点点头。

大师望着我说，你以前写过一个都市系列的小说，都不太长，十来篇吧，薄薄的一本集子，你寄过来，我还是认真地读了。读的时候我就想，原来还有这样有想法、有才华的年轻作家啊，中国的文学走向世界有希望了。不是因为你是老乡，我有意吹嘘你，也不是我刻意贬低自己，如果说你觉得自己现在还不够出名、不够自信，只能说你还没有认识到酒是什么东西。中午你要是喝多一点，可能就不那样想了。

我不好意思地笑着说，好啊，中午我就陪大师多喝点儿吧。

大师哈哈地笑着说，都不要称我大师。虽然这个世界上确实是有大师的存在，但我不算，你们叫我大师，那是在变着法儿骂我。你们年轻人可能羡慕我，可我也羡慕你们，你们年轻，前途无量啊。要我说，你们是赶上了一个坏时代，也赶上了一个好时代。尽管你们都很有才华，可你们这个时代想要通过写作出名，比起20世纪八九十年代靠写作出名更加困难了。除非走畅销路线，写一写网络小说，还有可能热闹一阵子，但往往热闹过了也就过了。你们也赶上了一个好时代，这是一个更有挑战的时代，各种文化现象层出不穷，各种文化人才都想变着法儿折腾出个样子来，可事实上大家都有点儿急功近利，都有点儿耐不住寂寞，在这种情况下，有没有可能出现好作品？有，但更加困难。因为作家每天接收到的信息量太大，处理起来也就更加费劲。因为作家也难免会受到影响，很难静下心来写出好作品。一个真正想在创作上出成绩的人还真得好好想一下，自己要写什么，究竟该怎么样去写。想明白了，能写出来，写得和别人不一样，写出了这个时代，又超越了这个时代，那样的写作才有分量，有意义。你们不要着急，更不必为了写作放弃生活，没有生活哪有写作？

小王寄了字回来，请示了大师，又去厨房做菜。我们聊了一会儿，小王把菜端到桌子上，我们上了饭桌，打开了酒，边喝边聊。三杯酒下肚，大师嚼着一粒花生米说，我们边喝边聊，我说的也不一定对，你们姑且听之。对于一个真正把文学当回事的作家来说，他得永远像小学生那样好好学习、天天向上。认真学习同时代的、他身边的，尤其是年轻作家的作品，去伪存真，披沙拣金，博采众长，这是写作的基本功课。作家不能光想着站到大师的肩膀上，对大师脚下坚实的大地不理不睬。作家不能只顾着埋头写作，而不去广泛地阅读。我对"多读外国书，少读中国书"的这种说法不敢苟同，那只会让一些写作者变得好高骛远、不接地气、自以为是。久而久之，他们也会发现自己元气不足，缺少支撑着他们写下去的力量与勇气。一位作家能不能写出好作品，在我看来，在于他有没有强烈地想写下去的冲动，以及该怎么样写下去。如果你真想要写，没有什么可以阻挡你写作，别的任何理由都是瞎扯。至于该怎么样写下去，我的建议是，可以去看看那些写得还不够好的作家的作品，看着他们的作品你就会发现，自己比他们写得好。这你也得清楚，和他们比是没有出息的。但和他们比的好处，可以让你自信地去写、不断地去写。总拿那些名家、大家的作品和自己的比，很可能会写不下去了。说一千，道一万，对于一个作家来说，关键一个字：写。

我和高大牛站起身来，敬大师。大师摆摆手示意我们坐下说，坐着喝，慢点喝，从容不迫地去喝，这酒才能喝出味道。说真的，和你们在一起，我就像看到二三十年前的自己，心里高兴。在我四十岁时，在写作上也遇到过一些问题。那时的我想要写出心中理想的作品，却写不出来，勉强写出来了也不满意。在对照那些大师的作品时我会心虚气短，怀疑和否定自己，恨不得从此不再沾染让我痛不欲生的写作了。后来我离开了书房，走出了北京，回到了故乡。站在小时候熟悉的那片田野里，我闭着眼睛想，谁是我心目中的大师呢？莎士比亚啊、巴尔扎克啊、托尔斯泰啊、卡夫卡啊、曹雪芹啊、鲁迅啊，我想了很多人，在心里默念着他们的名字，想象着他们写过的、我也曾经认真研究过的作品，结果发现，我还可以站在田野里自由地呼吸，想象他们、敬佩他们，但他们现在却不在了。将来我再有成就，他们也不知道我是谁了。换一句话说，他们已经被盖棺论定，我还拥有一切可能。你们比我年轻许多，可能性更多，我建议你们两个年轻人喝一杯。

我和高大牛笑着，碰了一下，都喝了。

大师说，当我否定大师们存在的意义时，并不是他们真的没有了意义，而是我当时想要摆脱他们对我的影响。他们让我焦虑和痛苦，在某种程度上，他们的存在、他们的作品，也取消了我写作的意义。事实上，我就不该去那样比较。有一段时间我还厌恶过写作，觉得写作如同当众脱衣，令人羞耻。我凭什么向虚伪的他人袒露我的内心，赤裸裸地展示我的灵魂，而不是像大多数人那样活，偏偏想着写作呢？后来我想，每个人除了现实生活，也在过着精神生活，写作的人尤其是强调精神层面的东西，我们写作者天生就是一群与别人不一样的人。我们不想被现实改变，不想做温水中的青蛙，我们想表达、想逃避、想反抗，想真实地活着，活得有声有色，我们需要写作，而不是写作需要我们。我喜欢写作，更喜欢酒。因为喝酒的时候，我感觉自己是世界的中心、宇宙的尽头。事实上，写作的过程、喝酒的过程、人活着的过程才是重要的，别的都不是太重要。一个人写得好不好，也不是那么重要，重要的是他真心爱写作，愿意去写作。写作有什么意义？喝酒有什么意义？简单地说，你高兴写，高兴喝，就是意义。来，我们喝一个。

我们喝了，大师也喝了，接着吃了口菜说，那一次我回到阔别已久的家乡，站在田野间，看着太阳的金色光线从灰蓝的天空中照下来，洒在茁壮成长的玉米和大豆上，它们绿油油的一片，就像大地穿着的衣裳，而他们脚下的泥土散发出一股沁人肺腑的芳香，让我心醉神迷，暂时忘记了在城市中的烦恼、写作的烦恼。我看着路旁那三三两两的杨树和柳树，树枝在微风中轻轻摇动，几只小鸟叽叽喳喳地躲在树荫里叫着，在树枝间飞来飞去。那些鸟儿好像并没有什么远大的理想、沉重的心事，不像我有着对文学的野心，渴望创造，时常有着要命的孤独和难过，又渴望着爱所有和得到所有的爱。看着乡间的那片天地，我发现自己活得太有局限性了。说白了，我太把自己当一个人来看了。我也可以是一只小鸟、一片云彩、一棵庄稼、一块石头啊。如果我只是把自己当成一个人，有着肉体凡胎，有着七情六欲，虽然我热爱着写作，心存美好，但终究与别人没有多少不同。我可能仍然是自私的、愚昧的、虚伪的，没有什么了不起，但是当我把自己当成一只小鸟、一块石头，就发现自己可以有另一种活法，写作也可以有另一种表达。我像你们这么大时，忧国忧民，心事重重，吃不好也睡不好，整天想着写作、想着出名、想着成为大作家，结果却成了名副其实的、让人看着心生怜悯的一个面黄肌瘦的瘦子。你们看现在的我，快七十岁了，身上还有那么多的肥肉，红光满面，这也得益于那次回家乡。那一次我从河渠边弄来一些干草和干树枝，生了一堆火，把掰来的玉米和摘来的青豆放在火上烤。小时候曾那样做过，我想体验一下，重温一下小时候的时光。当我吃着熟了的玉米和豆子时，感觉胜过了山珍海味，几乎令我泪流满面。我的嘴巴和胃获得了特别的奖赏，那个奖赏对我的生命、对我的写作也有里程碑式的意义。那时我已经离开家乡二十多年了，以前偶尔回去，也没有认真去体会家乡对于我的特别的意义。可说是丰富多彩、眼花缭乱的都市生活令我淡忘了家乡，也淡忘了那个曾经天真纯粹的少年。为了找回丢失的、模糊的那个自己，我放下工作，放下一切，在乡下住了半年。那半年我什么东西都没写，就整天无所事事地吃了睡，睡了吃。很快我身上有了肉，心态也发生了一些变化。我决定放下创作的、生活的、工作的各种思想包袱，去做一个简单快活的人。回到北京之后我不再像以前那样一天工作十六个小时以上了，我规定每天写作和阅读不要超过八个小时。双休日、节假日就和别人一样去玩，也不急吼吼地写了。结果我发现那样的生活才是真正值得过的生活，那样的写作才是适合我的写作。因此我总结出一句话，不会休息的人就不会工作，不会闲着的人就不配写作。如果你们认为我说得在理儿，不妨也试一试，让自己从容些，闲下来，胖起来。

我和高大牛忍不住笑，一起端起酒敬大师。

大师喝了，拿起筷子说，你们也别光听我瞎说，也吃菜。小王做菜的手艺还是不错的，你们多吃点——对照繁华、先进、文明的大城市，我的家乡是个贫穷落后的地方，但又有着难得的自然和平静，让被动地失去自我的我又找回了自己。快速发展变化的城市夸张变形地敞开了人们的各种欲望，种种鲜明的欲望使城市加速地旋转着，真不知道什么时候会"嘭"的一声爆炸了。说到这儿令人沉重，但我们也没必要杞人忧天。我们尽可能地要让自己喜欢上阳光明媚，喜欢上夜色弥漫，喜欢上花儿小草，喜欢上鱼儿鸟儿，喜欢上男人女人，喜欢上老人孩子，喜欢上乡村城市，喜欢上世间所有的美好，甚至不那么美好的一切，因为那种心生喜欢的力量是纯正的、美妙的，可以支撑着我们不断地、与众不同地写下去，也可以让我们生活得更加舒畅和快乐……

我们与大师从中午喝到了晚上，大师越喝越有状态，越喝越能说。我们又说又笑，又唱又跳，后来喝到了屋子外面。当时屋外正落着小雪，雪花不紧不慢地飘着，醉眼蒙眬中，我看到大师伸开双臂，去拥抱雪花，脸上浮现出孩子一般的笑容。

　　当天晚上，我和高大牛睡在了大师的别墅里。第二天一早，吃过小王做的早餐，我们不好再继续打扰，与大师辞别。大师送我们每个人一幅字，上书晚唐诗人司空图的诗句。送我的是：大河前横。送高大牛的是：时闻鸟声。

　　回到深圳不久，高大牛开车一个人回老家住了几个月。有一天早上，他打了我的手机，接通后让我听鸟叫。

　　我听了一会儿说，好听。

　　他说，不是一般的好听。

　　我说，什么时候回来？

　　他说，不想回了。

　　当然，高大牛最后还是回来了，那时他完成了一个短篇小说，自己很高兴，想拿给我看，听听我的看法。看完了他的那篇小说之后，我也想要休个长假，去乡下住上一段时间，听听鸟儿的叫声了。